Ecee-Abha

Tome 2

Armand Giordani

Ecee-Abha

Tome 2

Thriller fantastique

En application de l'art. L.137-2.-I. du code de la propriété intellectuelle, toute reproduction et/ou divulgation de parties de l'oeuvre dépassant le volume prévu par la loi est expressément interdite.

© Armand Giordani 2024

Édition : BoD · Books on Demand GmbH, In de Tarpen 42, 22848 Norderstedt (Allemagne)
Impression : Libri Plureos GmbH, Friedensallee 273, 22763 Hamburg (Allemagne)

ISBN : 978-2-3225-5724-0
Dépôt légal : septembre 2024

Voyageur, voyageuse, tu t'achemines au gré d'anecdotes sur cette voie cahoteuse.

Mais sont-elles vraies ou inventées ?

Chercher et découvrir ou ne pas le faire, c'est ton choix.

Cependant, retiens bien les petits morceaux de pains égrenés ici et là.

Ils t'amènent inéluctablement à la Vérité.

Partie III

Chapitre 1 : Cartes sur table.

 Des jours de lumière suivirent ceux beaucoup plus sombres qui ont marqué la ville. Les attentats et surtout le risque insensé d'être engloutis sous les eaux ont à jamais laissé dans le cœur de la cité un gout amer, un sentiment de dangerosité immédiate.
L'orage éclata tôt dans la matinée. Sous une pluie diluvienne, une voiture s'arrêta devant le centre de détention et d'exécution.
Franck en sortit, regarda le ciel et se dit que tout était ligué contre le condamné qui allait passer de vie à trépas.
« Décidément… »
Il ne poussa pas plus loin l'ironie du sort. Lors de sa première injection létale, les mêmes conditions atmosphériques guidaient le cellulaire.
L'inspecteur entra dans la salle de mise à la question. Farius était déjà assis. À attendre. Le gardien referma la porte, laissant les deux hommes dans une dernière joute verbale.
« Bonjour Franck !
— Ce jour est beau, incontestablement, puisque le rideau tombe sur ta misérable existence.
— Je ne peux te contredire sur ce fait. Tu assisteras à mon ultime soupir ?
— Je serai là.
— Merci !
— Ne me remercie pas. Ce n'est pas pour toi ! Mais pour m'assurer que cette fois-ci tu n'y échapperas pas. »
Les yeux clairs de Farius étaient étonnamment bleus. Une

étincelle fit presque vibrer sa pupille.

« J'ai quémandé ta présence et tu es venu ! Pourquoi ?
— Pour te dire que…
— Quoi ? »

Franck passa sa langue sur sa lèvre supérieure.

« En fait, j'ai un problème qui me taraude !
— Expose-le… non, attends ! Amusons-nous, tu veux bien ? Tu me questionnes et je te questionne à mon tour. Une réponse amène naturellement une autre réponse. Je n'ai rien demandé comme dernier repas ; ce sera la supplique d'un mort en devenir.
— OK ! Jouons cartes sur table.
— Tu sais que je suis un joueur d'échecs.
— Dévoilons nos stratégies alors. Pourquoi es-tu resté sur le barrage, sachant qu'en déclenchant les explosifs, tu allais y passer aussi ?
— Non, Franck ! La structure supérieure n'aurait pas cédé. Les décharges n'auraient produit que des dommages ciblés. L'eau se serait infiltrée en emportant la partie inférieure, mais le pont ne se serait pas écroulé.
— Comment en es-tu si sûr ?
— Tu tu tu !!! C'est à moi de te questionner, n'oublie pas !
— Vas-y !
— Qu'est-ce que ça t'a fait d'abattre ta sœur et ton neveu ? »

Franck n'avait jamais pris le temps de considérer Anthony Zinger comme un membre de sa famille. C'était un psychopathe qu'il avait rayé du monde des vivants. Ni plus ni moins. Quant à Katerina, elle était une parfaite inconnue, tueuse de surcroît doublée d'une effroyable manipulatrice.

— Sincèrement. Rien du tout. J'étais triste pour Élise.

Mais pour Katerina et Anthony… Que dalle !

— Alors, tu es comme moi.

— C'est-à-dire ?

— Un meurtrier au sang-froid. »

Franck le regarda dans les yeux. Il sourit bien malgré lui.

« Comment savais-tu que l'endroit où tu te trouvais n'allait pas s'affaisser ?

— Franck ! Tu ne t'es jamais posé la question… ce que je suis devenu après la guerre ? J'ai travaillé sur des chantiers. Dont la construction dudit barrage. J'étais le collaborateur d'Afanen Lynfa, l'architecte.

— Celui qui a bâti Baradwys, la ville sous-marine ?

— Lui-même. Donc, je ne craignais rien. Je connaissais les lieux par cœur… Je pouvais m'y balader les yeux fermés… Et j'aurais dû aussi assister, en toute-puissance, à la déferlante de l'eau engloutissant tout sur son passage… Tant pis… À moi ! As-tu découvert les quatre pages manquantes ? »

Franck prit un temps avant de répondre.

« Pas encore. Mais je les trouverai… même si j'ai conscience que ça n'aura aucune répercussion sur la suite des événements.

— Tu as tort ! Tu ne sais pas tout.

— Peut-être… Question : le jour où vous avez investi le manoir et assassiné ma mère, il y avait une quatrième personne avec vous. Qui était-ce ? »

Farius le fixa du regard. Il était troublé. Mais Franck n'aurait pu dire si cette déstabilisation était due à la connaissance de ce quatrième homme ou s'il ignorait, tout simplement, qui il était.

« Tu veux comprendre ? Il n'y a qu'une seule méthode.

— Le voyage mental ? » Franck explosa de rire.

« Sérieusement, Farius, tu penses que tu vas pouvoir repousser ton exécution par ce biais-là ? Non. Désolé… mais… à mon avis… tu ne sais pas de qui il s'agit. Ton attitude t'a trahi.
— N'en sois pas si sûr, Franck.
— Pas grave ! Je ne prendrai pas ce risque. Je trouverai par moi-même.
— Comme tu veux. C'est mon tour ! »
Il plaça ses coudes sur la table et posa son visage sur ses poings.
« As-tu découvert les couloirs secrets de ton père ?
— Je les ai dénichés. Et… Farius… J'ai mis en exergue une vérité qui… qui va te faire du mal. Tu n'étais pas le descendant du docteur Moreau. Ce dernier étant juste un personnage de littérature dont le caractère a été librement adapté sur celui de ton aïeul, un chirurgien apparemment raté et taré. Ça doit être génétique. »
Farius sourit.
« Fiston, rien ne m'était inconnu. Et j'ai toujours su aussi qu'on n'était ni les quatre cavaliers de l'Apocalypse ni les cinq éléments. Cela faisait plaisir à Fergusson et aux deux Zinger de croire en ces choses-là. Non, moi… Ma seule et unique pensée était tournée vers le livre du grand premier. Le carnet rouge.
— Le recueil secret de Hyde !
— Fraaaanck ! Hyde est un symbole d'intériorité. Une psychopathie schizophrénique révélée par la combinaison heureuse d'une formule chimique et d'un terrain génétique propice. Hyde est l'alchimie parfaite du sacré et de la science. C'est ton héritage. »
Franck eut l'air surpris.
« Tu savais pour mon ancêtre ?

— Hyde was Jack and Jack was inside the man! Et l'homme était Keith Albert Joe Rakinson.

— Mais alors… Pourquoi depuis le début me parles-tu de Hyde et de Jekyll ?

— Parce que… si Stevenson n'avait pas écrit cette nouvelle, nous n'en serions pas là ! Rendons à César ce qui appartient à César. »

— Sur le barrage, tu t'es, cependant, présenté comme le maître de l'eau.

— Bah ! À ce moment-là, je l'étais un peu. Non ? Et puis, j'ai voulu donner à tes chiens la pâtée qu'ils désiraient. Au fond, mieux vaut arrêter un empereur qu'un fou du roi.

— Ça a du sens. Ainsi, tu n'es pas l'abruti que Katerina et mon père m'avaient décrit.

— Ils t'ont dit ça ? C'est normal. Cependant, Katerina était incroyablement futée… Et c'était elle le cerveau de l'histoire. Elle avait pensé à tout ! Jusqu'au moindre détail. Mais… Elle me prenait pour une marionnette.

— Pas moi ! Car je te connais Farius. Je t'ai disséqué ! J'ai sondé en toi ! Tu es un esprit retors. Intelligent, cultivé et sans limite.

— C'est vrai. La marionnettiste était devenue au fil du temps un pantin que j'articulais au gré de mon humeur, de mes désirs, de ma volonté. »

Pour la première fois, Farius posait un regard presque humain sur son interlocuteur.

« Je te donne un exemple. Katerina t'a certainement dit que l'assassinat du juge Klébert était pour raison personnelle ? »

Franck ne répondit rien, il attendait la suite.

« Ton silence est éloquent. Sache que ce n'est pas pour une question d'autorité… Mais parce que… Klébert est le magistrat qui a interné sa mère dans un asile… et qui l'a placée, elle, chez Zinger quand elle n'était qu'une enfant. Je l'ai mise face à son passé, maintes et maintes fois. Ce lavage de cerveau a fonctionné. Elle l'a rayé de la carte.

— Pourquoi a-t-il fait de lui son père adoptif ? Pourquoi précisément Zinger ?

— Ça Franck, c'est quelque chose que tu devras découvrir… Mais c'était juste pour parvenir à ma dernière confession. C'est moi qui ai donné l'ordre à Fergusson d'assassiner la Gouverneuse. Katerina n'était pas d'accord avec ce plan. Mais…

— Pour quelle raison ?

— Parce que… J'aime le chaos, l'anarchie. Et ce qui va arriver, dans les prochains jours, les prochaines semaines, les prochains mois… crée en moi un sentiment d'extase totale. »

Les deux hommes se jaugeaient.

« Allez ! À ton tour Franck ! La dernière question, si tu veux bien. Je souhaiterais me reposer avant de mourir.

— Quand j'ai découvert les passages secrets, j'ai vu mon géniteur… un procédé holographique. Et il a utilisé le mot de "voyageur", mais toujours au singulier, sais-tu de qui il parlait ? »

À ce moment précis, Franck put lire la surprise sur le visage ridé de Farius.

« Il a fait mention du Voyageur ?

— Oui ! Qui est-il ? »

Farius respira fort. Puis se mit à rire sous cape.

— Ça t'amuse ?

— Un peu… Il me semble que c'était toi le « voyageur » dans ma cervelle.

— Et alors ?

— Alors… Rien ! »
Il se tut quelques instants puis arbora un air des plus sérieux.
« Franck… Je n'ai connu qu'un homme se faisant appeler ainsi, mais il est vraiment impossible que ton père ait croisé sa route. Et… je n'en dirai pas plus. »
Le détective fronça les sourcils. Il aurait bien voulu en apprendre davantage, l'interroger en profondeur, mais il savait que lorsque ce prisonnier se refermait comme une coquille, il était temps de clore le débat.
Il avait de quoi réfléchir. Cependant, avant d'actionner le bouton afin qu'on lui permette de se retirer, il se ravisa et se retourna vers Farius.
« Le carnet… le livre de mon aïeul que tu as dérobé dans ma bibliothèque… Où est-il ? »
Farius leva son regard froid et le plongea dans celui de Frank.
« Là où tout a commencé, Franck ! Là où tout a commencé ! Nous nous retrouverons un jour, fiston ». conclut-il sur un clin d'œil.
Se contentant de cela, frustré par le nombre de questions sans réponses, Franck sonna et sortit, refermant la porte sur le visage sans expression du condamné.
Maintenant, il était temps de clore ce terrible chapitre et de mettre un terme à la vie d'Origan Farius.

11 : 50 : Quatre gardes vinrent chercher Farius dans sa geôle. Il s'était préparé à ce moment comme une jouvencelle attendant son prince charmant. Lorsqu'ils ouvrirent la lourde poterne d'acier à la serrure numérique, il était debout, rasé, coiffé, parfumé. On le coucha sur une civière, sanglé et ceinturé. Dans le même temps, à travers des vitres légèrement opaques, deux silhouettes se profilèrent, s'arrêtant près de la salle d'exécution. On ne voyait pas leur tête, mais suite aux mésaventures des deux derniers bourreaux assassinés par Fergusson et le fils Zinger, l'administration avait instauré un protocole plus rigoureux. Les deux auxiliaires de la haute justice ôtèrent leur cagoule, passèrent par une reconnaissance faciale, rétinienne et auriculaire. Une empreinte digitale pouvait se contrefaire, mais le lobe de l'oreille, véritablement unique pour chaque individu, constituait une mesure de précaution supplémentaire. Puis se voilèrent à nouveau le visage. La porte s'ouvrit devant eux.

11 : 55 : Adila, Franck, un juge et une représentante de la presse entrèrent dans la chambre de discrétion. Cette pièce jouxtait celle de l'exécution. Elle n'était plus munie d'un miroir sans tain, mais d'une série d'écrans incurvés, fixés au mur. Ils s'assirent comme s'ils allaient assister à un spectacle.

11 : 58 : Origan Farius franchit le seuil de la salle d'exécution. Il ne tremblait pas. On aurait pu imaginer que cet instant fut pour lui le moyen de faire passer un dernier message. Il regarda, arborant un immense sourire dévoilant ses dents de devant, les caméras et fit un ultime clin d'œil que Franck prit pour lui.

12 : 00 : Le détenu s'assit sur un fauteuil basculant. On lui ceintura la tête, le ventre, les mains et les pieds. Il était radicalement impossible à qui que ce soit de se sortir de ces entraves de cuir alliées à un métal à la fois flexible et incassable. On avait découvert ce métal lors de travaux de soutènement dans une mine, non loin de la ville, un millénaire plus tôt. Il fut considéré comme une véritable révolution, mais très vite, le site s'appauvrissant, on mit fin à sa prospection, espérant qu'un jour on puisse le reproduire et le commercialiser. Ce qui n'avait pas été le cas, jusqu'à présent. Le nom de « Kupfergold » lui fut attribué.

12 : 05 : Les exécuteurs des basses œuvres insérèrent une aiguille directement dans le cœur. Un peu de sang coula sur la chemise blanche entrouverte du condamné. Mais cette pénétration était totalement sans danger immédiat. Il ne pourrait pas mourir avant l'intracardiaque fatale.

12 : 07 : Le plus vieux des bourreaux se retourna, posa la main sur le bouton injecteur en observant l'horloge numérique placée juste au-dessus du fauteuil. Cela permettait au prisonnier de voir les chiffres allant croissant jusqu'à l'heure décisive, c'est-à-dire 12 : 15.

12 : 08 : Une étrange fumée blanche envahit à la fois la salle d'exécution et la chambre de discrétion. Les deux bourreaux tombèrent les premiers. Franck se leva, se bouchant instinctivement les voies respiratoires. Adila courut vers la porte, mais ne put l'ouvrir. Elle s'écroula. Le juge et la journaliste s'endormirent aussi vite dans leur fauteuil. Franck crut voir sur les écrans, une silhouette pénétrant le lieu et… plus rien ! Il s'affaissa de tout son poids.

12 : 30 : Franck et Adila, se réveillant, foncèrent vers la salle d'exécution. La fumée s'était dissipée. La porte étant toujours fermée, les deux policiers durent la forcer pour l'ouvrir. Une minute après, ils étaient sur le seuil, de l'autre côté du chambranle.

12 : 31 : Là, ils découvrirent le corps de Farius baignant dans son sang, égorgé. Le juge et la journaliste restèrent derrière les deux détectives inspecteurs qui faisaient les premières constatations. Apparemment, l'incision était nette, sans bavure. L'assassin était sans nul doute un professionnel.

12 : 35 : Adila trouva sur le sol, non loin du fauteuil, une plume blanche. Franck, s'approchant, la ramassa avec un mouchoir et la mit dans un sac en plastique qu'il avait toujours dans son blouson.

13 : 00 : Les lieux furent investis par les experts. Des hommes et des femmes en combinaison de teintes différentes, dissociant les légistes des scientifiques, ceux-ci étant responsables de tout ce qui pouvait être analysé en laboratoire. Même si les deux organismes collaboraient étroitement, les légistes avaient demandé, par fatuité ou orgueil, une couleur distincte. Jaune pour eux, verte pour les autres. Franck donna le sachet contenant la plume blanche à cette dernière.

14 : 00 : La Police Fédérale, prenant l'affaire en main, interrogea Franck et Adila ainsi que le Juge et la journaliste. Ayant terminé de déposer, les deux coéquipiers sortirent enfin. Mais avant de franchir les portes, la cheffe de la police leur donna ordre de ne pas enquêter sur ce cas étant eux-mêmes des témoins.

Laissant un remue-ménage infernal à l'intérieur et trouvant une quiétude apaisante à l'extérieur, Franck huma l'air frais d'un automne jaunissant. La pluie avait cessé et un arc-en-ciel naquit entre la terre et les nues, créant sans le vouloir une dimension onirique au drame vécu quelques minutes plus tôt.

« Franck, c'était quoi ça ?
— Certainement quelqu'un qui souhaitait s'assurer que Farius disparaisse à jamais et… définitivement
— OK ! Mais… On était en train de l'exécuter. Ça n'a pas de sens.
— Après ce qui s'est passé la fois dernière…
— Mais comment ont-ils réussi à nous gazer ?
— Adila, je te signale que nous ne sommes pas sur l'enquête.
— Oui, mais tout de même… »
Elle s'arrêta et, le prenant par le bras, le fit pivoter afin de l'avoir bien en face.
« Égorgé ?
— Je penche pour une vengeance personnelle.
— Et la plume blanche ? »
À ce moment-là, la journaliste sortit. Voyant les deux policiers discuter, elle fonça sur eux.
« Amber Seidel, journaliste à l'Européagerchtigkeit. Quelques mots pour nous faire partager votre sentiment sur ce qui vient de se passer ?
— Madame Seidel, vous étiez là, avec nous, dans la chambre de discrétion. Comme nous, vous vous êtes endormie. Comme nous, vous avez découvert ce qui est arrivé à Farius. Comme nous, vous êtes dans l'attente de connaître la vérité. C'est tout ce que je peux vous dire. N'étant pas sur l'affaire, posez les questions à qui de droit. Qui sait ? Vous aurez peut-être une réponse. »
Sur ces mots, Franck jeta un regard à Adila qui voulait dire « Allons-nous-en d'ici. »

Ils s'éloignèrent.
Parvenus à leur voiture :
« T'es au courant, Franck, que je dois rejoindre mon secteur. Je n'ai plus de raison de rester dans le tien ; tu diras au revoir à Sacht et aux autres.

— Dommage, on forme une très belle équipe ; tu ne veux pas demander ta mutation ?

— Écoute, je ne sais pas… Quand on te côtoie, tout peut arriver !

— C'est vrai, mais on ne s'ennuie jamais ! »
Il répondit, arborant un tel sourire qu'Adila ne put lui répliquer qu'en faisant résonner un petit rire moqueur.
« Allez, salut, Franck ! Et tu me diras où en sont les investigations pour retrouver les parents d'Élise. »
Franck hocha simplement la tête.
Témoin éloigné de cette conversation, Amber Seidel les observait. Quand ils démarrèrent de concert, elle se frotta l'oreille.
« Romain, c'est Amber. Tu ne devineras jamais ce qui vient de se passer. Je veux la première page… Avec en titre « Le détective inspecteur Franck Alberty Djorak dans l'expectative ! »

Chapitre 2 : Mémoires vives.

Franck arriva au laboratoire. Héléna était absorbée par son travail sur le nouvel appareil permettant de sonder le cerveau humain.
Elle tentait d'y approfondir ses recherches.
Il s'assit près d'elle.
Il la trouvait si belle et si incroyablement intelligente qu'il en était à chaque fois troublé et désarmé.
Pivotant sur son siège pour mettre la main sur un instrument de mesure, elle sursauta en voyant son amoureux près d'elle.
« Franck, tu pourrais au moins me faire signe quand tu arrives.
— Pardon, ma chérie, mais je ne voulais pas rompre le charme. »
Elle éclata d'un rire franc et ravissant. De son côté, il sourit en la contemplant.
Elle approcha son fauteuil à roulettes et l'embrassa tendrement.
Ils se regardèrent quelques secondes, les yeux dans les yeux. Puis, Héléna prit son visage entre les mains.
« Tu souhaites en parler ?
— Du baiser ?
— Arrête de faire la bête. »
Franck lui fit une grimace, qui se voulait être drôle, mais se rendit compte qu'elle avait mis dans le mille.
« Comment ça marche, Héléna ? Ce que j'ai vu… la projection de mes rêves, de mes pensées… de mes souvenirs. Comment ça fonctionne ?
— Disons que notre cerveau est une espèce d'enregistreur muni de plusieurs disques dont la capacité est relative.

— Relative ?

— Oui, chaque disque dispose d'une mémoire plus ou moins importante. Une fois que ce dernier est plein, il fait en sorte de se vider du superflu, mais rarement de ce qui est essentiel ou… marquant.

— Mais pourquoi dans le cas d'Élise, tu n'as pu remonter au-delà de son deuxième enlèvement ?… Pourquoi le premier perpétré par Katerina n'apparait jamais ? Ni même ce qui suit ? De sa vie d'après ? Et pourquoi, moi, j'ai pu aller aussi loin dans ma mémoire, mais de manière aussi fragmentée ?

— J'imagine que dans le cas d'Élise, c'est plus évident. Elle a été kidnappée lorsqu'elle avait deux ans et cela, nous sommes en droit de le supposer, sans violence… Sa vie, plus tard, a été baignée d'un certain bonheur… un certain équilibre… totalement artificiel… Quand j'y pense… Elle n'a été qu'un compte à rebours… Rien de vrai ni de sincère… Et là est la clef. Peut-être qu'intuitivement, elle sentait que tout cela sonnait faux. Qu'elle grandissait dans le monde de Peter Pan ! Un monde imaginaire. Son deuxième enlèvement fut improbable, rapide, violent et surtout très angoissant… Elle ne l'oubliera jamais. »

Franck écoutait avec une attention particulière. Élise était une jeune fille si attachante et si courageuse qu'il en éprouvait un sentiment paternel très fort. S'il était plus libre et surtout s'il ne vivait pas aussi dangereusement, il aurait demandé à Héléna l'autorisation de l'adopter lui-même le temps de trouver sa fratrie. Ce qui le rassurait c'est qu'elle était chez ses propres parents adoptifs. Si prévenants.

« Quant à toi Franck, c'est le contraire. Tu as passé toute ton enfance avec un sentiment de mystère et de danger

imminent. Tu as plongé très vite dans une sorte de spirale infernale où règnent, encore et toujours, le doute et la suspicion ; malgré l'amour évident qu'éprouve ta famille adoptive à ton égard, ton père, ton géniteur, t'a immergé très tôt dans un océan de références et de questionnements. Tous tes marqueurs portent le sceau d'un cheminement sans fin. Comme si une corrélation unissait les différents disques, les différentes partitions cérébrales. Comme si tes rêves, tes souvenirs, tes espérances et tes angoisses étaient intimement liés. Comme si chaque cloisonnement était un morceau de pain du petit Poucet.
— Pourquoi ?
— Pour te mener à une vérité à laquelle tu ne t'attends pas… peut-être. Les couloirs secrets de ton manoir sont certainement une des clefs. »
Franck s'affaissa dans son fauteuil et fronça les sourcils.
« Héléna, est-ce que je peux revoir mes souvenirs, mais… juste la nuit de la mort de mes parents ?
— Bien sûr. J'ai tout segmenté en petits disques. »
Elle chercha quelques secondes dans son tiroir. En prit un et fit entrer Franck dans une salle obscure. Elle l'installa dans un fauteuil et brancha l'appareil, puis referma la porte délicatement et repartit vers son travail qu'elle avait mis en suspens.

Son père entend frapper.
 Il regarde par une fenêtre.
« Ils sont là ! »
Il l'attrape par la main.
 Dans le sillage de sa course, il voit sa mère.
 Elle lui sourit.
 Son père prend quelque chose sur le bureau.

Un livre rouge.
Saisit un objet sur un tableau.
Ouvre une cache derrière les chenets.
Place l'ouvrage qu'il avait récupéré.
« Il ne faut pas qu'ils le trouvent ! Jamais ! »
Et remet l'objet dans le tableau.
Son père le regarde.
Il descend les marches le trainant vivement par la main.
Il se retourne.
Sa mère le suit.
Elle referme derrière elle la trappe.
Il se tourne à nouveau vers son père.
Il voit défiler les murs.
Il a l'impression d'être happé par une lumière.
Il se retourne.
« Maman ! »
La trappe est ouverte.
Trois hommes sont en bas ; il entend « Tue-la ! »
« MAMAN !!! »
Puis un coup de feu.
Il se retourne vers son père.
Il a du mal à le voir, un voile humide envahit ses yeux.
Son père est terrifié.
Puis, tout à coup, disparaît.
Il regarde ses pieds.
Un trou béant.
Il s'entend crier « Papa ! »
Puis, soudainement, se sent soulevé.
Il est dans les bras d'un des trois hommes.

« Tu vas nous aider à le trouver ! »
Il ne sait pas de quoi il s'agit.
Ils remontent au salon.
La lumière est vive.
Le voile d'eau est encore plus intense.
Il a peur.
Non ! Il est terrifié.
Il balaie son regard et là…

Franck appuya sur pause. C'était flou… Les larmes du passé étaient trop présentes ; il n'arrivait pas à distinguer le visage du quatrième individu caché derrière le cadre de l'huis. Il était le seul à le voir. Pourquoi ? Il relança l'enregistrement.

Il aperçoit une main tirant un peu plus la porte, effaçant dans son intégralité ce quatrième quidam du champ de vision des assaillants.

Il imposa à nouveau un arrêt temporaire à la machine.
« Donc, cet homme n'était pas avec eux, il n'était pas leur complice. » Il réactiva la projection.

Les trois soldats mettent tout à sac.
Ils cherchent… jettent les livres à terre, cassent les vases, déchirent les coussins…
Il se sent s'élever vers le ciel et se retrouve face à face avec Farius.
« On va être très patients. Mais un jour, tu nous diras toi même où il se trouve ! »

Franck arrêta l'enregistrement à ce moment-là. Il était abasourdi. Comment avait-il pu passer à côté de ça ! Il se leva, ouvrit la porte.

« Héléna ! Tout était saccagé !

— Heu… Oui…

— Mais quand on a investi le manoir la première fois ensemble, tout était impeccable ! Et recouvert de draps. Comme si les propriétaires étaient partis pour un long voyage.

— Tu as raison. Peut-être que Farius et ses sbires ont fait le ménage derrière eux.

— On était en pleine guerre. Cela n'avait pas de sens. Non… Il y a deux possibilités : ou cela faisait partie du plan de Katerina… Ce qui ne m'étonnerait pas avec le soin qu'elle a apporté à celui-ci. Que tout soit en ordre, tel que Farius me l'a présenté lors du voyage mental. Ou bien, c'est l'œuvre d'une tierce personne. Comme le quatrième homme caché derrière la porte.

— Mais qui te dit qu'il n'était pas leur complice ?

— Non… Quand j'ai questionné Farius, j'ai bien senti qu'il ignorait de qui il s'agissait. Et ce que je viens de voir confirme cette théorie. Je me demande…

— Quoi ?

— Est-ce que "le voyageur" et cet inconnu… ne seraient pas une seule et même personne !? »

Il haussa ses épaules et regarda sa montre. Il était tard et devait aller au travail. Il donna amoureusement un baiser à sa fiancée puis sortit du laboratoire.

Il abordait son véhicule quand il sentit une vive douleur au niveau de la nuque, ses jambes fléchir tout à coup et ses pieds se dérober sous son poids.

Le sol devint de plus en plus proche…

De plus en plus ondulé…

Puis… Le noir.

Ses yeux avaient du mal à percevoir la clarté. Elle lui faisait cependant face. Avec une peine incroyable, il tenta de lever ses paupières lourdes d'un sommeil drogué. Il en ressentait les effets jusqu'au bout de ses doigts. L'effort était considérable, mais il arriva tout de même à faire une mise au point.

Une grande table et six formes.

Six silhouettes immobiles le contemplaient… ou tout au moins, l'observaient.

Elles étaient à contre-jour. Leur visage baigné de ténèbres créait l'illusion de masques larvaires.

Un silence étourdissant emplissait la salle d'une froideur saisissante.

Il éprouva une gêne au niveau de ses membres. Et pour cause. Des menottes entravaient ses pieds à une chaise scellée et ses mains l'une contre l'autre dans son dos. Il effectua un mouvement lent de sa tête, de gauche à droite, et de droite à gauche, tentant de voir si quelqu'un était derrière lui. Seul un mur le jaugeait de son immuable raideur.

Enfin, il put ouvrir totalement ses yeux.

Il respira par petites secousses.

Sa première impression fut : « Et ça continue ! ».

« Bonjour Détective inspecteur Djorak ! »

Une voix féminine se fit entendre. Elle était rauque comme si cette personne avait passé sa vie à fumer. Mais ce ne pouvait être la conséquence du tabac puisque l'usage de celui-ci était interdit sous toutes ses formes. Et ce, depuis près de vingt ans.

« Bonjour…

— Veuillez excuser notre cérémonial et nos précautions, mais nous ne pouvions nous permettre que vous vous défendiez. »

Cette fois, ce fut une intonation masculine, dont la tessiture trahissait une autorité naturelle. Un accent singulier vint chatouiller son oreille… Et ce n'était pas le vibreur d'un appel.

« Je vous en prie… C'est avec plaisir.

— Votre humour ne surpasse pas vos capacités analytiques, mais il n'en est pas loin.

— Ravi qu'il vous plaise, Madame.

— Nous vous suivons depuis longtemps, Franck… Je peux vous appeler Franck ?

— Mais faites donc Monsieur… ?

— Appelez-moi Rap.

— D'accord Rap et… Madame et les autres ?

— Vous ne nous nommerez pas !

— Bien, Madame. Alors ? … Vous avez toute mon attention ! Rap et compagnie. »

Les silhouettes restaient de marbre. Elles semblaient des statues ! Mais de petits mouvements, de-ci de-là, les humanisaient.

« Nous représentons une société secrète qui lutte contre la criminalité. Elle touche les plus hautes autorités. Nous sommes les commanditaires d'enquêtes internationales liant les trois continents, America, Européa et Asiatica. Nous sommes un peu les gardiens de la loi mondiale. Vous connaissiez le juge Klébert, n'est-ce pas Franck ?

— Oui, Rap.

— Il a été tué par Katerina Frances Derantour. Autrement dit, votre demi-sœur ?

— Oui, madame.

— Savez-vous pourquoi elle l'a assassiné ? »

C'était une autre voix qui résonna dans la salle. Une voix

masculine plus jeune.
« Farius m'a expliqué les raisons principales sans pour autant m'en dévoiler le fond. »
Rap prit la parole.
« Klébert faisait partie d'une organisation criminelle dont la traite des enfants. Il les fournissait à des personnalités… déviantes. C'est pour cette raison que Katerina avait été donnée à Zinger père. Tous deux se connaissaient très bien. Et c'est pour cela aussi qu'il avait demandé à être chargé de vous superviser en tant que juge fédéral. Pour contrôler les investigations. Mais il n'avait pas prévu votre opiniâtreté et votre intelligence. Katerina l'a tué véritablement pour des motifs personnels : la vengeance. »
Un lourd silence s'ensuivit. Sans même le vouloir, Franck se remémora ce qu'il pensait être la première rencontre entre le juge et Katerina. Il avait remarqué comment elle avait retiré ses mains alors que Klébert essayait de la rassurer, au cimetière, le jour où l'on avait retrouvé Elise vivante. Elle éprouvait une sorte de dégoût. Il n'en avait pas tenu cas à ce moment-là, mais les révélations de Rap prirent tous leurs sens.
« Très bien… Merci pour le renseignement… Et ?
— Origan Farius a été égorgé, n'est-ce pas ?
— Oui, Madame.
— Vous pensez à quoi ?
— Je me refuse à penser, ce n'est pas mon enquête !
— Officiellement, non. Mais officieusement, vous allez travailler pour nous. »
Franck eut un petit rire nerveux. Il resta bouche bée un instant.
« Heu… Pourquoi je ferais ça, Rap ?
— Parce que vous savez que la raison de l'assassinat de

Farius est personnelle.

— Origan est mort, le monde ne s'en porte pas plus mal. Je ne vois pas pourquoi…

— Vous enquêteriez ? Parce que nous savons parfaitement que vous le ferez, avec ou sans nous ; autant que vous soyez protégé.

— OK ! Peut-être… mais quel rapport avec Klébert ?

— Farius était membre des déviants. Nous pouvons imaginer qu'une de ses anciennes victimes, ou un proche, a voulu lui faire payer. Et nous pensons savoir qui !

— Et qui donc, Madame ?

— Quand la Gouverneuse a été exécutée, elle a été remplacée par Jorgen Pedersen. Ce dernier avait une fille qui avait été enlevée, séquestrée et violée pendant près de trois ans avant d'être assassinée. Par Origan Farius. C'était juste à la fin de la guerre. »

Franck resta un moment muet. Il réfléchissait à tout ça. Il y avait beaucoup de choses qui ne collaient pas, dont une qu'il préféra taire.

« Et d'abord, comment savez-vous que c'était Farius l'agresseur de sa fille ?

— Nous avons trouvé dans un coffre les confessions de Klébert, à son domicile. Quand un juge fédéral est abattu, l'enquête fédérale le place autant en victime qu'en suspect. Et tout est raconté dans cet enregistrement.

— Vous prétendez que le nouveau gouverneur a assassiné Farius par vengeance ?

— Qui avait le pouvoir de vous faire inhaler un gaz ? Qui avait le bras assez long pour approcher Farius en prison… dans la salle d'exécution ? »

Déconcerté, Franck se releva un peu sur sa chaise.

« Attendez, vous dites que Klébert était au courant de tout

depuis le début ? Des projets d'attentats et des tueries de masse ?
— Non, il ne savait, apparemment, rien concernant le plan de votre demi-sœur ! Juste tout ce qui touchait à leur organisation de déviants.
— Il faut remettre cet enregistrement entre les mains de la justice…
— Mais c'est NOUS la Justice ! »
La voix de Rap était encore plus imposante.
« OK ! Vous voulez donc que… que j'enquête sur le Gouverneur ?
— Nous voulons que vous enquêtiez sur la personne qui a assassiné Origan Farius. Quel que soit son rang. Officieusement !
— J'ai le droit de dire non ?
— Non ! »
Ce dernier mot rendit l'atmosphère bien plus froide qu'elle ne l'était.
« Juste une chose ! C'est Fergusson qui a tiré sur la Gouverneuse ce soir-là. Quel rapport avec Pedersen ? Je veux dire… Pour pouvoir accéder à l'ultime pouvoir, il fallait bien savoir que la Gouverneuse allait mourir au même moment… Et que…
— Que quoi ? »
Franck ne les lâcha pas du regard. Quelque chose le troubla d'un coup. Une phrase qui avait été dite. Une phrase venue d'outre-tombe.
« D'accord. Je vais mener l'enquête pour vous.
— Nous comptons naturellement sur votre silence ! Et surtout, pas un mot à votre coéquipière Adila M'Koumbé ! »
Il sentit ses membres devenir lourds.

La salle basculer.
Le sol blanc se rapprocher sans l'atteindre…
Puis…
Le noir.

Lorsqu'il se réveilla, il était allongé à l'intérieur de sa voiture.

Chapitre 3 : Deux petites plumes

Il s'assit derrière le volant, démarra et prit la direction de la prison.
Il était près de trois heures de l'après-midi et il n'avait toujours pas mangé.
Mais il n'avait pas faim.
Au contraire !
Une sensation de poids sur son estomac.
L'impression d'avoir été manipulé.
Depuis les quatre cavaliers de l'Apocalypse, il s'était juré de ne plus jamais se faire avoir. Et tout ce qu'il venait de vivre était justement une composante qu'il détestait, car il ne pouvait ni la contrôler ni même s'y opposer.
Il n'avait rien ! Aucune preuve de l'existence de ces six ombres, aucun lien probant, aucune idée du lieu de sa réclusion.
Mais un détail l'avait percuté de plein fouet. Et malgré l'interdiction d'en parler à qui que ce soit, il effleura son oreille.
« Adila ? C'est Franck ! T'es où ? Toujours en ville ? Bien, rejoins-moi à la prison. J'ai un mauvais pressentiment. »
Il se gara non loin de la grille principale et sortit de son véhicule.
Cinq minutes plus tard, Adila arriva.
Il lui fit rapidement un topo de la situation, ne lui cachant rien.
« Et tu crois que ces personnes sont vraiment ce qu'elles prétendent être.
— Je ne sais pas ! Et je m'en fiche. Je ne vais pas enquêter pour eux. Mais pour moi ! Il y a deux aspects qui me chiffonnent dans cette affaire !

— Que deux ?
— Oui, enfin, c'est une façon de parler. Tout d'abord une phrase que Farius m'a dite : "J'aime le chaos, l'anarchie. Et ce qui va arriver, dans les prochains jours, les prochaines semaines, les prochains mois… crée en moi un sentiment d'extase totale." Elle m'est revenue soudainement et je me suis posé la question à savoir si cette prophétie n'avait pas un rapport direct avec le fait de jeter le trouble dans l'esprit des gens. Ça et…
— Et ?
— La présence de cette plume. »

Ils entrèrent sans difficulté, tout le monde connaissant les sauveurs de la cité.
Ils demandèrent à parler à Fergusson, toujours à l'infirmerie à la suite de la balle qu'il avait reçue.
Ils arpentèrent les couloirs jusqu'à une double porte coulissante. Un gardien présenta une carte magnétique et l'ouvrit.
Lorsqu'ils pénétrèrent le lieu, ils virent Fergusson allongé en train de lire. Il les regarda avec un flegme déconcertant et surtout un sourire narquois qu'Adila avait envie de lui faire avaler.
« Tiens, tiens, tiens ! Djorak et M'Koumbé ! Quelle bonne surprise !
— On va vite arrêter les civilités d'usage, Fergusson. Demain, tu seras exécuté. On vient pour te poser deux questions.
— Juste deux ? Comme c'est dommage. J'ai tout mon temps. On peut tailler la bavette quelques secondes, surtout… au sujet de ton père, Adila !
— Ne t'avise surtout pas de parler de lui, salopard !

— D'accoooord ! On ne parlera pas de lui, alors ! »
Franck, par un court regard oblique, lui demanda si tout allait bien. Elle ferma les yeux en signe d'approbation.
« Bien. Fergusson. On vient te causer un moment rapport à l'assassinat de la Gouverneuse. Farius m'a avoué que c'était lui qui t'avait ordonné de l'éliminer. Mais de nouveaux éléments me poussent à croire que c'est un complot d'une ampleur plus importante.
— Tu crois Franck ? »
Fergusson le regardait avec un petit sourire presque tendre.
« Oui, j'estime que tu as été manipulé !
— Manipulé ? Par qui ?
— Par Origan Farius !
— Et pourquoi ?
— Je pense que Farius et Pedersen étaient complices afin de mettre ce dernier à la tête d'Européa et en faire son Gouverneur. N'oublions pas que les élections approchaient et que le Juge Klébert avait toutes ses chances. Ce double assassinat arrangeait bien le nouveau dirigeant. »
Fergusson fixait les policiers d'un air dubitatif.
« Vous savez ce que Farius a fait à la fille de Pedersen ? Comment auraient-ils pu être complices ? »
Franck et Adila se turent un instant. C'est elle qui relança l'interrogatoire.
« Donc, vous ne pensez pas avoir été le pantin entre les mains de comploteurs ?
— Je dis que si Farius m'a demandé de tirer sur la Gouverneuse, ce n'est pas pour donner les rênes au mec dont il a abusé et assassiné la fille. Ça n'a aucun sens ! »
Franck se pencha vers lui.

« On a égorgé Farius et il semble que cela soit la marque d'une vengeance. »
Fergusson éclata de rire. Un rire soutenu et presque sans limite. Il eut du mal à retomber et à sécher les larmes qui coulaient sur ses joues. Les deux policiers se regardèrent.
« Bon ! STOP ! Il suffit maintenant, je te demande de t'arrêter immédiatement. » Adila serrait son poing, au point de créer des lignes de sang sur l'arête de celui-ci.
Fergusson renifla un peu et prit sur lui. Mais, des à-coups convulsifs lui donnèrent une sorte de hoquet.
« Restons sérieux ! Un gouverneur viendrait lui-même… Ah ! Ah ! Ah ! non, vraiment, je suis désolé, mais c'est trop drôle ! … »
À ce moment précis, un gaz blanc envahit l'infirmerie.
Tout le monde s'affaissa au sol, comme des poupées de chiffon.
Fergusson s'endormit dans son lit.
Franck et Adila tombèrent de leur hauteur.
Si quelqu'un était resté éveillé, il aurait pu distinguer un étrange manège.
Une ombre surgit de nulle part.
Elle sortit un couteau de son fourreau et s'approcha de Fergusson.
Le sang, rapidement, changea la couleur du drap blanc en un rouge vif.
L'ombre tira quelque chose d'une poche et la jeta au sol.
Puis disparut dans cette brume claire où des hommes et des femmes naviguaient dans les bras de Morphée.

Quelques minutes plus tard, chacun se réveilla à son rythme. Le directeur de la prison appela la police.
Franck, un des premiers à recouvrer ses esprits, se pencha

et découvrit, au pied du lit, une plume, qu'il prit délicatement dans un mouchoir. Adila et un garde s'approchèrent.

« Vous allez bien, inspecteur ? » Le gardien était un homme qui devait mesurer dans les deux mètres. Franck, pivotant vers lui, ne put s'empêcher de le comparer à son frère imaginaire qu'il avait créé lors du premier voyage mental dans les méandres cérébraux de Farius.

« Oui, je vais bien, je vous remercie. Vous devriez aller voir les enregistrements de la caméra de contrôle. Je ne veux pas trop m'avancer, mais je pense qu'elle a dû être déconnectée comme à la prison centrale. »

Le gardien fit un petit mouvement du doigt sur le front, comme s'il disait « Compris ! » et tourna les talons. Adila observa la plume dans le mouchoir de Franck.

« Encore une ! ... Ce n'est pas une coïncidence ! » Franck fit non de la tête.

Les experts arrivèrent en force et demandèrent à tous les occupants de la pièce de sortir.

Au passage, Franck mit la plume dans un sac plastique dont on chassa l'air et la confia à un des hommes en combinaison de couleur verte.

Le surveillant géant revint sur ses entrefaites. « Vous aviez raison, inspecteur, la caméra ne fonctionnait plus au moment de l'attaque. Et mes collègues, le temps de comprendre ce qu'il se passait, ont tardé à lancer l'alerte !
— J'entends, merci Gardien.
— Le Haut-Commissaire s'impatiente à l'entrée. » Franck et Adila croisèrent un regard qui en disait long.

Le Haut-Commissaire arpentait le hall, créant cette dynamique nommée « les cent pas. » À peine étaient-ils arrivés à sa hauteur, qu'il les toisa et les agressa, usant de son habituel langage fleuri.

« Putain… mais c'est pas vrai… Vous les aimantez les merdes, tous les deux ! Chaque fois que vous êtes ensemble, il y a un con qu'on égorge ! »
C'était vrai. Les deux meurtres avaient ceci en commun ; Franck et Adila étaient sur place.
Comme si l'on attendait qu'ils en soient les témoins.
« Faites chier, Djorak ! Réveillez-vous, bordel !
— Ne vous inquiétez pas, Haut-Commissaire, aujourd'hui, j'en suis à mon quatrième réveil.
— Pardon ? »
Franck se rendit compte que son humour n'était pas de mise, étant donnés les faits.
« Laissez tomber.
— Non, je ne laisse pas tomber ! Et d'abord, on vous avait ordonné de ne pas vous mêler de cette enquête ! Alors, bougez vos fesses d'ici. Et avant, allez faire votre putain de témoignage ! »
Ce qu'ils firent. Ils ne donnèrent aucun détail.
La raison de leur présence ? Interroger Fergusson sur l'affaire des « cinq éléments ». Voilà tout.

Une heure plus tard, Franck et Adila, hors des grilles de la prison, faisaient le point.
« Deux plumes ? Tu as une idée ? Une signature pour chaque meurtre ? »
Franck tourna la tête vers l'horizon.
Le soleil était encore haut dans le ciel.
Des oiseaux créaient des ombres mouvantes sur le sol.
Il les observait avec une attention toute particulière.

Le vol était régulier et silencieux.
On aurait dit un carrousel brillant dans les yeux d'un bambin.
« J'ai ma petite idée.
— Où vas-tu ?
— À Ecee-Abha !
— Je viens ?
— Bien sûr, partenaire ! »

Dans le salon-bibliothèque du manoir, Franck était excité comme un enfant face à un magasin de jouets. Il ne tenait pas en place ! Adila ne comprenait pas le besoin qu'il éprouvait de toujours bouger nerveusement quand il avait une idée en tête.
« Tu peux éclairer ma lanterne, s'il te plaît ?
— Alfred Edward Woodley Mason !
— Qui ?
— Un auteur britannique. En 1902, il publia "Les quatre plumes blanches." C'est l'histoire d'un soldat démissionnaire qui reçoit des plumes blanches, symbole de couardise. Le nombre de quatre étant celui des trois soldats lâchés en pleine guerre et de sa propre fiancée.
— Mais quel rapport avec les assassinats du juge et de la gouverneuse ?
— Pour le moment, peut-être aucun.
— Tu crois vraiment que c'est lié à notre affaire ?
— Je ne suis sûr de rien. Mais si ce lien existe, c'est que d'une part, notre meurtrier maîtrise cette histoire et mes connaissances en littérature britannique et d'autre part, à

un moment donné ou à un autre, Fergusson et Farius ont fait acte de couardise en abandonnant le… justicier ou un proche dans une situation, disons… dramatique. Des lâches ou des déserteurs.

— D'accord… Mais pourquoi ? Si c'est pour te mettre sur la voie, c'est… c'est un appel à l'aide ? Il veut que tu l'arrêtes ? »

Il leva son index en l'air.

« Un élément, puis le suivant, si tu permets. »

Il chercha dans la bibliothèque et trouva le roman en question.

Il le feuilleta.

Et ne vit rien de probant, ni dans les pages ni dans la couverture.

« Franck, si dans le bouquin, il y en a quatre, penses-tu qu'il va continuer ? Deux objectifs de plus ? Une plume par cadavre ?

— Probablement. On peut éliminer de l'équation mon père, mort depuis longtemps, et Zinger, trépassé par tes soins, Adila. Car s'il était une cible potentielle, il n'en est plus une à présent. Et si deux autres plumes existent, c'est qu'il y a au moins une nouvelle future victime dans le collimateur de ce ou ces "vengeurs".

— Et si je te suis dans cette même logique, c'est sans doute lié aux années de guerre étant donnée la corrélation entre cet événement et le roman se situant dans le milieu militaire. »

Franck était d'accord.

« Découvrons à quelle unité appartenaient Zinger, Fergusson et Farius. Et trouvons leurs actes de guerre. On se sépare. Adila, va au ministère de l'Armée et demande le compte rendu des missions données aux trois tarés. Et puis… on verra.

— Et toi ? Qu'est-ce que tu vas faire ?

— Je vais… fouiner… ! »

Adila, connaissant parfaitement l'animal et ne cherchant plus à savoir ce qu'il pouvait avoir en tête, prit son véhicule et s'éloigna du manoir.

Chapitre 4 : 1902

Dans le dédale des couloirs secrets, Franck avançait avec plus d'assurance.
Il commençait à bien connaître la mécanique, l'ADN du lieu.
Il passa les premières étapes qu'il maîtrisait bien.
Sa quête était double.
Tenter de comprendre ce qui pourrait motiver un tueur de psychopathes et, dans le même temps, retrouver les quatre feuillets manquants du carnet de Hyde.
Hyde !
Il avait préféré garder ce nom. Cela donnait du concret au mythe. De la réalité à la légende. Du vécu à la fiction.
Il arriva dans la salle de l'hologramme, s'arrêta un instant pour regarder les tableaux et en sortit. Dans sa réflexion, il se dit que ce chiffre « quatre » revenant sans cesse dans sa vie n'était assurément pas fortuit. Mais il balaya rapidement ce sentiment et arpenta le souterrain qu'il cherchait.
Le tunnel 1902.
C'était l'année de l'édition du roman « Les quatre plumes blanches » et il était certain d'y trouver une réponse. Même partielle. Car il était sûr que ces témoignages laissés sciemment sur les scènes de crime étaient une manière de le mettre sur une voie. Voie qu'il ne comprenait pas pour l'instant, mais dont il serait à même de saisir le sens le moment venu.
Il aboutit à une impasse.
Deux grandes bibliothèques flirtaient avec les murs parallèles.
Des ouvrages et des rouleaux de papier s'entassaient sur chaque étagère.

Il chercha quelque temps et trouva une édition originale des « Quatre plumes blanches ».
Il feuilleta soigneusement ; étrangement, aucune moisissure. Aucune dégradation. La température du lieu était parfaite. Et un petit courant d'air derrière les collections de livres permettait aux divers documents de respirer.
« Ingénieux, mon cher aïeul ! »
Il inspecta le livre sous toutes ses coutures. Et il eut raison. Dans l'arête, un petit feuillet y était glissé. Il en sortit et le déplia méticuleusement.
Sur ce document, un dessin fait avec méthode, mais terriblement énigmatique.
C'étaient deux ronds parfaits avec quatre points cardinaux signalés par une simple fléchette.
Sans doute une représentation du globe terrestre, mais l'étrangeté résidait dans la manière d'énoncer les points. Au Nord, une croix, au Nord-ouest, une rose, au Sud-est, une étoile et au Sud, un cercle.

En revanche, rien à l'Est et à l'Ouest. Juste la petite flèche dénuée de légendes.
Au pied du parchemin, une courte phrase écrite à la main : « Par la lumière, traverse le temps ».
« Je connais cette phrase ! » se dit-il !

Et elle lui revint en mémoire comme un boomerang à son lanceur. C'est celle que son père lui avait dite par le moyen de l'hologramme. Cependant, cette écriture lui était inconnue. Ce n'était absolument pas celle de son géniteur. Il put la dater d'après-guerre… Sans doute… Tout était fait à la main, à l'ancienne, mais le style était contemporain. À l'évidence, cela avait été déposé par une personne proche, un ami de son père, qui l'avait et tracé et rédigé. Et ce afin de laisser ici, dans ces souterrains inconnus de tous, une énigme aussi étrange que celle des quatre plumes blanches !

« Par la lumière, traverse le temps. Dis donc, papa, un peu de clarté serait la bienvenue. »

Il scruta à nouveau le bouquin. Un nouvel élément lui sauta aux yeux. La page d'accueil était vierge. Il y aurait dû y avoir toutes les annotations concernant la date d'écriture, la date d'impression, le nom de l'auteur… Bref, tout ce qui constituait une trace historique du livre. Cependant, cette feuille-là était immaculée.

Il l'examina, la huma, la toucha avec respect.

Rien d'apparent. Néanmoins, il était certain qu'elle comportait en son sein un secret. Il alla à la dernière page.

Il y trouva les informations qui auraient dû être inscrites sur la page de garde.

« La première est la dernière ! Vraiment, ce n'est pas très gentil de me laisser dans cette perplexité. »

Il pinça sa lèvre entre son index et son pouce et balada son regard sur ce qui était visible, trop ostensible.

Il tapina les rayons comme on bat l'antiffe.

« Des carnets, des bouquins, des papiers… Très bien rangés. Des toiles d'araignées aussi… Un bougeoir… Des al… »

Il lâcha sa lèvre et attrapa le martinet à l'anneau singulier de la même main. La chandelle, en position horizontale sur l'étagère, fut rapidement placée sur son promontoire d'argent.

Il prit la boîte d'allumettes.

En craqua une.

La lueur jaunâtre créa de nouvelles ombres.

Il porta la flamme sur la bougie qui l'épousa immédiatement.

Imposa au bout de souffre une fumée blanche par son souffle.

Dans un geste instinctif, mit la boîte dans la poche de son pantalon.

« Par la lumière, traverse le temps. »

Il tendit la feuille aux cercles devant le halo dansant et observa.

Rien… Il ne se passa rien !

Il recommença le processus… en vain !

Déçu, il laissa le document s'enrouler sur lui-même, faisant un bruit de frottement vif sur le rayon à portée de main et prit le bouquin, source de tous ses questionnements.

Il eut toutes les peines du monde à maintenir, sans abîmer le livre, la page de garde devant la bougie.

De l'encre sympathique… Aussi simple qu'un « bonjour » !

 Et c'est ainsi qu'un nouveau dessin naquit sous ses yeux vifs et euphoriques.

« Une tête de loup ? De chien ? Un chien-loup ? Un molosse ? Un molosse… Mais oui ! 1902… C'est… c'est la première édition du "Chien des Baskerville". Je ne sais pas qui tu es, mais tu devais fichtrement bien connaître mon père… »

Il passa quelques minutes à chercher non pas UNE édition, mais L'ÉDITION originale du chef-d'œuvre du créateur de Sherlock Holmes. Une fois dénichée, il l'alpagua littéralement en humant l'odeur du vieux livre au passage.

Il alla directement au but et découvrit dans l'arête de ce dernier un document plié.

Après l'avoir mis à plat, il y dévoila un nouveau graphique.

C'étaient deux triangles. L'un recouvrant partiellement l'autre.

À chaque coin, on pouvait y trouver trois mots « Koï, Kirk, et Grav. » sur le premier.

Et trois sigles : deux petites roues dentelées, un aigle survolant une fiole, deux masques de théâtre superposés, sur le second.

Le premier étant équilatéral, le second isocèle.

Franck était un peu perdu.

Il prit le temps de se fondre dans ce parcours complexe dans lequel il s'investissait avec la plus grande humilité.

Quel rapport pouvait-il y avoir entre une vengeance personnelle, les plumes blanches, un groupe de silhouettes, les quatre cavaliers de l'Apocalypse, les quatre pages du carnet de Hyde et ces diagrammes ? Il superposa les feuilles et les plaça à la lumière vacillante. Un peu de cire coulait sur le plateau du bougeoir.

Mais cette action fut aussi vide de sens.

Il fallait tout d'abord qu'il puisse décoder les mots et les dessins.
Il souffla la chandelle muée en lumignon et reprit le chemin inverse.

Arrivé dans le salon, il resta debout sans bouger.
Les bras pendants et tenant entre les doigts les deux parchemins.
Au-dessus des tableaux illustrant des parties de campagne, les hautes fenêtres ornées de vitraux invitaient courtoisement des rais de soleil à les pénétrer, créant ainsi des faisceaux colorés. Les portraits aux visages si sinistres d'habitude devinrent presque rayonnants.
Son propre aïeul, Keith Albert Joe Rakinson, à l'air sérieux et déterminé, paraissait humain et jovial.
« Par la lumière, traverse le temps. » Franck passa sa langue sur la bouche. Il était déshydraté. Il prit donc quelques secondes pour se servir un peu d'eau dans un verre qu'il but d'un trait. La tête penchée en l'arrière, il fut un moment ébloui par un trait de l'astre du jour qui l'obligea à fermer les paupières.
Soudain, comme foudroyé, il posa son verre assez brusquement sur la table basse.
Commençant à faire les cent pas, les yeux toujours levés, comme inspiré, il marmonna des mots. « Kirk, Grav, Koi… Kirk, Grav, Koi… »
Il dressa devant lui la feuille où se trouvaient les deux triangles et le disposa juste dans l'axe d'une des fenêtres. Sans succès ; il passa à la seconde.

Un des dessins sur un vitrail supérieur représentait un ange tenant entre ses mains un instrument de musique.
Un triangle.
Il plaça le parchemin et superposa l'équilatéral sur celui serré par les doigts fins et délicats de l'être aux plumes blanches ; la distance entre les deux ne donnant rien, Franck recula d'un pas, puis glissa vers la droite.
Et là, il comprit.
Ce n'était pas un triangle ordinaire !

Chapitre 5 : Les anges de la mort.

Adila arriva au ministère des armées. Elle présenta son badge et demanda à voir les archives. Après l'ultime guerre, le ministre des Armées enjoignit au Gouverneur de l'époque de moderniser considérablement le Centre Mémoriel Militaire. Il se trouvait juste à côté de l'école polytechnique qui était, quelques jours plus tôt, le cœur même de l'attention de l'État. En effet, Franck avait supputé que quatre positions importantes de la ville devaient être les cibles des cavaliers de l'Apocalypse. Encore un leurre, puisque le barrage et la forêt furent les seuls points névralgiques à subir les assauts.
Elle s'installa dans un box. Demanda à haute voix :
« Origan Farius, Anthony Zinger et Harold Fergusson ».
Au centre de la salle noire vint s'imposer alors une image en quatre dimensions qu'Adila pouvait faire pivoter à son gré ou en tourner les pages translucides.
Elle découvrit que les trois soldats avaient fait partie du 5e Régiment des Actions Expéditives. Le R.A.E ! Ou plus communément appelé l'Escadron des Fossoyeurs. Quand ce dernier passait dans une région ennemie, rien n'y survivait. Le Haut Commandement des Armées, afin d'en terminer avec ce conflit, avait pris la décision d'incorporer des psychopathes, des aliénés et assassins en tous genres.
En approfondissant sa recherche, elle repéra un événement qui attira son attention et attisa sa curiosité. La description d'une mission se déroulant dans l'ancienne Italie. Un régiment de soldats de terre, ceux que l'on nommait les Renards, était tombé dans une embuscade. Ils avaient réclamé des renforts et le R.A.E était justement proche de l'endroit de l'escarmouche. Les hommes s'écrasaient au

sol comme des mouches et le temps était compté.
Lorsque le R.A.E arriva sur les lieux, le lieutenant-colonel de l'escadron fut le premier touché en pleine poitrine et chuta raide mort ; le commandement fut ainsi accordé au plus haut gradé encore en vie qui était Origan Farius. Ce dernier, en concertation avec ses deux acolytes, Fergusson et Zinger, décida de lâcher les Renards. Ils repartirent sans laisser aucune aide. Seul, un soldat resta auprès du régiment en perdition. Mais aucun nom ne fut donné.
Adila chercha alors ceux des Renards.
Et là, dans la liste interminable des cent cinquante hommes, trois attirèrent son attention.
Les uniques survivants du massacre.
« Ce n'est pas possible ! »
À ce moment précis, la porte du box s'ouvrit intempestivement.
Une silhouette, toute de noire vêtue et cagoulée, pointa un automatique vers Adila.
Dans un mouvement impulsif, elle se jeta sur l'arme.
Plongeant de tout son poids, elle arriva à plaquer le bras de l'agresseur contre la paroi sombre.
Ne lâchant pas le pistolet, malgré les coups répétés de la main sur le mur, l'assaillant tenta de la repousser.
Mais, se retournant, Adila, par une prise magistrale, bascula le corps de l'assassin sur le sol. Cette rotation donna une impulsion aux pages diaphanes qui pivotèrent vivement sur leur axe invisible. Terminant par une clef de bras, elle réussit le tour de force de le désarmer. Ce dernier, sans temps morts, fit émerger un poignard hors du fourreau et la blessa à la jambe.
Sentant une douleur intense, elle recula.
La silhouette alors se releva.

Adila avait déjà dégainé, laissant le holster esseulé, collé sous son aisselle. « Ne bougez plus ! »
Cependant… l'imprévisibilité, l'inattendu !
Dans la poignée du couteau se trouvait une petite détente.
L'assassin l'enclencha et la lame partit, sifflant dans l'air pénétré, en direction d'Adila.
Elle eut juste le temps de se coucher.
Profitant de cette occasion, la silhouette sauta au-dessus d'elle, se retourna et lui assena un coup de pied à la tête avant d'échapper.
La policière se souleva de toutes ses forces, se mit sur ses pieds et fonça hors du box, l'arme bien en main.
Les quelques personnes se trouvant dans les parages poussèrent des cris en se ruant dans ou sous des abris de fortune.
Adila marcha à vive allure, malgré un boitillement naissant, s'arrêtant devant chaque box ouvert. Passant en revue, le moindre recoin. Se retrouvant parfois à forcer une porte et découvrir ce qu'il y avait à l'intérieur.
Souvent un homme ou une femme effectuant des recherches dans les archives.
Elle n'entendait que sa respiration, n'écoutait que les sons l'environnant.
Elle continua son parcours jusqu'au hall principal peuplé de soldats en uniforme.
Lorsqu'ils la virent avec un pistolet, ostensiblement sorti de son fourreau, et du sang suintant sur sa jambe, certains dégainèrent :
« Halte ! Posez votre arme Madame !
— Détective Inspectrice Adila M'Koumbé !
— Posez votre arme à terre ! À genoux ! Et les mains sur

la tête !

— Putain ! Je vous dis que je suis flic ! On a essayé de me tuer !

— Dernière sommation Madame, posez votre arme à terre !

— C'est bon ! C'est bon ! »

Elle obtempéra. Deux soldats lui passèrent les menottes alors qu'un troisième la soulagea de son arme.

Alors qu'ils la redressaient vigoureusement, leur collègue, comme emporté par un vent de folie, pointa le révolver vers elle !

« Oh ! MERDE ! » cria-t-elle !

Une détonation retentit.

Le cadet s'écroula !

Un autre avait fait feu sur lui !

Tout le monde resta, quelques secondes, figé, les yeux fixés sur le cadavre.

Alors que l'écho de la déflagration rebondissait de voute en voute, un gradé arriva en courant !

« Bon sang ! Vous pouvez m'expliquer ? »

Adila narra dans les grandes lignes ce qui l'avait amené à être arrêtée. On la relâcha. Tout en se frottant les poignets blessés par les menottes, elle s'adressa aux femmes et aux hommes présents.

« Son nom ?

— Enrico Acevedo. Il était simple soldat. Rien de particulier. Pourquoi voulait-il vous tuer ?

— Je n'en sais fichtre rien !

— Comment procède-t-on ? » demanda le commandant de la garnison.

« Faites venir la scientifique. Qu'elle passe tout en revue, de son logement à sa personne. » Il acquiesça et effleura

par deux petits coups successifs l'arrière de son lobe.
Son sauveur s'approcha d'elle.
« C'était votre agresseur, Détective Inspectrice ?
— Je suis étonnée qu'il ait pu se changer en si peu de temps. »
Sur cette réponse qui n'en était pas vraiment une, elle donna son nom, son grade, comment la contacter.
« Voulez-vous que l'on vous bande la jambe ?
Elle décocha son plus beau sourire. « Merci, ça va aller ! »
Et elle sortit sous le regard vert du militaire, indubitablement charmé.
Adila boitait un peu.
Sa blessure à la jambe, bien que superficielle, n'en était pas moins douloureuse.
Elle n'avait pas envie de rester.
Elle respira l'air frais et revigorant.
« Bon ! Adila, direction l'hôpital ! »
Elle traversa la rue quand un bruit bien particulier attira son attention. Une moto, lancée à vive allure, fonça sur elle.
Plongeant sur le côté, Adila parvint à l'éviter.
Cette moto, au concept révolutionnaire, dotée d'une seule roue, opéra un demi-tour sur son axe, provoquant un crissement sans laisser aucune trace de gomme sur le bitume et fondit sur l'inspectrice. Cette fois-ci, elle prit les devants ! Pivotant un peu sur elle-même, elle réussit à l'esquiver et à se retrouver face au dos du pilote. Elle l'agrippa au passage et le fit choir de tout son long. Le choc la déstabilisa et elle tomba au sol en même temps que son agresseur. La moto finit sa course contre un mur quelques mètres plus loin.
Le pilote sortit une arme et fit feu. Adila, dont la première

réaction fut de mettre tout le monde à l'abri, se plaça derrière un pilier et cria : « Couchez-vous ! N'approchez pas ! »

Puis commença à riposter.

Les balles ricochaient sur les façades ou laissaient la marque de leur pénétration. Sentant qu'il n'était pas à la hauteur, le motard partit à toutes jambes dans une direction indéterminée.

Adila s'élança dans son sillage.

Elle effleura son oreille.

« Je suis à la poursuite d'un suspect. Je cours vers le nord de la ville. Entre le 4e et le 8e secteur. Demande de renforts. »

La silhouette casquée faisait des enjambées courtes, mais très rapides. Elle passa près de quelques poubelles et de sa main gauche, les fit tomber au sol.

Ces dernières roulèrent vers Adila qui, dans un effort considérable à cause de sa blessure, dut sauter par-dessus.

Le fugitif, frôlant, bousculant les piétons, se sentit acculé à un muret.

Toutefois, d'un pied d'appel surprenant, il atteint le sommet de celui-ci et sans attendre, se mit à bondir de clôture bétonnée en clôture bétonnée, avec une étonnante agilité, pour se retrouver au milieu de la rue.

Une voiture, arrivant à une allure modérée, faillit le renverser, mais, par un salto arrière, il passa au-dessus de cette dernière et atterrit en roulé-boulé, alors que le véhicule freinait sec sur une courte distance.

Adila n'en revenait pas. « Putain ! C'est qui cet acrobate ? »

Et d'un geste autant précis qu'impérieux : « Restez dans

votre bagnole, ne sortez pas ! » ordonna-t-elle au conducteur.

L'acrobate recula et de son élan s'agrippa au mur d'un immeuble. Il plaça son révolver à l'arrière du dos, dans la gaine faite à cet effet.

Il démarra, sans glisser, une progression vers le haut, sautant de prise en prise, de fenêtre en fenêtre.

La policière entra dans le bâtiment et commença à grimper quatre à quatre les marches. Sa jambe saignait et elle avait du mal à tirer sur le muscle.

Mais elle était bien décidée à l'appréhender et à le questionner.

Arrivée à la porte donnant sur les toits, elle l'ouvrit avec une volonté farouche. « Allons, bon ! Encore les toits ! »

S'étant mise en position de tir, elle pointa devant, à droite, à gauche ! Rien !

Il s'était volatilisé ! Tout à coup, du renfoncement supérieur servant d'encadrement à l'issue, l'acrobate sauta au-dessus de sa tête, tête en bas, assenant violemment un coup de poing sur l'arme qui valdingua quelques mètres plus loin.

Ne comprenant pas trop ce qu'il venait de se passer, Adila regarda où son pistolet avait pu glisser et se retourna pour tenter de repérer le motard.

Il était face à elle.

Sa corpulence et sa manière de se mouvoir lui fournirent des informations : c'était, à n'en pas douter, son agresseur au ministère.

Elle n'attendit pas.

Elle sauta sur lui.

Dispensa une série de coups de poing dans les parties les plus sensibles du corps pour finir à la gorge.

De douleur, il se tint le cou en poussant des petits cris étouffés.
Il tenta de sortir son arme !
Elle lui donna un coup de pied retourné qui fit s'envoler le révolver.
Dans un dernier effort, il l'attrapa par les cheveux. « Ah ! Non, pas les nattes ! »
Et lui assena un coup de latte dans la rotule gauche et un autre au niveau du sternum. En perte d'équilibre, il recula, trébucha et tomba dans un cri horrible, finissant sa chute sur le sol, quelques mètres plus bas.
Adila s'allongea.
Elle avait mal !
Elle était épuisée !
« Les toits ! Pourquoi toujours les toits ? »

Quelques minutes plus tard, elle dut expliquer à ses collègues la chronologie des deux agressions. Tout en parlant, elle fixait du regard la tache de sang. S'y reflétait, comme une pantomime grand-guignolesque, l'ombre d'oiseaux dansant dans le ciel azur.
Un jeu de miroir inversé… La beauté d'un vol se mirant dans l'horreur d'un crash.
Sacht s'approcha d'elle et la prit par le bras, l'obligeant à s'extraire de sa contemplation.
« Adila, il n'est pas mort !
— Quoi ?
— Il est gravement esquinté, mais… en vie.
— Comment est-ce possible ?
— Je l'ignore. Son casque, peut-être a-t-il joué un rôle. Écoute… c'est moi qui m'occupe des cas Farius et Fergusson.

— Oui, je sais Sacht. Et ?
— On m'a appelé pour ton agression au ministère. La scientifique a dégotté quelque chose dans l'uniforme de la première victime ; cette carte sur laquelle est notée "L'ange de la mort commence par le vivant !" Et sur le motard, dans son blouson, on a remarqué qu'il avait la même carte sur lui avec les mêmes inscriptions.
— Et ? … enfin, je veux dire quel rapport entre ton affaire d'égorgements et celle-ci ?
— Les plumes.
— Tu as trouvé des plumes ?
— Pas du tout ! Mais les anges ont des ailes faites de plumes. Je me suis dit que peut-être… »
Adila le regarda d'un air dubitatif. Elle ne savait pas s'il se moquait d'elle ou s'il était sérieux.
« Tu devrais en parler à Franck, non ? C'est son domaine ! »
Elle hocha la tête en signe d'approbation.
Il n'avait peut-être pas tort !
Dans tous les cas, on avait mis un contrat sur elle… Pour une raison qu'elle n'arrivait pas à comprendre.
« Mais avant, faut que je me fasse recoudre ! » dit-elle en tenant la jambe maculée de sang.

Chapitre 6 : Le triangle.

Loin d'imaginer sa coéquipière en danger, Franck récupéra Héléna au laboratoire. Il était déjà plus de quatre heures de l'après-midi, mais ils avaient pris la décision tous deux de déjeuner avec Agota, une des deux petites sœurs de Franck. Elle était étudiante en beaux-arts, mais son niveau était tel qu'elle aurait pu elle-même enseigner.
Ils se retrouvèrent au restaurant de l'Université. C'était un lieu grandiose, peuplé de plantes, de sculptures en tous genres, de peintures défiant le temps. Un lieu où il faisait bon vivre, loin des tumultes, des batailles rangées et des énigmes.
« Salut frérot ! Coucou Héléna ! »
Agota était une jeune femme remarquable. Tout à fait à l'aise dans son univers, elle souriait à tout ce qui l'entourait ; cela émanait aussi de cette magnifique famille unie dans laquelle Franck avait trouvé sa place.
Héléna l'embrassa comme la sœur qu'elle n'avait jamais eue.
« Comment vas-tu, Agota ? » demanda la scientifique à l'artiste !
« Très bien ! Et toi ? Franchement, la dernière fois, ton méchant fiancé est venu seul ! Égoïstement ! Alors qu'il sait que c'est toi notre préférée ! » Ils éclatèrent de rire.
« Papa et maman vous font de gros bisous !
— Et notre frangine ?
— Oh ! Abigèl, fidèle à elle-même… le maquillage, les petits copains et un peu les études… mais pas trop, tout de même ! Elle reste persuadée qu'elle épousera un homme riche et célèbre. »
Franck et Héléna sourirent de concert. Cette dernière

s'enquit de la santé de la nouvelle venue dans la famille.
« Et Élise ? Comment est-elle ?
— Elle va… Elle va ! Mais son mutisme nous inquiète.
— Est-ce que je peux venir la voir ?
— Quand tu veux Héléna, notre maison est la tienne.
Franck, où en est l'enquête concernant ses vrais parents ?
— Nulle part, pour l'instant. Elle ne fait l'objet d'aucune recherche. À croire qu'elle n'avait aucune famille.
— Pourtant Katerina l'a bien enlevée quelque part, non ?
— Oui, Héléna ! Je suis d'accord avec toi… c'est très frustrant. Le service de recherches est à pied d'œuvre… Je… je ne saurais en dire plus… On n'a rien ! »
Héléna ressentit un pincement au cœur. Si fort qu'Agota lui prit la main en signe d'affection et de solidarité.
Un garçon de café s'approcha.
Comme ils étaient un peu pressés, ils choisirent la facilité. Des sandwichs seraient les bienvenus. Le serveur écrivit la commande et s'en retourna.
« Alors, Francky, qu'est-ce que tu attends de moi ?
— Agota ! Qu'est-ce que tu peux me dire sur le triangle ?
— La forme géométrique ?
— Oui et aussi l'instrument de musique… Mais uniquement dans le domaine de l'art.
— Ah ! OK ! Alors… »
Elle sortit sa tablette et l'éclaira.
« Le triangle a plusieurs symboliques ; la stabilité par exemple. Les architectes l'ont adopté de tout temps, des Égyptiens à nos jours. C'est aussi celui de la femme… pour des raisons… que je vais éviter d'énoncer pour ne pas faire rougir mon grand frère. » Héléna sourit en passant sa main dans les cheveux de son amoureux.
« Et enfin chez les anciens chrétiens, c'était celui de la

Trinité…

— La Trinité ? interrompit Franck.

— Oui ! Pourquoi ?

— Lors d'une de mes premières confrontations avec Origan Farius, il m'a parlé d'une nouvelle Trinité. "Jekyll, Hyde, Jack !"

— OK ! Mais Farius est mort !

— Et bien mort ! Cependant, il m'avait dit une chose aussi… Une chose troublante : "qu'ils étaient une multitude !"

Le garçon apporta les repas. Ils entamèrent leur légère restauration tout en conversant.

"Une multitude ? Tu crois que Farius a fait des émules et… qu'ils vont perpétuer son œuvre ? questionna Héléna.

— Ces documents sont largement antérieurs à l'arrestation de Farius."

Il sortit les deux parchemins.

"Mon père, enfin… mon géniteur, a prononcé le mot de 'voyageur' toujours au singulier. Ce 'voyageur' a peut-être laissé, après la mort de mon paternel, ce jeu de piste commençant par… par des plumes blanches. Elles-mêmes, symbole de vengeance. Vengeance sur des traitres ou des lâches durant l'ultime guerre.

— Donc, tu penses que ce 'voyageur' serait derrière cette vendetta ? Mais dans quel but ? Vingt-trois ans après la fin du conflit, cela n'a aucun sens.

— Tu as raison, Héléna, cela n'en a aucun.

— En revanche, tes triangles sont intéressants, frérot !!!

— Pourquoi ?"

Agota chercha quelques secondes dans sa tablette. Ses cheveux roux tombaient devant son visage rayonnant, constellé d'une multitude d'étoiles de rousseur.

"Regardez ! ... Vous voyez ? C'est une représentation de l'ancienne religion chrétienne. Là, ce sont des anges musiciens. Les trompettes, la cithare, le violoncelle... sont des instruments dédiés à la gloire de leur dieu. Mais cet ange-là tient entre les mains le triangle. Signe de leur Sainte Trinité.

— D'accord... Et donc... Tu disais que mes triangles étaient intéressants. Pour quelle raison ?

— Durant l'antiquité grecque vivait un philosophe platonicien. Il se nommait Xénocrate. Il avait une formule pour chaque triangle."

Tout en expliquant, elle écrivait sur sa tablette, comme pour y laisser une trace ou, tout simplement, donner du poids à sa leçon.

"D'abord... La Divinité par le triangle équilatéral... Que l'on retrouve dans l'iconographie que je viens de te montrer, laquelle, pourtant, est postérieure aux anciens Grecs et surtout ne traitant pas de la même religion. Les Grecs étant, à cette époque reculée, polythéistes. Alors, que les chrétiens étaient monothéistes.

Ensuite, l'Humanité par le triangle scalène dont les trois côtés sont de mesures différentes. Et pour finir Les Génies, par le triangle isocèle."

Franck regarda son parchemin. Héléna pointa du doigt le premier des deux triangles.

"Celui-ci donc est le symbole de la Divinité. Mais... ces trois mots te disent quelque chose ? Kirk, Grav et Koi"

Agota lut en même temps qu'Héléna.

"Non... Rien... Ce ne sont pas des déités connues... À part Kirk qui, chez certains peuples gaulois, était le dieu du vent. Sinon...

— Et le second, un triangle isocèle... Dont au moins deux côtés sont égaux. Mais pourquoi choisir l'isocèle ?

— Héléna, Xénocrate imaginait que cette forme géométrique était la formulation du Génie : les imperfections et les douleurs humaines combinées à la puissance sans limite de la Divinité. Un mix du scalène et de l'équilatéral."

Un court silence s'ensuivit. Franck était plongé dans ses documents.

"Attendez ! ... Mais... On en oublie trois autres ! Trois petits triangles aux frontières des deux grands ! Trois triangles scalènes. L'Humanité découpée en trois.

— Tu as raison. Mais quels sont ces trois sous-groupes ?

— America, Européa et Asiatica ?

— Peut-être ma chérie, mais je pencherais plutôt pour cette formulation : les Dirigeants, les Peuples et les Défunts. Tous au service d'une trinité pilotée par une triangulation de génies."

Héléna et Agota se regardèrent furtivement.

"Les défunts ?

— Oui, je crois savoir ce que veulent dire Kirk, Grav et Koi ! Ce sont des mots tronqués. Des abréviations. Kirkegård en ancien danois, Graveyard en anglais et Koimêtêrion en latin ou plus communément écrit 'cœmeterium'. Traduction...

— CIMETIÈRE ! imposa Agota, en fronçant ses sourcils roux et fins. Trois cimetières ?

— Exact...

— Alors... Les génies... Ces petits dessins seraient donc leurs... leurs représentations graphiques ?

— Une roue crantée, un aigle survolant une fiole et deux masques l'un sur l'autre."

Agota haussa les épaules, exprimant sa totale incompétence à tenter de résoudre ce mystère. Franck, les

yeux perdus dans ses pensées, regardait une statue assez haute d'un guerrier tenant une épée.
"La réalité, c'est l'âme. À parler absolument, notre visage est un masque. Le vrai homme, c'est ce qui est sous l'homme."
— C'est de toi ?
— Non, sœurette, de Victor Hugo. Un génie d'un autre temps. »
Ils s'étaient tus quelques minutes, finissant leur repas. Héléna repoussa ses cheveux en arrière et plaça sa tête sur sa main droite.
« Et sur le deuxième parchemin ?
— Deux cercles avec des petites…
— Des cercles ? Ça aussi c'est intéressant ! coupa net Agota. Les cercles sont symboles d'unités. Mais c'est, entre autres, celui de l'infini, de la perfection, de la Divinité !
— Tu es sûre ?
— Oui, frérot. Quand on étudie les arts, on est obligés de comprendre pourquoi tel peintre ou telle sculptrice utilisent telle forme, telle ligne, telle courbe… de maîtriser sa signature, son style… Et de connaître et analyser l'Histoire avec un grand H ainsi que l'aspect métaphysique, psychique et religieux. »
Franck faisait marcher ses cellules grises à une vitesse que lui-même n'arrivait pas à cacher, à contrôler.
Profitant de cette introspection, Agota rajouta :
« D'ailleurs, Franck, tu as parlé tout à l'heure de plumes blanches ?
— Exact. Référence à un roman du début du vingtième siècle.
— Et si… Regarde cette tapisserie ! »

Elle lui passa sa tablette, la poussant de sa jeune main sur la nappe immaculée.

« Un ange a des ailes…

— Et les ailes sont faites de plumes… » continua Héléna, fronçant les sourcils et fixant intensément de ses yeux bleus l'image en question.

— Exact ! Mais ce qui est d'autant plus troublant dans cette reproduction religieuse, c'est que le triangle sert ici d'instrument musical au tintement céleste, mais aussi, et surtout, de décompte. Chaque coup amène inéluctablement l'Humain vers sa destinée.

— C'est-à-dire ?

— Observez bien ce qui est inscrit sur le fronton de la tapisserie. » Franck et Héléna se serrèrent afin de pouvoir lire.

« L'APOCALYPSE ! »

Chapitre 7 : La mort aux trousses.

  Franck et Héléna roulaient depuis un petit moment. Il réfléchissait à toutes les informations que sa sœur leur avait données et ne put s'empêcher de marmonner des phrases inintelligibles. Héléna ne supportait pas quand il faisait ça.
« Franck, si tu dois dire quelque chose, dis-le tout haut. C'est fatigant de te voir remuer les lèvres sans qu'on ne comprenne rien.
— Oui, pardon Héléna. Je pensais simplement qu'il fallait tout reprendre de zéro.
— OK ! Faisons ça !
— Bien ! Un : Origan égorgé au centre de détention et d'exécution. On trouve une petite plume blanche. Deux : mon enlèvement par une organisation secr…
— Quoi ? Tu t'es fait enlever ? Mais tu ne m'as rien dit ! »
Il se rendit compte qu'il avait vraiment gaffé sur ce coup. Il n'avait pas prévenu Héléna, soit par omission, soit par lâcheté… Peut-être, un peu des deux.
« Oui… Encore un énorme pardon, ma chérie ; mais je t'assure que ce n'était rien. Je n'ai couru aucun risque. Cette organisation internationale voulait que j'enquête pour eux sur la mort de Farius. En précisant que le nouveau Gouverneur était sans nul doute le meurtrier assoiffé d'une vengeance personnelle. Farius avait assassiné sa fille. Bref… Mais ça ne tient pas debout ! Pourquoi attendre si longtemps après les faits et, surtout, pourquoi patienter jusqu'au jour de son exécution ?
— D'accord, alors, ça, c'est le numéro deux !
— Trois : Fergusson se fait égorger au pénitencier. On trouve une deuxième plume blanche. Quatre : je me mets à

supposer que ces plumes ont un lien avec un roman. Cette investigation me pousse à aller dans les tunnels de mes aïeux et découvrir ces deux documents, dont les dessins… »

Coupé dans sa narration, il sentit son oreille bourdonner.

« Oui, allo !

— *Franck, c'est Adila. On vient de tenter de me tuer par deux fois !* »

Franck freina aussi sec. Héléna s'accrocha comme elle put afin d'éviter de se cogner.

« Quoi ? Mais qui ? T'es où ?

— *Je suis à l'hôpital.*

— Tu es blessée ? »

Héléna regarda Franck d'un air inquiet.

« *Non, ce n'est rien, une égratignure. Écoute, deux mecs ont voulu m'assassiner ! Ils étaient super entraînés et surtout il y en avait un… Tu aurais dû voir ça ! Une agilité incroyable. Je vais enquêter dans ce sens. De plus, ils avaient des cartes sur eux. Des cartes signées "L'ange de la mort commence par le vivant !"*

— Tu en es sûre ?

— *Oui et, je vais peut-être t'étonner, mais Sacht… ça lui arrive de réfléchir parfois… a découvert une concordance entre les plumes trouvées et le nom que ces pourris se sont donné ; dis donc, Franck, je pensais qu'on en avait fini avec ces conneries.*

— Non, Adila ! Et l'affaire prend une tournure vraiment particulière.

— *Il y a autre chose. J'ai pu avoir accès aux diverses missions des deux compères Farius et Fergusson. Figure-toi qu'ils appartenaient au R.A.E.*

— Le régiment des fous ?

— *Exact. Lors d'une mission dite de sauvetage, ils laissèrent les Renards se faire canarder, sans leur porter secours… Alors que c'était leur devoir de leur venir en aide.*
— OK !
— *Il y avait aussi Zinger avec eux.*
— D'accord. Donc, on peut donc penser que tu as dézingué Zinger avant que les autres ne puissent se venger sur lui.
— *Marrant, le jeu de mots ! … Il y a encore plus troublant. L'histoire s'est déroulée en Italie. Et parmi les cent cinquante noms des Renards, trois me sautèrent aux yeux… Ce sont ceux des seuls survivants.*
— Lesquels ?
— *Afanen Lynfa !*
— L'architecte !
— *Oui ! … Matteo Gallo !*
— "Le faiseur de rêves" ? Notre ancien chef ?
— *Il semble en effet ! Et, roulement de tambours, Jorgen Pedersen, notre nouveau Gouverneur.* »
Franck tourna la tête vers Héléna. Le mélange d'étonnement et de doute gravait sur sa face une surprenante grimace. Elle croisa son regard et prit la même expression, mais dans une totale incompréhension.
« Adila, il faut qu'on se voie. Moi aussi j'ai à te dire… certaines choses. Rentre chez toi et surtout ne parle à personne. Repose-toi. Je passerai te voir en fin de journée. Fais gaffe à toi.
— *Ne t'inquiète pas.* »
Ils raccrochèrent. Franck se tourna légèrement vers Héléna qui l'observait d'un air interrogateur et effrayé.
« Qu'est-ce qui s'est passé ? »

Franck ne répondit pas. Il démarra la voiture qui, rapidement, reprit le rythme, stoppé net par l'appel. Il était troublé et surtout trop d'éléments contradictoires se percutaient dans son esprit.

« Franck, tu me fais peur. Qu'est-ce qu'elle t'a dit ?
— On a tenté de l'assassiner !
— Quoi ?
— Des hommes… se faisant passer pour des anges de la mort.
— Encore des anges ? Mais qu'est-ce que ça veut dire tout ça ? Les religions ont été abolies depuis des années. Pourquoi remettre ça sur le tapis ? »
Franck n'eut pas le temps de répondre. Une voiture noire, approchant à vive allure derrière eux, commença à les percuter. Le choc fut brutal, mais Franck réussit à maintenir le contrôle du véhicule. C'était d'autant plus difficile que les routes étaient dans un état de délabrement total.

« PUTAIN ! ACCROCHE-TOI, HÉLÉNA !!! »
Un deuxième heurt leur fit faire une embardée vers la droite. Franck arriva à stabiliser son automobile, l'habitacle branlant de toutes parts, mais un troisième coup, d'une violence inouïe, l'obligea à faire une tête à queue ; le crissement des pneus dévoilait l'ampleur de la joute.

La poussière s'en mêla, formant un nuage quasi opaque, donnant à la lutte entre les deux bagnoles un caractère presque sacré, épique.

Le bolide noir débarqua à fond, par le devant cette fois-ci. Franck, blessé au front, mais lucide, passa la marche arrière.

Une course poursuite improbable, entre les deux

véhicules, s'engagea. Le poursuivant roulant comme un forcené et les poursuivis reculant à une vitesse inimaginable. Une voiture arriva en sens inverse ; Franck la vit dans son rétroviseur.

« Merde… meeeerde ! »

Il l'esquiva de peu, mais ne put permettre à son propre véhicule d'éviter un nid de poule énorme.

L'automobile partit en arrière.

Elle décolla légèrement et rebondit plusieurs fois, faisant des tonneaux et vrillant sur le toit.

Puis… se stabilisa.

Un silence infernal s'ensuivit. Seuls quelques grincements trahissaient une présence métallique, vestiges d'une joute sans merci.

De la fumée sortait du capot. Les pneus continuaient leur rotation sur une route invisible, brassant un air nauséabond.

Héléna se dégagea la première. Elle glissa hors du véhicule par la vitre fracassée.

Elle était en sang.

« Franck… Franck… ! »

Elle n'arrivait pas à crier. Sa voix était étouffée.

La voiture noire passa tout près. La jeune femme accidentée tourna son regard vers les vitres sombres. Elle était certaine que quelqu'un les observait, commotionnés, sans force et sans aide.

Puis… elle continua son chemin comme si de rien n'était. Quelques gravillons sautèrent sur place, lorsque l'assaillant invisible accéléra.

Franck sortit à son tour de la carcasse. Il était meurtri, mais conscient. Il rampa vers Héléna.

« Ça va, ma chérie ? Héléna ? Héléna ? »

Elle était évanouie. Il effleura son oreille.
« Ici l'inspect… l'inspecteur Djor… Djorak. Accident sur… sur la rou… route Gänseklein… Deux blessés… faites… »
Il ne put terminer. Il perdit connaissance.

À travers un écran de buée, il se vit transporter dans un véhicule.
Puis ce fut un couloir défilant à toute vitesse.
Des hommes et des femmes pressant le pas, donnant des ordres et prononçant des mots incompréhensibles.
La vapeur devint plus intense.
Il se réveilla.
Sa tête était bandée.
Il avait des écorchures partout.
Sa main tremblait légèrement.
Il était lucide… C'était déjà ça.
Il entendit du bruit à côté de lui et se rendit compte qu'une infirmière était présente.
« Héléna ? Comment va-t-elle ?
— Votre épouse va bien !
— Ce n'est pas mon épou… Enfin, je veux dire… Peu importe. Elle va bien alors ?
— Oui, inspecteur. Elle s'en est sortie. Mais elle doit récupérer.
— D'accord. »
Il se leva du lit. La soignante se précipita.
« Mais qu'est-ce que vous faites ?
— Je dois impérativement contacter…
— Le médecin qui vient de partir m'a ordonné de vous laisser en repos.

— Madame, je dois appeler maintenant. Je suis…
— Je sais qui vous êtes, Détective Inspecteur Djorak. Vous êtes le sauveur de la cité.
— Oui… Bon ! Ben… pour le moment, le sauveur est dans un piteux état, mais… MAIS… il doit passer un appel. »
L'infirmière le regarda avec un sourire attendri.
« Tenez, je vous donne votre appareil. »
Elle lui plaça délicatement dans le creux de l'oreille, qu'il effleura aussitôt mis.
« Sacht ! » ordonna-t-il aux ondes esclaves.
Il attendit quelques secondes.
On décrocha.
« Sacht, on a essayé de me buter ! Héléna et moi allons bien, mais tu dois placer Adila et ma famille sous protection ! … Quoi ? Tu l'as déjà fait ? Rappelle-moi de t'embrasser quand je reviens ! .... Quoi ? Il ne veut pas sortir ? Ça ne m'étonne pas ! Une vraie tête de mule ! Merci Sacht ! »
Il se leva rapidement du lit.
Il se tenait les côtes endolories.
La tête lui tournait un peu, mais il était décidé à mettre les voiles. Ne serait-ce que quelques heures.
« Qu'est-ce que vous faites, inspecteur ?
— Je dois partir, infirmière !
— Mais non !
— Mais si !
— Mais pourquoi ?
— Pour sauver mon père ! »

Chapitre 8 : Le réveil de la bête.

Le soleil rasant l'horizon, la nuit prenait le temps de s'installer.
Franck sonna à la porte des Horvarth.
Il s'était assuré auparavant que deux policiers seraient auprès d'Héléna, un devant la porte de la chambre et une autre toujours à ses côtés, non loin du lit. Sa mère Aletta et ses deux sœurs Abigèl et Agota, ainsi que la petite Élise, étaient sous bonne garde, dans un appartement dédié à la protection de témoins. Leurs anges gardiens étaient Berger et Leone.
Seul Tamas, le père, avait préféré rester à la maison afin de la préserver d'une quelconque attaque.
La vie de Tamas Horvarth avait été jalonnée de drames. Quand il était enfant, des délinquants étaient entrés chez ses parents, les avaient bâillonnés et ligotés et avaient pratiqué un saccage total de tous les biens du foyer. Une fois la souillure faite, ils avaient emporté avec eux tous les moyens monétaires de l'époque sans parler d'une dotation en or que la famille avait conservée dans une caisse de bois, fermée d'un simple cadenas, au fond de leur cave, n'ayant aucune confiance dans les institutions bancaires. Voilà pourquoi Tamas était resté chez lui, patient et surtout méfiant.
Il ouvrit, un fusil à courte portée dans les mains.
« Papaaaa ! C'est moi ! Tu vas me tirer dessus ? »
L'homme armé regarda autour de lui et fit un signe de la tête.
« Entre fiston ! »
Ce qu'il fit. Le père referma derrière lui puis s'empressa de baisser les stores des fenêtres. Il éclaira le séjour et mit

une buche dans le feu de cheminée.
« Qu'est-ce qu'il se passe, Franck ? Pourquoi tu as la tête bandée ? Tu as eu un accident ?
— Oui, mais… tout va bien ! Héléna est sauve aussi ; papa, j'aimerais t'expliquer ce qu'il en retourne… mais, moi-même, je suis perdu dans cette affaire. Tout ce que je peux te dire c'est que la mort de Farius, Zinger et Fergusson a déclenché une vague de fureur incontrôlable. Il faut que tu viennes avec moi, pour te mettre en lieu sûr.
— Je ne peux pas ! Franck !
— Si, tu le peux et tu le dois ! »
Tamas fut surpris par son ton autoritaire et sans appel. Il le trouva soudainement étrange.
« Fils, tu as une voix bizarre. Ça va ?
— Oui… Je crois que… Les médocs que les médecins m'ont donnés m'agressent un peu.
— Ils t'agressent ?
— Ils sont forts… Et… pardon… je dois aller dans la salle de bain. »
Son père le scruta, dubitatif.
Franck referma la porte derrière lui.
Le son de l'eau du robinet coulant dans le lavabo se fit rapidement entendre.
Soudainement, Tamas crut percevoir un bruit au premier étage. Instinctivement, il pointa son fusil vers le plafond, son regard suivant la même trajectoire. Il ouvrit la bouche comme pour appeler son fils puis… se ravisa. Franck était blessé, il n'allait pas lui demander de monter les marches pour une chose qu'il avait sans doute imaginée.
Il commença l'ascension des escaliers, le canon bien droit vers un éventuel assaillant. Il visita les quatre chambres, la salle d'eau et le bureau. Il n'y avait personne.

Ah ! Mais si !
Le chat !
Ce chat qui n'arrêtait pas de faire tomber les objets des étagères.
« Auguste, tu m'as fait peur ! »
Il souffla un peu. Mit sa main sur le cœur. Il le sentait battre à tout rompre.
« Bon sang, j'ai failli faire un infarctus ! »
Il inspira et expira. C'était son fils qui lui avait appris cette méthode de respiration par le bas du ventre afin de calmer sa tension. « Mais rendons à César ce qui appartient à César : c'est ma supérieure, Adila qui me l'a enseignée. » expliqua-t-il à son père, alors que lui-même n'était qu'un Bleu.
Tamas n'avait jamais oublié ce précieux conseil.
Ce dernier s'étonna d'observer son animal domestique tourner sur lui-même et feuler comme si un ennemi invisible le harcelait.
Cependant, il était coutume à ce chat de réagir bizarrement. Tamas haussa les épaules puis redescendit, confiant, le canon du fusil dirigé vers le parquet en bois. Arrivé en bas, il fut attrapé violemment et jeté de l'autre côté du salon, brisant au passage un vase et une lampe.
Ce geste aussi inattendu que brutal était accompagné d'un rire aigu.
Un rire constant, sans humanité.
Il se sentit à nouveau décollé, voyant le sol se dérober sous son corps et projeté comme une poupée de chiffon sur la table. Il fut si surpris qu'il n'eut pas le temps d'avoir peur.
Tout allait à une cadence sidérante.
Et toujours ce rire emplissant le lieu.
Une fraction de seconde, il tourna la tête et aperçut le fusil

couché sur un des tapis.
Il tenta de se laisser choir afin d'agripper son arme, mais fut vite rattrapé par deux mains puissantes qui l'éjectèrent vers un meuble. Sous le choc, le bahut s'affaissa.
Tamas roula un peu sur le côté. Il avait du mal à voir, à comprendre.
Tout ce qu'il voulait, c'était pouvoir se défendre.
Il prit une statuette en bronze, la jeta sur son assaillant.
Ce dernier éclata d'un rire encore plus strident, encore plus terrifiant.
Tamas profita de ce petit moment d'inattention de la part du forcené et fonça sur le fusil.
Il l'agrippa du bout des doigts au moment même où l'agresseur, le tenant par les chevilles, commença à le trainer vers le garage.
Tout en glissant sur le sol, Tamas se retourna ; il ne voyait que le dos de son assaillant.
Dans un effort inouï, il fit feu, le manquant de quelques centimètres.
Dans un cri de rage pure, ce dernier lâcha les jambes du père et pivota.
« Mais... mais ce n'est pas possible... »
Tamas suffoqua un instant... Puis se remit aussi vite que possible sur ses pieds et remonta au premier étage.
« C'est pas possible ! »
Il entendit hurler dans les escaliers ; le forcené était à ses trousses.
Il s'enferma dans son bureau.
Là, il y avait un balcon, donc une échappatoire.
Il bloqua l'huis dont les coups violents faisaient trembler le chambranle.
Il fonça sur la terrasse. Effleura son oreille.

« La police ! »
Il attendit.
Les secousses étaient terribles.
La résonance, comme des tirs de canon.
Sourde et puissante.
Il frémissait.
« Allo, ici Tamas Horvarth, 38e secteur. Venez vite ! On essaie de me tuer… Non… C'est mon fils ! Mon fils… Franck veut me tuer !!!! »
La porte explosa littéralement.
Dans un ultime désespoir, Tamas ferma la porte-fenêtre à clef.
Il savait que c'était inutile.
Franck se rua sur elle et la fit voler en éclats.
Son père, blessé par quelques bris de glace, préféra se jeter du premier étage plutôt que de subir un nouvel assaut.
Le corps heurta violemment la terre.
Il était conscient, mais ne pouvait plus bouger.
Dans sa tête, mille et une choses s'entrechoquaient.
Il dirigea son regard sur le balcon et vit Franck arriver sur le sol à pieds joints, comme si la hauteur n'exerçait aucune influence sur lui, sur ses jointures.
Le fils se jeta sur le père et commença à l'étrangler.
 Tamas tenta désespérément de dire quelque chose… De le supplier… mais rien n'y fit.
Le fils voulait la mort du père.
Le rire était de plus en plus froid et sans âme et sa tessiture grimpa haut dans la gamme ; une voix de tête insupportable… mais celle-ci fut rapidement couverte par un son plus glaçant encore.
Dans un hurlement de sirènes, des voitures de la force publique arrivèrent.

Les phares projetaient, sur l'herbe du jardin, une pantomime frénétique.

Des officiers sortirent, pistolet à la main.

« Police ! Les mains en l'air inspecteur ! Lâchez votre père. Ou nous faisons usage de notre arme. »

Franck souleva son père et le porta comme un bouclier en courant vers les véhicules arrêtés.

« Ne tirez pas ! Surtout, ne tirez pas ! » ordonna un gradé.

Franck se mit alors à chanter :

« *From Hell, Jack is back.*

Killing men, children, wives,

Police running to catch him!

Jack hides ! Jack is Hyde

From Hell !!! »

Arrivé à la hauteur d'un jeune cadet, Franck jeta son père au sol et prit le policier à bras le corps. Lui fracassant la colonne vertébrale, il le propulsa sur un autre. Puis, dans un élan incroyable, il sauta sur une voiture et souleva un troisième bleu par la nuque et la lui brisa, tenant la pauvre victime toujours devant lui.

Il entama à nouveau dans un rire hoquetant :

« *From Hell Jack is back,*

Flying heels on the roofs,

Breathing cut when he moves,

Police running to catch him.

Jack hides on your heart !!!!

From Hell !! »

La luminescence des gyrophares se mêlait à celle des armes crachant des flammes.

On tenta de lui décocher quelques balles, mais il était rapide. Très rapide.

Il prit un des automatiques de la police et fit feu à son tour.
Des flashs vifs, une masse sombre se déplaça au lointain qui l'obligea à pivoter quelques secondes puis il se retourna vers les malheureux officiers.
Les policiers, se retranchant derrière leur auto, n'arrivaient pas à répliquer.
Les pneus éclataient, les vitres volaient dans tous les sens.
Des trous prirent naissance dans la carrosserie.
Deux policiers, blessés, demandèrent du renfort.
Un Interceptère fit vrombir son rotor au bout de quelques secondes.
Il tourna au-dessus des voitures.
Les cadets furent soulagés de voir un arsenal aussi impressionnant.
Lorsqu'ils se relevèrent, ils se rendirent compte qu'on ne tirait plus sur eux.
Franck avait disparu.

La nuit avait pris son tour de garde, laissant le jour dormir.
Deux Interceptères survolaient la ville à la recherche du fuyard. De leur lumière cyclope, ils scrutaient chaque route, chaque sentier, chaque maison.
Adila et Sacht, mis au courant de la fusillade, arrivèrent sus les lieux.
On prodiguait les premiers soins aux nombreux blessés.
Cependant, sur un rythme sépulcral, des sacs mortuaires étaient placés dans des caissons à destination de la morgue.
Tout le monde était comme immergé dans une torpeur commune.

Adila était sous le choc. Elle ne pouvait accepter le fait que cela soit son ami, son coéquipier, le monstre recherché. Elle était d'une tristesse et d'un désarroi qui ne laissèrent pas indifférent son collègue.

« Ça va aller, Adila ? »

Elle hocha simplement de la tête. Elle n'avait pas envie d'éventer le moindre sentiment auprès d'un homme comme Sacht. Il était gentil, mais… Ce n'était pas Franck. Tous deux s'approchèrent de Tamas. Il était couché sur un brancard. Sous oxygène, on entendait sa respiration à la fois forte et sans force.

« Bonjour, Monsieur Horvarth. »

Il restait là, inerte, les yeux comme éteints, fixant le ciel. Adila tourna la tête vers un des infirmiers.

« Comment va-t-il ?

— Il est commotionné… Cependant, il est en vie ! Il aura besoin de soins pour les multiples fractures, contusions… et pour son cœur aussi, mais… mais c'est surtout son mental qui me préoccupe !

— C'est-à-dire ?

— Il ne dit rien. Il ne fait que marmonner une phrase en boucle.

— OK ! Et c'est quoi ?

— Je ne sais pas… Je ne comprends pas. Il parle sans doute sa langue natale. »

Adila approcha du blessé.

Leva temporairement son masque à oxygène.

Colla son oreille près de sa bouche.

« A szörny felébredt ! … A szörny felébredt … »

Chapitre 9 : L'héritage maudit.

Le lendemain matin, couchée sur son lit d'hôpital, Héléna, visage tuméfié, le cou ceint d'une minerve, retenait ses pleurs.
« Ce n'est pas possible !!! Je ne vous crois pas ! »
Elle était à la fois submergée par une douleur physique sourde, mais aussi par une mixtion de colère et de stupéfaction. Adila montra la porte de sortie à la policière de service afin qu'elle puisse se retrouver seule avec l'accidentée.
« Adila, tu connais Franck ! Peut-être encore mieux que moi ! Tu sais qu'il est incapable d'une telle atrocité !
— Je le sais, Héléna… il n'empêche que son père et les autres flics l'ont formellement reconnu. Malgré le bandage qu'il avait sur le front.
— C'est impossible ! Même… même dans les situations les plus ambiguës, Franck a toujours été réticent à la violence. Qu'a dit exactement Tamas ?
— Pas grand-chose. Juste une phrase.
— Laquelle ?
— "A szörny felébredt! … A szörny felébredt …"
— Ce qui veut dire ?
— D'après le traducteur, "Le réveil de la bête" ou "La bête est réveillée"… Quelque chose comme ça ! »
Héléna fixait de ses yeux bleus la bouche d'Adila quand elle prononça ces mots. Une larme coula. Elle venait de comprendre quelque chose, mais son cerveau refusait de l'enregistrer et son amour de l'admettre. De son côté, l'inspectrice se rendit compte qu'une tempête s'était déclenchée dans le crâne de la scientifique. Elle s'assit près d'elle et lui prit la main.

« Quoi ?
— Je...
— Oui, Héléna ?
— Je... je crains que... est-ce que Franck t'a raconté l'histoire de sa famille ? Ou plutôt de son aïeul qui est venu habiter ici à la fin du 19e siècle ?
— En partie... peut-être pas tout.
— Il... il était médecin et chimiste. Il avait créé une potion... certainement une sorte de drogue alliant certains composants anabolisants à des stéroïdiens. Il l'avait mise au point pour tenter de comprendre... et, pourquoi pas, maîtriser, la violence, quelle que soit son origine. Par la force des choses, il est devenu ce qu'il voulait combattre. Il s'est transformé en un redoutable tueur en série... C'est à dire, Jack l'Éventreur.
— Quel rapport avec Franck ? Ça s'est passé, il y a des décennies.
— Son sang !
— Oui ? Eh bien quoi, son sang ?
— Son sang est son héritage. »
Héléna se racla la gorge. Reprenant légèrement le dessus, elle réussit à mettre de côté ses sentiments qui la ravageaient pour laisser la réflexion gagner du terrain.
« Imaginons que cette drogue ingérée par l'ancêtre de Franck ait voyagé à travers les siècles dans le système sanguin. Un germe se cachant quelque part, attendant le moment propice pour renaître. Comme certaines maladies devenues génétiques. Tu m'as dit qu'il était parti directement de l'hôpital pour aller chez son père ? Je pense qu'on a dû lui donner un stimulant à doses légères afin de réguler son système nerveux. Et que ce stimulant s'est transformé en catalyseur provoquant, sans le vouloir, une

nouvelle naissance à la drogue dormante. Comme un volcan éteint depuis des générations qui, soudainement, se réveille.

— Il est venu te voir avant de sortir ?
— Je ne sais pas… Je somnolais… mais je ne crois pas ! On me l'aurait dit !
— C'est pas normal !
— Non. »

Tout à coup, la porte de la chambre s'ouvrit, laissant apparaitre une femme aux traits juvéniles. Elle referma derrière elle avec vigueur et parla avec une forme de conviction surfaite, légèrement appuyée.

« Amber Seidel, journaliste à l'Européagerchtigkeit. » Adila la reconnut. Elle était présente lors de l'exécution ratée de Farius.

« Que désirez-vous, Madame Seidel ? » demanda-t-elle de manière rhétorique, jugeant parfaitement que l'interview allait porter sur Franck. La veille, elle avait sorti un article le concernant. Elle le décrivait comme un génie en perte de vitesse, ne sachant plus sur quel pied danser et surtout ayant perdu cette merveilleuse faculté de déduction qui le caractérisait.

« Madame Héléna Henderson, je présume ? Puis-je vous poser quelques questions ?
— Madame Henderson est fatiguée et voudrait se détendre ! intervint Adila.
— Ce ne sera pas long. Trois ou quatre, pas plus ! »
Héléna la toisa. Elle paraissait si jeune.
« Quel âge avez-vous, Madame Seidel ?
—Vingt-huit ans !
— Je vous en aurais donné dix de moins.
— Non ? Sérieusement ? répliqua-t-elle avec sarcasme.

C'est un obstacle dans mon métier, je vous assure.
Héléna comprit qu'elle avait touché une corde sensible.
"Alors ? Puis-je ?"
Adila crispa ses lèvres. Elle connaissait bien les journalistes. Elle ne les aimait pas trop. Mais c'était à Héléna de prendre la décision.
"Que voulez-vous savoir ?
— Tout d'abord, avez-vous une petite idée de qui a tenté de vous tuer ?
— Aucune !
— Pas la moindre ?
— Je viens de répondre à votre question. Non ! Pas la moindre."
Amber était suspicieuse de nature, elle sentait bien que la femme blessée physiquement devant elle cachait d'autres lésions plus profondes, plus psychologiques. Elle attaqua alors sur ce terrain.
"Que savez-vous au sujet de l'agression qu'a subie Tamas Horvarth hier en fin d'après-midi ?
— Pas grand-chose.
— Mais encore ? Vous êtes consciente que c'est votre petit ami, le détective inspecteur Franck Alberty Djorak qui en est la cause ?
— Je n'en ai aucune idée. Il semble que cela soit un homme lui ressemblant.
— Lui ressemblant ? Je pense que cela va au-delà de la ressemblance ! Voulez-vous voir des photos ?"
Atterrée par cette proposition, Héléna comprima la main d'Adila qu'elle tenait toujours. Elles étaient tétanisées, aussi bien l'une que l'autre. La policière lança un regard empli de fureur et de rage.
"Vous avez des photos ?

— Oui, inspectrice ! Je me suis mis à suivre le détective inspecteur Djorak, au moment où il est venu vous récupérer, Héléna, pour aller voir sa sœur. Et puis, pour une raison assez étonnante, je l'ai perdu un moment. Alors, j'ai écouté la fréquence de la police… Je suis arrivée avant tout le monde et me suis postée en face de la maison des Horvarth ; je n'ai pas tout de suite compris ce qui était en train de se passer. Mais quand les forces de l'ordre sont intervenues… Alors, là… C'était terrible !"
Elle sortit de son sac une petite tablette. Elle chercha quelques secondes et tomba sur les clichés en question. Elle les montra aux deux femmes dont la consternation était émouvante. Une rare violence physique s'en dégageait.
Tamas au sol, des policiers tirant, d'autres morts.
Et un homme, paraissant intrépide et intouchable, qui passe d'officier en officier, de voiture en voiture, sautant par-dessus les toits de celles-ci ou s'immobilisant sur celles-là, laissant la marque de son poids.
Une photo en particulier… Une, sans appel… Une, terrifiante et tragique !
Franck regardant vers l'objectif, souriant d'un rictus que l'on pourrait qualifier de maléfique. Des larmes coulaient sur les joues d'Héléna. C'était quelque chose d'en parler… mais de le voir comme ça…
"Vous… Vous allez les publier ? demanda presque timidement Adila.
— Cela dépend !
— De quoi ?
— Prenez le temps de m'expliquer la situation. Dites-moi si tous les éléments depuis la mort de Farius jusqu'à l'agression du père de l'inspecteur sont connectés ! Et je verrai ce que je peux faire."

Adila s'humecta les lèvres.
"Vous devez les montrer à la police, vous le savez !
— Je le ferai. Bien entendu ! Avant de les publier… Mais pour le moment, je n'arrive pas à me satisfaire de ça. Je sens qu'il y a quelque chose…
— Excusez-moi ! interrompit Héléna. Mais vous dites que vous suiviez Franck depuis la mort d'Origan Farius ? Mais alors… Vous étiez là quand on a essayé de nous tuer en voiture ?"
Amber, tout à coup, sentit ses pieds se dérober. Elle abaissa ses épaules comme si la culpabilité la dominait soudainement.
"Non !
— Quoi ?
— Non ! J'ai dû lâcher la filature. Je vous l'ai dit. J'ai été distraite. Et je le regrette assez.
— Mais… pourquoi ?
— Quand vous avez quitté la sœur de Franck à l'Université des Arts, j'ai reçu un appel assez mystérieux.
— De qui ?" Adila redevint rapidement l'inspectrice qu'elle était jusqu'au bout des ongles.
"Je ne sais pas… Enfin, c'était une voix d'homme me proposant un rendez-vous sur un chantier. L'inconnu voulait apporter un témoignage sur l'étrange assassinat d'Origan Farius. J'y suis donc allée. Je n'ai rien vu, ni personne. Mais quand je suis retournée à la voiture, j'ai trouvé ceci !"
Elle sortit de son sac un portefeuille. Il y avait quelque chose de gravé dessus "M.G".
"Je le reconnais. Et les initiales en attestent la propriété. C'était à notre ancien patron. Matteo Gallo.

— Le faiseur de rêves ?
— Oui ! Vous avez fouillé à l'intérieur ?
— J'ai… regardé !
— Et qu'avez-vous découvert ?
— Une plume blanche !"

Chapitre 10 : Jack is Hyde !

Sacht sortit du commissariat central.
Il devait remplacer Leone et Berger, chargés de garder la famille Horvarth dans l'appartement de témoins sous surveillance.
Il entra dans sa voiture et démarra.
Il s'engagea dans les petites rues qu'il connaissait bien afin d'éviter les embouteillages dus à l'heure de pointe. Alors qu'il prenait une artère perpendiculaire, il vit quelque chose rouler sur le capot. Il n'aurait pu dire si c'était humain ou animal.
Il freina et s'arrêta.
Au moment où il mit sa tête hors du véhicule, il se sentit comme happé par des serres d'une force étonnante.
Tiré vers le haut, il se rendit compte que cette puissance appartenait à un seul homme.
Enfin, un homme… plutôt un être fait de chair et d'os, mais visiblement dénué de toute humanité.
"Dis-moi où elles sont !"
Sacht n'était pas un policier très instinctif, mais il était d'une honnêteté absolue. Il comprit très vite en reconnaissant Franck, son supérieur hiérarchique, que ce dernier parlait de ses sœurs, de sa mère et aussi d'Élise. Mais il devait gagner du temps. Leone et Berger, ne le voyant pas arriver à l'heure, avertiraient sans nul doute des renforts.
"Qui ?
— Ma famille !
— Tes géniteurs sont morts pendant la guerre Franck. Et tu n'as ni frère ni sœur."
Les pupilles de Franck se dilatèrent. Sa voix changea de

résonance.
— Qui est Franck ?
— Comment ?
— QUI EST FRANCK ?
— Mais… »
Sacht n'osa répondre. Il craignait tout de même pour sa vie et une explication erronée faite à un déséquilibré serait le trépas assuré.
Ses jambes pendantes, l'attraction devenant de plus en plus oppressante, il commença à sentir une douleur intense dans la nuque.
« Franck Alberty Djorak, détective inspecteur. Rares sont les policiers pour lesquels j'ai du respect et de l'admiration ; tu en fais partie.
— Je ne suis pas Franck !
— Non ? Tu es qui alors ? »
Le monstre le tira vers lui. Ils étaient si proches que leur nez pouvait presque se toucher. Un rire aigu siffla aux oreilles du pauvre suspendu.
« Je suis Jack !
— Jack ? Comment ça, Jack ?
— Franck n'est qu'une enveloppe… mais à l'intérieur se cache un Jack ! Et c'est lui que tu vois actuellement. Jack hides ! Jack is Hyde.
— OK ! Jack ! … Est-ce que tu ne pourrais pas me poser sur le capot afin qu'on puisse discuter ?
— Je ne discute pas. J'agis ! Où sont-elles ?
— Tu sais que je ne peux pas te le dire.
— Ce que je sais c'est que Franck connaît les cachettes des flics. Mais je n'arrive pas à entrer dans sa tête. Alors, je vais entrer dans la tienne.
— D'après Franck, tu n'auras aucun problème avec ça. Il

trouve que je n'ai aucune cervelle. Ce qui n'est pas faux.
— Ne cherche pas à gagner du temps ! Où sont-elles ?
— Je ne te le dirai pas.
— Tu vas mourir !
— Peut-être, mais... »
Il ne finit pas sa phrase.
Jack lui retourna la tête.
Un craquement horrible se fit entendre dans l'artère vidée de toute âme.
Le corps chuta de tout son poids.
Quelques flashs...
Le ciel s'obscurcissait.
Les éclairs étaient vifs.
Une masse sombre se déplaça furtivement au coin de la rue.
Jack sauta du capot, entra dans le véhicule et commença à fouiller.
Ne trouvant rien, il palpa le cadavre.
Dans un portefeuille sorti d'une des poches arrière de son pantalon, il mit la main sur des notes, mais aussi des factures.
Dont deux d'un Abnahmemachen, un petit restaurant faisant des plats savoureux à emporter.
Il réfléchit.
Il avait du mal.
Était-ce le bon endroit ?
Pourquoi rien de ce que pouvait penser Franck ne l'affectait ?
Pourquoi ne pouvait-il pas avoir les souvenirs du policier qu'il était ?
Pourquoi ne savait-il rien de lui ?

Mais instantanément, les questions les plus évidentes pour Jack refirent surface.

Est-ce que l'adresse sur la facture était éloignée ou proche du lieu protégé ?

Il devait y aller par lui-même.

Mû d'une agilité et d'une rapidité hors du commun, il se mit à courir dans la rue. Atteignant un boulevard plus peuplé, il bouscula des passants, renversa des piétons sans ambages. Il lui arrivait même quelquefois, après les avoir fait choir, de marcher dessus comme s'ils n'étaient rien.

Il ne voyait que son but à atteindre ; trouver et assassiner sa famille.

Brusquement, alors que les gens commençaient à paniquer et à éviter son approche, un Intercoptère apparut dans le ciel.

La population accueillit le véhicule volant en héros et lança des applaudissements.

Jack se retourna et regarda vers le haut.

Il comprit qu'il était pris en chasse.

Instinctivement, il arracha son bandage, le plaça dans la poche de son blouson et se rua comme un damné jetant au sol tout ce qui pouvait entraver sa course.

Il vit des poubelles, les ramassa les unes après les autres et les envoya de toutes ses forces contre l'Intercoptère.

L'une d'elles faillit toucher une des turbines.

Mais le pilote l'esquiva de justesse.

L'appareil volant se mit en piquet !

Le mitrailleur avait dans sa ligne de mire le monstre bavant et suant qui enjambait les trottoirs avec une vélocité extraordinaire.

Il entreprit de tirer sur lui. Toutefois, les balles ne l'atteignirent pas.

La population se coucha sur le bitume, les mains sur la tête comme pour mieux la protéger, mais confiante en leur police, car lorsqu'un mitrailleur accrochait une cible, il lui était quasi impossible de la manquer.
Tout à coup, avec la souplesse d'un acrobate, Jack commença à grimper le long d'un petit immeuble.
Le mitrailleur stoppa net, ne voulant pas commettre l'erreur de faire feu sur une fenêtre. Le pilote remonta un peu et suivit l'ascension.
Arrivé sur le toit, l'insoumis ne freina pas ses enjambées. Il sauta de terrasse en terrasse.
Profitant d'une tourelle de travaux, il pénétra dessous et disparut.
Le pilote fit le tour, mais ne voyant pas le fugitif en sortir, il envoya le détachement d'intervention composée de cinq hommes.
Descendus en rappel, les policiers d'élite prirent position et entamèrent leur inspection dans la tourelle.
Arrivés au centre, ils se rendirent compte qu'un trou béant régnait en maître dont la hauteur était celle de l'immeuble.
N'observant aucun mouvement, une seule conclusion s'imposait d'elle-même.
Jack avait sauté.
Munis de leur câble, ils s'y laissèrent glisser. Tout du long, on apercevait des appartements éventrés.
Quelques jours auparavant, cette tour fut la cible des tirs de Fergusson et Zinger.
C'était l'ancienne adresse de Héléna Henderson.
Soudainement, un des hommes poussa un cri ! Les autres arrêtèrent leur déplacement vers le bas. Ils se retournèrent et virent l'un d'eux être arraché du câble et balloté comme

une poupée, la tête en bas.
Jack s'était jeté sur lui et le tenait par une jambe. Il le lâcha.
À ce moment précis, alors que les policiers allaient répliquer, le fugitif se servit de la corde pour sauter sur un autre représentant de la loi et lui infliger le même sort qu'au précédent.
Ce qu'il fit, sans émotion ni compassion.
Puis passa au troisième.
Lorsqu'il atteignit la pauvre victime, celle-ci, contre toute attente, se laissa faire. Mais à la dernière minute, elle se retourna et pointa son arme contre le cœur du monstre.
Celui-ci l'attrapa d'une main et remonta le canon vers le ciel.
Un coup de feu retentit.
Les deux corps tombèrent.
Quelques secondes plus tard, quand les deux autres agents encore valides arrivèrent en bas, ils ne découvrirent qu'un seul cadavre.
Ils cherchèrent quelques minutes autour d'eux, mais… rien !
 Jack ou Franck avait disparu.

« Dépêche-toi, Berger ! Il faut filer. »
Leone tenait la valise de la famille et s'engagea dans l'ascenseur. Il plaça sa paume droite devant un capteur, évitant toute fermeture prématurée.
Berger, sa coéquipière, le suivit.
Tous deux étaient des policiers efficaces et surtout d'excellents tireurs.
C'était Berger qui blessa Fergusson à l'entrée du tunnel,

d'un unique coup de fusil, empêchant par là même un incendie dévastateur. Jeune femme aux cheveux courts et auburn dont la vivacité d'esprit faisait ressortir ses yeux vairons. « Un trait de caractère que je tiens d'une aïeule que je n'ai pas connue. » se plaisait-elle à déclamer à qui voulait l'entendre.

Quand Fergusson fut égorgé en prison, ce sont eux qui furent mis sur l'affaire, mais en demande de renfort, ils lâchèrent momentanément leurs investigations et vinrent protéger les Horvarth.

Berger précédait la mère, Aletta, les yeux bouffis de larmes et d'anxiété.

Elle agrippait la main d'Élise.

Dans la cabine les attendaient Abigèl et Agota.

Les deux jeunes femmes, pourtant jumelles, n'appréhendaient pas ce moment éprouvant de la même manière.

Agota était calme et déterminée. Certaine de l'innocence de son frère ! Il n'aurait jamais rien fait à son propre père. En aucun cas, il n'aurait levé la main sur lui. Tant par amour que par respect.

Tout lui semblait suspect dans cette affaire.

Abigèl, à contrario, avait des doutes qui la rongeaient. Une terrible tourmente se jouait dans sa tête, dans ses nerfs. Une bataille faisait rage. Deux ennemis intimes combattaient en elle : sa tendresse pour son frère et ses incertitudes concernant sa culpabilité.

Elle tremblait de tous ses membres. Elle criait « Grouillez-vous ! On nous a avertis qu'il arrivait !!!! »

Élise, quant à elle, restait imperturbable.

On aurait dit que rien ne pouvait l'atteindre.

Depuis l'histoire de la forêt, elle était immuable dans son

comportement. Taciturne et sans expression.
Ne parlant pas, ou peu.
Leone, portant la quarantaine sur ses épaules, trapu et massif, se mit devant elle.
Il appuya sur le bouton et donna la valise à Agota.
Les deux policiers dégainèrent leur pistolet automatique.
La double porte se referma.
La cabine s'ébranla dans un silence étouffant.
Chacun dans son coin visait un point, une cible invisible.
Lorsqu'ils atteignirent le sous-sol, un tintement se fit entendre.
Ils enlevèrent le cran de sûreté.
Les deux portes s'ouvrirent.
Les deux gardes du corps sortirent de concert, pointant leur arme de droite et de gauche.
« C'est clair ! » affirma Leone. Berger acquiesça.
Ils avancèrent tous vers le véhicule de fonction.
Abigèl restait accrochée au bras libre de sa sœur, terrifiée.
Aletta marchait comme un robot. Elle semblait vide de toute substance.
Tout à coup, elle s'arrêta. Les yeux perdus vers un horizon inexistant. Puis, elle regarda au sol et pivota sur elle-même.
« Élise !!! »
Tout le monde se retourna.
Élise était restée, seule, droite comme un i, face à la l'ascenseur masqué par les deux portes.
Elle ne bougeait pas.
Elle semblait figée.
Chacun remarqua sa respiration anormalement rapide, le

son qu'elle produisait et une larme coulant le long de ses joues enfantines.
Aletta fit quelques pas, se détachant du groupe.
« Élise, qu'est-ce que tu fais ? Viens avec nous ! »
Elle ne bronchait pas ; elle était comme vissée au sol.
« Aletta, ne bougez pas ! Je vais la chercher ! »
Leone rengaina son arme et s'approcha de la jeune fille aux cheveux d'une blondeur éclatante et aux yeux d'un bleu de jade, dont la lumière enrichie du sel des larmes mirait deux ombres ; l'une approchant et l'autre blottie contre un pilier.
Tout à coup, celle-ci bondit, prit la fillette par un bras et saisit Leone par le torse. Il l'envoya comme un fétu de paille contre une voiture qui se mit à résonner de son alarme.
Berger tenait en joue l'agresseur :
« Franck, laisse cette petite. Tu sais que je suis une excellente tireuse. Je ne te raterai pas !
— Franck, Franck, Franck ! On ne parle que de lui ! Moi, je suis JAAACK ! »
Il vociférait tant que la jeune fille, débordant de tristesse et d'angoisse, finit par exploser en larmes.
Excédé par les gémissements de l'enfant, Jack la souleva et la retourna, nez à nez avec elle.
« Tu vas te taire, sale mio… »
Étrangement, il ne finit pas sa phrase.
Il la regarda, la scruta, la huma, la dévora des yeux.
Il resta bouche mi-close durant quelques secondes.
« Franck, s'il te plaît, écoute les prières d'une maman. Laisse cette petite fille tranquille. Ne lui fais pas de mal, par pitié ! »
Jack observait toujours Élise avec une attention

particulière.

Agota prit alors la parole.

« Te rappelles-tu, frérot, que tu lui as sauvé la vie dans la forêt alors que sa fausse mère allait l'assassiner ? Te souviens-tu de nous ? De notre vie d'avant ? Pourquoi nous agresser ? »

De manière totalement impromptue, Jack colla Élise contre lui et lui prodigua un câlin qui surprit la famille entière. Franck était un homme aimant, mais rarement démonstratif.

Berger était toujours dans la même position, attendant de faire feu.

« Je ne peux rien faire. J'ai peur d'atteindre la petite. »

Jack regarda la policière. Puis à droite… et à gauche.

« Pardonne-moi ! » Il jeta la jeune fille comme un paquet vers le groupe.

Les quatre femmes alors se ruèrent pour l'attraper.

Ce qu'elles firent.

Elise n'avait rien !

Aucune blessure !

Elle était juste choquée.

Berger, avec beaucoup de prudence, vérifia si Franck était toujours dans les parages.

Il était parti.

Volatilisé.

Chapitre 11 : Quadruple mystère.

Adila regardait la petite plume blanche. Elle était exactement comme les autres. Elle la plaça dans un sachet en plastique et prit la précaution d'installer judicieusement le portefeuille dans un gant en latex. Elle devait garder sur elle ces preuves, car elles étaient indubitablement liées aux deux meurtres perpétrés sur Farius et Fergusson.
« Vous savez, Amber, que de substituer des preuves matérielles à la justice, est passible d'années de prison ?
— Pour moi, ce n'étaient pas des preuves directes. Qui dit qu'on ne les a pas mises là, pour moi, afin de nous égarer ?
— Madame Seidel marque un point, Adila. »
Plongée dans ses pensées, Héléna tentait de faire le tri dans toute cette affaire.
« J'ai l'impression que depuis le début, on nous manipule. Franck était persuadé que ces plumes étaient une signature désignant un lâche, un déserteur ou un assassin.
— Mais si on considère la chronologie, ça ne fonctionne pas. »
Tout en s'asseyant sur le bord du lit, Amber fixa le mur comme si celui-ci allait lui donner la clef du mystère. La détective poursuivit :
« C'est vrai, la chronologie ne tient pas. J'ai tué Zinger ; il était donc impossible à Matteo Gallo d'atteindre son objectif étant lui-même mort quelques jours auparavant.
— Mais enfin, qu'est-ce qu'il vient faire là-dedans, votre ancien patron ?
— Il faisait partie de la liste des Renards, abandonnés à leur triste sort par le Régiment des Actions Expéditives dont Farius avait le commandement.
— Non ? » Héléna était sidérée par cette révélation. « Et qui d'autres ? ». Adila tourna son regard vers Amber et lui

demanda instamment de ne rien écrire. Et surtout de ne rien dévoiler de ce qu'elle s'apprêtait à énoncer.

« Ces noms sont des personnalités et si, par malheur, tout se conjugue comme on l'imagine, un scandale d'une ampleur sans précédent risque d'éclabousser "Européa".
— Je vous assure qu'il n'est pas dans mon intention d'outrepasser les lois. Si vous me demandez de ne rien révéler… je m'abstiendrai. »

La détective observa quelques secondes la journaliste. Il y avait une forme de franchise et de détermination qui lui plaisaient ; elle avait l'impression de se retrouver en elle.

« D'accord. Dans la liste que j'ai consultée, trois noms m'ont sauté aux yeux. Et pour cause… Ce sont les trois soldats ayant survécu au massacre perpétré par nos ennemis de l'époque. Afanen Lynfa, Matteo Gallo et Jorgen Pedersen »

Héléna et Amber restèrent un moment, sans mot dire ! Elles étaient comme plongées dans un bain de questionnements. Quelques secondes de silence et Amber relança la conversation.

« D'accord. Effectivement, c'est du lourd !
— Afanen Lynfa, l'architecte multimillionnaire et Jorgen Pedersen, l'actuel Gouverneur ! » martela Héléna comme si elle éprouvait le besoin de parler à voix haute.

« Exact. Pedersen était déjà dans notre collimateur ; apparemment, Farius aurait assassiné sa fille. Donc, une double vengeance ?!
— Vous dites que Pedersen était sur le même champ de bataille que Farius et que… quelques années plus tard, ce dernier aurait tué sa fille ? C'est un karma pourri, si vous voulez mon avis. »

Par cette phrase, Amber faillit provoquer un sourire chez les deux autres femmes. Adila croisa les bras et commença à faire quelques pas en direction de l'unique fenêtre.

« Et si… Je vais me la jouer Franck, une minute ! Et si… les trois Renards étaient déterminés à retrouver ceux qui étaient aux commandes du R.A.E et à les exécuter eux-mêmes en signant leur vengeance par une plume blanche ? »

Héléna ouvrit la bouche, mais Adila l'arrêta d'un signe de la main.

« Attends, laisse-moi continuer. Donc, Pedersen tombe un jour sur Farius, qui le reconnaît. Notre Gouverneur fait la démarche de le dénoncer. Mais Origan Farius enlève sa fille, afin de le réduire au silence, et la tue quelque temps plus tard. Pedersen, fou de rage, décide de régler ses comptes lui-même. Mais, quelque chose l'en empêche et il doit, pour je ne sais quelle raison, remettre sa vendetta. Matteo Gallo se retrouve dans le même centre pénitentiaire dans lequel Zinger père purge sa peine. Il le reconnaît et trouve un moyen d'entrer en communication avec Lynfa et Pedersen. Et c'est à ce moment précis qu'ils optent pour les exécutions portant le sceau de leur vengeance : les plumes blanches. Cependant, sur ces entrefaites, Zinger tue Gallo. Alors… Peut-être que… c'était, disons, de la légitime défense. Ensuite, il y a eu cet enchaînement d'évasions et de brutalité qui ont conduit Farius et Fergusson en prison. Prisons dans lesquelles ils ont trouvé la mort. Morts violentes signées d'une plume… Et… Cette même plume était dans le portefeuille de Gallo, attendant d'être sortie à la mort de Zinger. Mais quelqu'un a récupéré ledit portefeuille et l'a placé sur le chantier afin que vous, Amber, vous le découvriez. Qui a fait ça ? Mystère !

— OK ! Ça se tient… C'est complètement fou, mais ça se tient. Donc, ce serait Pedersen qui aurait tranché la gorge de Farius et Lynfa, celle de Fergusson !

— Sans doute. »

Toutes les trois réfléchissaient au scénario. Mais Héléna souleva un détail important.

« Si Gallo devait assassiner Zinger, Pedersen, Farius et Lynfa, Fergusson, qui est la quatrième plume blanche et surtout pour qui est-elle destinée ? Franck était sûr que ce choix n'était pas fortuit. Qu'il devait être le chemin conduisant vers une vérité ! "LES ! QUATRE ! PLUMES BLANCHES !" ! Si on veut que notre histoire tienne la route, elle doit alors comprendre deux personnages de plus, un bourreau et une victime. Deuxième mystère ! Autre chose… Adila ! Franck et toi aviez l'impression d'avoir été… disons, désignés comme témoins, étant sur les lieux des deux… des deux exécutions punitives. Mais pour Zinger… Vous n'y étiez pas… Et vous ne deviez même pas y être. Puisque, rétrospectivement, c'est Matteo Gallo qui devait s'en charger en prison. Alors, qu'est-ce qui les a fait changer d'avis ? Qu'est-ce qui les a poussés à attendre votre présence pour passer à l'acte ? Ou était-ce juste le fruit du hasard ? Troisième mystère ! »

Adila haussa les épaules.

« Je ne peux pas répondre à ces questions, Héléna. Franck avait trouvé quelque chose au manoir ? »

À cette interrogation, Amber se retourna, vivement intéressée.

« Il est incroyable ce manoir nain. Il semble sorti de nulle part. Et quelle chance qu'il ait survécu aux bombardements !

— Adila, Franck a bien mis la main sur deux papiers.

— Il les a sur lui ?
— Non, ils ont malheureusement brûlé dans la voiture lors de l'accident.
— Merde !
— Et une chose encore !
— Oui ? Laquelle, Héléna ?
— Pourquoi le conducteur du véhicule qui nous a percutés et qui a failli nous tuer, s'est-il contenté de nous abandonner ? Il avait largement le temps de nous éliminer. Quatrième mystère ! »
On toqua timidement, ce qui mit fin à la conversation. Héléna demanda à Amber d'ouvrir la porte ; ce qu'elle fit. Surgissant de nulle part, Aletta, Agota, Abigèl et Élise fusèrent sur Héléna, l'embrassant, la câlinant. Sous cette profusion d'amour, elle eut du mal à retenir à la fois ses larmes et des petits cris de douleur.
Berger entra et referma derrière elle.
Adila la retourna vivement.
« Berger, qu'est-ce que tu fous là ?
— On est venues pour Leone. Il est aux urgences. Rien de grave. Quelques côtes cassées.
— Qu'est-ce qui s'est passé ? »
Berger désigna du menton Amber. Adila fit un signe négatif de la tête.
« Vas-y ! J'ai confiance en elle. Elle ne répètera rien ! »
La jeune inspectrice aux cheveux courts conta alors toute l'histoire.
Y compris l'assassinat de Sacht.
Adila en était atterrée et attristée.
Héléna, elle, gardait fermement les mains d'Élise dans les siennes. Au fur et à mesure de la narration, ses yeux se gonflaient d'eau salée, roulant sur ses joues. Le mot

dévastation aurait été faible à ce moment précis.
À la fin, Amber, témoin impartial, s'appuya contre le mur.

« Je ne comprends rien ! Il tue tout le monde, mais quand il prend dans ses bras la petite, il se ravise et même… lui fait un câlin ?
— Franck a sauvé la vie d'Élise en la retrouvant recluse dans un cercueil…
— Je sais, Héléna, mais là… Il affirme qu'il n'est pas Franck, mais qu'il est un nommé Jack… Il est quoi ? Schizophrène ? Dédoublement de la personnalité ? Franchement, je suis contente de ne pas être impliquée émotionnellement… mais… comment vous gérez tout ça, vous toutes ? »

Héléna tourna la tête vers Aletta.

« Vous avez des nouvelles de Tamas ?
— Il est en chambre de sommeil. Il se repose. Les médecins m'ont dit qu'il avait récupéré physiquement. Mais… pour le reste… On verra. Héléna, mon fils… Qu'est-ce qu'il a ? Et qui est ce Jack ? »

L'alitée connaissait la réponse. Elle regarda Adila d'un œil complice. Toutes deux avaient décidé pour l'instant de garder le secret sur l'histoire familiale des Djorak.

« Écoutez, le moment venu, Franck vous expliquera lui-même. N'en doutez pas ! Il n'a rien à voir avec tout ce qui s'est passé ! Non ! Rien ! N'en DOUTEZ pas, car moi… je ne DOUTE PAS de lui ! Franck Alberty Djorak n'est pas un assassin ! »

Chapitre 12 : Franck Alberty Djorak

Il était environ midi quand il réapparut.
La pluie tombait dru ; les gouttes rebondissaient sur le sol comme une mitraille. Il était impossible de rester dessous. Cependant, au milieu d'une population peu nombreuse, courant s'abriter ou marchant sous des parapluies, l'homme avançait d'un pas lent et hésitant.
Son regard était hagard et sa bouche entrouverte laissait couler un mélange de salive et d'eau. Sa tête était en sang.
Il boitillait, mais c'était sa démarche, lourde et trainante, qui choquait le plus.
Une femme s'approcha. « Vous avez besoin d'aide ? »
L'homme la dévisagea de ses yeux sombres et vitreux. Il articula quelque chose. Ne comprenant pas, elle le pria de répéter ce qu'il venait de dire.
« Hé… Héléna…
— Héléna ? Vous demandez une certaine Héléna ? »
Un attroupement commença à se faire autour d'eux. Un piéton s'avança ! Puis un autre qui mit son parapluie au-dessus de l'égaré.
« Qu'est-ce qu'il veut ? s'enquit le premier.
— Il réclame une Héléna. répondit la femme.
— C'est qui ? questionna le porteur du parapluie.
— Je ne sais pas. » La dame observa l'homme perdu plus attentivement.
« Je vous connais. Vous êtes passé dans les médias. Vous êtes le policier qui a sauvé la ville… Votre nom m'échappe… Heu… Vous êtes…
— Personne, Madame. Je ne suis personne. »
Franck avait repris, plus ou moins, ses esprits. À l'énoncé

de son acte héroïque, il avait recouvré partiellement sa mémoire. Mais quelque chose bloquait.

« Que peut-on faire pour vous ?

— Je dois voir Héléna. Elle est… elle est à l'Hôpital Central.

— Moi, je peux vous y conduire ; ma voiture est là. » affirma le premier homme.

Franck accepta, arborant un sourire un brin forcé destiné à la femme, pour la remercier de son aide.

Puis il suivit l'homme et ils entrèrent dans la voiture. Franck préféra se placer à l'arrière pour avoir plus de confort et allonger, sans doute, un peu ses jambes qui lui faisaient mal.

Le véhicule était un de ces derniers modèles couteux et très en vogue avec tous les gadgets et autres éléments superflus, mais qui faisaient fureur.

Des essuie-glaces transparents se mirent en marche instantanément.

Le conducteur, parlant peu, permit de donner un peu de repos à Franck.

De la musique sortait de petites enceintes. On y jouait une de ces nouvelles compositions dont Franck avait horreur, mais… par respect, il n'osa exprimer aucune critique. Après tout, il était invité et surtout escorté vers celle qu'il aimait ; cela lui suffisait.

Tout à coup, la mélodie dissonante cessa.

Un flash d'informations de la police coupa net la sonate déstructurée.

« Infopol vous avertit ! Un individu extrêmement violent et dangereux court les rues de la ville. Il se nomme Franck Alberty Djorak. Si vous croisez son chemin, éloignez-vous vite et prévenez les autorités. Ne tentez surtout pas de l'arrêter !

Nous communiquons aussi sa photo. »

Sur le pare-brise central, un portrait d'un homme en uniforme s'afficha de manière translucide. Sur le moment, le conducteur n'y prêta pas attention.

Mais quand ses yeux se portèrent sur l'écran, son expression d'impassibilité se changea en une forme d'effroi et d'inquiétude.

Franck l'observa quelques secondes. Le chauffeur appuya sur la pédale de l'accélérateur et monta une glace entre les sièges de devant et ceux de derrière.

« Ne bougez pas ! Je vous mène au commissariat central. »

Franck, voyant sa photo et la légende l'accompagnant « Recherché pour meurtres et terrorisme. », commençait à se sentir nauséeux et avait du mal à respirer.

Il détacha sa ceinture.

« Ne tentez rien. Cette vitre est blindée, vous ne pouvez rien faire ! »

Dans un élan désespéré, Franck ouvrit la portière et sauta en marche.

Un bruit de coquilles d'œufs se brisant sur le sol retentit jusqu'au plus profond de son oreille interne. Le genou d'abord... et sa tête heurtant le bitume provoqua une hémorragie externe.

Le conducteur freina sec, fit demi-tour et le regarda courir sous la pluie.

Effleurant son oreille, il se mit en relation avec le Commissariat central ! On décrocha. Il expliqua rapidement le topo et donna ses coordonnées en précisant qu'il suivait l'individu recherché. L'officier en charge des communications lui intima l'ordre d'arrêter sa poursuite.

« *Un Interceptère est en route. Merci, Monsieur, pour*

votre collaboration. Transmission terminée. »
Il stoppa son véhicule et opéra un demi-tour.
Franck avançait en claudiquant.
Mais sa souffrance était ailleurs.
À cause du choc, de terribles images firent surface.
Son père traîné par les pieds, les policiers massacrés comme des pantins, Sacht, Leone, une chanson… Une autre chanson…
« Mais… qu'est-ce que j'ai fait ? »
Il y avait de quoi devenir dingue.
Il tint sa tête entre ses mains tournant sur lui-même sous une grêle d'eau de plus en plus froide. Il donnait l'impression de danser sous la trombe, les jambes légèrement désarticulées et le visage imprégné d'une expression de folie.
L'incarnation du « désespéré » de Gustave Courbet.
Un flash…
Puis un deuxième flash…
Une masse sombre au loin se déplaçant…
L'orage allait éclater.
Les éclairs en étaient la preuve.
Cette réalité le rattrapa et le sortit de sa torpeur.
Son esprit revint avec sa rapidité analytique.
« Le conducteur a fait demi-tour… Un Intercoptère va arriver. » balbutia-t-il !
Il chercha autour de lui. Aucun abri n'était à disposition. Scrutant le paysage brumeux qui lui faisait face, balayant le voile de mariée filtrant sa vue de son humide présence, il remarqua quelque chose au sol.
C'était une ancienne plaque d'égout. Ces canaux n'étaient plus du tout utilisés.
La ville, voulant se moderniser, avait fait un appel d'offres

à de nombreux architectes en vue d'une installation judicieuse et surtout moins polluante d'un système de retraitement des eaux sales.
Ce fut Afanen Lynfa qui gagna le marché et les travaux durèrent quelques années, le barrage compris.
Franck entendit un bruit de turbines au loin. Il ne parvint pas à déterminer de quel côté l'Intercoptère approchait. Mais cela n'avait aucune importance.
Il fallait qu'il parte… et, surtout, qu'il prenne le temps de réfléchir à ce qui lui était arrivé.
Il souleva de toutes ses forces la plaque, mais des années de moisissures et de corrosions scellaient le fer à la terre. Il dégagea rapidement un interstice, s'empara de son badge de policier et gratta sur quelques centimètres. Une légère fente vit le jour. Il le planta à l'intérieur et força un peu, comme un levier. Un air d'une puanteur vivace en sortit. Il remonta le couvercle de quelques centimètres, y glissa une main, puis deux et dans un effort considérable, accompagné d'un cri rauque, il créa une ouverture suffisante pour y passer le corps.
Des ronds de lumières apparurent dans le ciel.
C'était l'Intercoptère qui, muni de son phare antibrouillard, lueur cyclope d'une blancheur éclatante, balayait toutes les rues.
Au moment précis où le véhicule aérien arrivait au-dessus de l'égout, l'orifice s'obstrua, au rythme du son caractéristique du fer contre la terre.
Franck était dans le noir. Un noir total. Désorienté, déshydraté et surtout épuisé, il s'acheminait dans de l'eau fétide à l'odeur agressive. Il vomit une première fois. Avança de quelques pas et cracha ce qui lui restait de bile.
À bout de forces, il tenta de s'asseoir le long de la flotte

semi-stagnante de ce cloaque aqueux.
Mais des rats, courant le long de cette margelle, empêchèrent ce petit moment de repos et d'introspection, dont il avait le plus grand besoin.
Il s'appuya contre un des murs.
« Il faut que je trouve un moyen de créer de la lumière. »
Son portable… Il ne l'avait plus. Il s'était brisé dans l'accident.
Un briquet… Il ne fumait pas.
Si au moins il grillait de temps en temps une cigarette… Mais les cigarettes étaient prohibées.
Son cerveau travaillait à une allure plus vive que son propre corps. Il repensait à cette phrase que lui avait dite son père lors de la projection holographique, mais aussi qu'il avait trouvée sur un des deux parchemins.
« *Par la lumière, traverse le temps…* » La lumière… les tunnels, la bibliothèque… la bougie… « *Le chien de Baskerville* »…
Son geste instinctif mettant la boîte d'allumettes dans la poche de son pantalon.
Il ne s'était pas changé.
Il portait le même !
Il plongea sa main et en sortit l'élément salvateur, malheureusement partiellement mouillé.
« Merde ! Merde ! Merde ! » Il ne sut pourquoi, à ce moment-là, il songea aux recommandations de Farius d'éviter le langage ordurier.
« Je t'emmerde Farius. Je parle comme je veux ! »
Il restait quelques allumettes, mais, dans les ténèbres, il ne put en compter exactement le nombre. Il souffla dessus, tentant de les sécher comme il pouvait.
Mais ce n'était pas le seul écueil. Même si, au moins, une

des allumettes fonctionnait, il ne pourrait pas la garder longtemps enflammée ; elle s'éteindrait indubitablement dans un délai très court.

Il fallait qu'il déniche quelque chose à brûler dont la combustion lente lui permettrait de découvrir une issue à l'impasse matérielle, physique et psychologique devant laquelle il demeurait.

« Réfléchis Franck ! Un mouchoir ! … Un morceau de tissu ! … Ma chemise ? Non… Non ! » Il fouilla son blouson. Et retira son bandage !

Il l'avait toujours sur lui !

Mais à quel moment, l'avait-il mis dans cette poche ? Pourquoi n'arrivait-il pas à se souvenir de ce simple geste alors qu'il n'avait pas oublié où se trouvait la boîte d'allumettes ?

Peu importait ! Pour l'instant, il s'agissait de voir !

Il sortit le bandage et le porta à ses narines.

C'est bien ce qu'il pensait. Des effluves d'alcool s'en dégageaient.

Le tissu s'enflammerait bien.

« Maintenant, il me faut un manche. » Il tâta la margelle, mais rien ne s'offrait.

Il laissa l'autre main effleurer l'eau. Cela dura quelques minutes. L'engourdissement l'envahissait, insidieusement. Il sentait ses jambes lourdes et son dos pesant… quand… quelque chose enfin le heurta.

Il l'attrapa et la sortit.

C'était un simple bout de bois, flottant au gré de ce petit ru à l'odeur épouvantable.

Il leva son blouson et commença à frotter de toutes ses forces ce manche qui avait tout l'air d'une branche.

Il se mit alors à réfléchir à toute vitesse.

« Si la branche vient de la forêt, je ne suis pas dans la bonne direction. Je tourne le dos à l'hôpital. ».
Il revêtit son blouson et entama son ouvrage.
Il enveloppa le morceau de bois du bandage, le logea sous le bras et craqua une première allumette. Elle cassa en deux. Il fit une nouvelle tentative avec une seconde.
Elle créa une étincelle chaude et jaune.
Rapidement, il mit la flamme vacillante sous le tissu qui s'embrasa. Songeant que son pantalon risquait d'humidifier encore plus le souffre, il plaça la boîte d'allumettes dans sa chemise afin de la protéger.
Il tendit le bras porteur de la lumière, se retourna et avança.
« J'ai l'impression d'être Jean Valjean portant Marius sur les épaules. » Mais ce n'était pas le jeune révolutionnaire imaginé par Victor Hugo qu'il portait sur son dos. C'était un sentiment d'abandon et de profonde injustice.
Il profita de ce moment de solitude forcé afin de tenter de comprendre ce qui lui était arrivé et surtout d'analyser les images qui lui revenaient sans cesse.
Des images atroces, des souvenirs terribles.
Donc, il aurait assassiné tous ces gens… Toutes ces personnes… Des policiers comme lui… Il aurait agressé son propre père.
Comment allait Tamas ?
S'en était-il sorti ?
Pourquoi cette hargne ?
Il fallait qu'il reprenne depuis le début. Qu'il laisse cheminer sa pensée et son esprit comme son corps.
Il entre chez son père.
Les médicaments l'indisposent.
Il passe par la salle de bain.

Et là… Le noir complet…
Jusqu'au moment de l'agression.
La tuerie qui s'ensuit.
Le meurtre de Sacht.
Sa quête pour retrouver sa famille adoptive… mais pourquoi ?
Pourquoi la chercher, elle ? Pourquoi lui faire du mal ?
La course poursuite avec le groupe d'intervention.
Sa famille rejointe.
Leone balancé.
Et… Élise ! Élise… Il la voit.
Il la prend dans ses bras.
Il la lance sur les autres sachant qu'il n'allait pas la blesser…
« Je repars… Je marche dans des rues désertes… Et puis… le noir à nouveau ; je me réveille. Mes vêtements tachés de sang. Mais pas de l'accident ; du sang frais. La tête me fait mal… ma jambe aussi. Je me déplace sous la pluie. Et… »
Il regarda autour de lui.
« Me voilà… Je suis recherché… Je ne peux pas aller à l'hôpital. Ni chez moi… On m'arrêterait… Je ne peux pas… je dois d'abord comprendre ce qui m'arrive… Je dois trouver un moyen de canaliser mes souvenirs et les décoder. »
Il interrompit sa progression. Une voix se fit entendre :
« Tu es mon ange de la mort ! L'élu ! »
Il se retourna. Balada sa torche de fortune afin d'éclairer les alentours.
Mais il était bien seul. « Tu es mon ange de la mort ! L'élu ! »

Franck se rendit compte à ce moment-là que cette voix, il l'avait dans la tête.

Elle était invisible et impalpable.

Elle résonnait comme dans une cathédrale.

Elle ponctuait chaque mot !

« Tu es mon ange de la mort ! L'élu ! ».

Il décida de passer outre cette litanie et se concentra sur ce qu'il avait à faire.

« Le laboratoire… Il n'y a que là que je trouverai mes réponses. Héléna… Elle seule peut m'aider. Mais d'abord, cherchons le moyen de sortir de ce labyrinthe. »

Il baissa la tête. Et fit marcher ses cellules grises.

« Quand les hommes travaillaient dans ces égouts, ils arrivaient à s'orienter… grâce… aux appellations des artères… qui sont inscrites à chaque tournant. Les noms, je les connais ! Je les connais par cœur ! »

En effet, douze années plus tôt, la cité, encore dotée de rues portant des noms de célébrités ayant eu un rôle à jouer dans l'Histoire du pays, se trouva face à une contrainte édictée. Quand la Gouverneuse prit ses fonctions, elle décida de les supprimer avec, pour objectif, de purger les métropoles de patronymes déjà fortement très controversés à cause d'actes délictueux, suspicions en tous genres et actions frauduleuses, traîtresses ou lâches. De fait, on les remplaça par d'autres moyens d'identifications, comme… Quartier Rue Tiers !

C'était l'adresse du Laboratoire.

Il était situé à l'entrée de la ville, dans un cadre de verdure. Mais, Franck savait que non loin de là, les anciens égouts passaient.

Ces noms, donc, il les possédait sur le bout des doigts ; durant sa formation, sa hiérarchie lui avait demandé de les enregistrer afin de pouvoir intervenir rapidement, sans aide numérique ni cartographique.

Et sa mémoire ne lui fit pas défaut.

Le pantalon, baignant dans l'eau croupie, retenait sa marche, déjà freinée par sa douleur à la rotule.

Passant d'un nom à l'autre, tournant par-ci et bifurquant par-là, il cheminait maladroitement, glissant quelques fois dans la purge, mais tenant toujours la lumière droite afin de ne pas l'éteindre au contact du flot.

Tout à coup, il stoppa net sa progression et tendit l'oreille. Des petits cris tridents accompagnés de tapotements réguliers et nombreux semblaient fondre sur lui.

Il se retourna alors, la flamme léchant son visage, et vit surgir des profondeurs horizontales des centaines de rats.

« Oh ! Merde ! »

Il pivota, faillit perdre l'équilibre précaire et commença à foncer sans perdre haleine. Bientôt, il fut rattrapé par une dizaine de rongeurs attirés par le sang de ses blessures. Il en jeta certains de sa main libre et tenta d'en brûler d'autres ; leurs crocs faisaient mal.

De nouvelles plaies naissantes poussèrent cette meute en folie à accroître sa course. Forçant l'allure, montant ses jambes plus haut afin de donner des accélérations, des éclaboussures parvinrent à sa bouche. Il entreprit de s'essuyer les lèvres de sa paume souillée. Il avait de la vase, des excréments en tous genres, sur la langue, dans le nez, les oreilles.

Les rats sautaient sur lui. Dans une rage non contrôlée, il se retourna et fit front.

Il en dégagea quelques-uns.

En crama d'autres.

Trois grignotèrent un peu son pantalon et remontèrent sur

les tibias d'abord, les genoux ensuite et sur ses cuisses enfin, le griffant et le mordant. Il sentait leurs pattes s'agripper à sa peau comme des sangsues, leur queue glisser sur ses terminaisons nerveuses tels des ophidiens ondulants et visqueux.

Il frappa de toutes ses forces sur les masses serpentines grimpantes. Il entendit des cris étouffés.

Il réussit à en extraire un et l'envoyer se fracasser le crâne contre une des parois.

Mû d'une détermination sans borne, il se jeta contre le rebord horizontal, appuyant de tout son être les jambes et broya, en s'y reprenant plusieurs fois, les deux autres rongeurs.

Du sang coulait ; il perçut deux petits sons de corps tombant à l'eau.

Dans un cri, il opéra à nouveau un demi-tour afin de regagner du terrain.

Aussi vite que possible, il vérifiait les noms, tournait, visualisait, accélérait.

Il stoppa sa course, éreinté, face à un couloir vertical qu'il pensait être le bon.

Il grimpa le long de l'échelle de fer.

Les rats, toujours à ses basques !

Il en éjecta quelques-uns par des coups de pied vifs et sans retenue, ou en écrabouilla d'autres sur les barreaux en appuyant de tout son poids.

 Arrivé au plus haut, il poussa de toutes ses forces la plaque qui bouchait la voie et sortit à l'air libre.

Il jeta le brandon dans l'eau et referma sur les rongeurs carnivores le couvercle d'acier.

Il put enfin respirer.

Un moment ébloui par la lumière extérieure, il tomba sur

ses fesses, exténué.
Des pleurs et des rires s'ensuivirent.
« Je vous ai eus, petits salopards ! »
Il ne pleuvait plus. Le ciel était toujours nuageux et une délicieuse odeur de bois et d'herbe mouillée chatouilla ses narines.
Il se leva et pivota sur lui-même.
Il avait choisi la bonne route. Il était à quelques mètres du laboratoire.
Arrivé sur les lieux, il vit que les locaux étaient fermés.
Mais rien n'aurait pu, à ce moment-là, l'arrêter.
Il chercha autour de lui quelque chose pour forcer la porte ou casser une des baies vitrées.
Ne trouvant rien, en désespoir de cause, il repartit vers l'entrée des égouts et récupéra la plaque.
Quelques rongeurs intrépides en profitèrent pour s'évader.
Il les observa quelques secondes filer ventre à terre.
Il hocha la tête se disant « Courez, courez vite. Après tout, vous aviez simplement faim. »
Il haussa les épaules, puis porta son regard sur la plaque qu'il avait entre les mains.
Il la jeta dans une des fenêtres qu'il fit voler en éclats.
Il introduisit les lieux avec vélocité, autant que faire se peut ! Fonça au cabinet d'Héléna !
Pénétra, mû par cette même énergie, dans la salle noire.
Plaça les capteurs blancs sur la tête, s'allongea sur le fauteuil et mit en marche l'enregistrement.
Il regardait les étoiles. Elles étaient si scintillantes qu'elles en devenaient presque irréelles. Une à une, elles disparurent dans un enchantement quasi féérique.
La nuit envahissant ses yeux, il ferma ses paupières.
Il s'endormit.

Quand il se réveilla, il n'était plus seul. Il était entouré d'Héléna, Adila et Berger. Cette dernière le tenait en joue. Il se releva d'un bond.

« Héléna… Tu vas bien ? Tu es blessée ?

— Tout va bien, Franck ! Mais toi, tu es très mal en point ! »

Elle s'assit près de lui. Il sentait très mauvais, mais elle était tellement heureuse de le retrouver qu'elle ne portait aucun cas à cette incommodité odorante, faisant fi des relents nauséabonds d'excréments et de moisissure.

Elle lui expliqua qu'en entendant sonner l'alarme du laboratoire connectée à un boîtier toujours présent dans son sac, elle avait demandé aux deux policières de l'accompagner.

« On a accepté de l'escorter, Franck ! dit Adila. Alors que les médecins étaient opposés à sa sortie. J'espère qu'on ne fait pas d'erreurs. Personne d'autre n'a été prévenu. »

Berger, elle n'avait qu'une seule idée en tête.

« Franck, je t'arrête pour agressions, actes de terrorisme, assassinats…

Franck la stoppa net en plaçant la paume de sa main face à elle.

« Laisse-moi d'abord voir ce que mes souvenirs racontent et après je serai totalement à vous.

— Je… Quoi ? … Je… J'comprends rien à ce que tu dis. »

La jeune policière n'était pas au fait des avancées technologiques d'Héléna. Celle-ci sourit légèrement.

« Vous allez voir ! »

Repoussant ses cheveux blonds en arrière, elle ôta sa minerve. Adila lui adressa une moue très significative. Elle désapprouvait ce geste.

« Ça va, Adila ! Cette minerve m'étouffe ! »
Et dans le même temps, elle enclencha la projection.

Il aperçoit sa sœur s'éloigner dans un des couloirs de l'Université.
Elle s'évente avec des feuilles.
Il entre dans la voiture et embrasse Héléna.
Il se sent percuté.
Il regarde dans le rétroviseur.
Il est malmené comme s'il était à l'intérieur d'une machine à laver.
Il se réveille à l'hôpital.
Il regarde l'infirmière.
Lui parle.
Il s'habille.
Il sort.
Il se réveille.
Va chez son père.
Il entre dans la salle de bain.
Sort de la salle de bain.
« Tu es mon ange de la mort ! L'élu ! »
Il empoigne son père.
Le roue de coups.
Tue des policiers.
Chante une chanson.
Jack !
Puis une deuxième.
Jack !
Il assassine Sacht.
Jack !

Attaque Leone.
Jack !
Prend Élise dans ses bras.
Il pleure.
Il court.
Il tombe.
Il s'endort.
« Tu es mon ange de la mort ! L'élu ! »
Il se réveille.
Il marche.
Il sent la pluie sur son corps.
Il rencontre une femme…
Tout à coup, Héléna arrêta net la machine.
« Quelque chose ne va pas ! »
Franck, les yeux rougis, n'osant regarder personne, haussa les épaules.
« C'est bon Héléna. Laisse tomber. Berger, Adila, je suis à vous !
— Non Franck ! Je te dis que quelque chose ne va pas avec tes souvenirs. Tu sais que j'ai mis des codes couleur ! Le bleu, c'est pour les souvenirs personnels.
— Eh bien ? demanda Adila en s'avançant un peu.
— Regardez… Jusqu'à la sortie de l'hôpital… C'est en bleu… Ensuite… »
Les autres se penchèrent légèrement.
« Ensuite, le code couleur disparaît. Et quand tu te réveilles dans la ruelle, il est à nouveau là.
— Un bogue ?
— Non ! Ce n'est pas un bogue. Aucune couleur n'apparait ; ce ne sont ni des souvenirs, ni des espérances, ni des cauchemars. Rien de tout ça, je te le certifie Adila !

— Qu'est-ce que ça veut dire ?
— Cela veut dire Inspecteur Berger que Franck s'est fait tout simplement pirater. On lui a inoculé des réminiscences qui ne sont pas les siennes !
— Donc… je n'ai pas fait… tout ce que je viens de voir ?
— Ce que j'essaie de te faire comprendre, mon amour, c'est que tu n'es pas Jack ! Oh ! Non ! Quelqu'un… t'a manipulé ! »

Chapitre 13 : Manipulations.

« Tu es sûre que mes parents sont sains et saufs ? »
Adila se retourna. Elle commençait à s'agacer de cette énième question qui amenait forcément la même réponse.
« Oui, Franck. Ton père est actuellement en chambre de repos et le reste de la famille…
— Non, ne me dis rien. On ne peut prévoir l'impondérable. L'incertitude crée la prudence. »
Héléna était en train de soigner les multiples blessures infligées durant l'accident et dans les égouts.
« Le fait de savoir qu'ils sont en sécurité me suffit. Maintenant, réfléchissons. Farius, égorgé, on trouve une petite plume blanche. Je suis enlevé par des personnes inconnues dont le leader se fait appeler Rap. Cette organisation m'informe que le juge Klébert faisait partie d'une ligue de déviants, amis de Farius et Zinger, lesquels, on ne sait pas vraiment pourquoi, ont décidé de l'éliminer. Un enregistrement, que personne, à part le groupe en question, n'a jamais écouté, dénonce les méfaits du juge Klébert. Ils m'affirment aussi que c'est Pedersen qui aurait occis Farius, ou commandité son meurtre. Et ce, pour venger la mort de sa fille. Ensuite, égorgement de Fergusson ; présence d'une petite plume blanche. On tente d'assassiner Adila par des criminels se faisant passer pour des Anges. Je découvre, en cherchant le roman "Les quatre plumes blanches", deux parchemins qui, semble-t-il, nous mettent également sur la voie de représentations picturales bibliques de ce que l'on nommait le Nouveau Testament. La journaliste… Au fait, où est-elle ? »
Il crispa son visage alors qu'Héléna lui appliquait avec doigté un liquide pour cautériser les plaies. Berger le considéra, l'air un peu embarrassé.

« Elle est... elle est repartie à son journal. En fait... j'ai eu une idée et j'attends son appel.
— Tu peux me dire ?
— Non, Franck. Pas pour le moment. Je ne t'arrête pas, c'est déjà une énorme entorse au règlement ; pour le reste, il faudra me faire confiance.
— OK ! Donc, je disais, la journaliste trouve un portefeuille appartenant à feu Matteo Gallo avec une autre plume blanche. On tente de nous tuer en faisant passer notre mort pour un simple accident de la route... C'est tout au moins, ce que j'en déduis. Je sors de l'hôpital... je vais chez mon père... J'essaie de... oh ! Merde, c'est dur ! »
Il stoppa et mit la tête dans ses mains. Héléna se pencha, l'enveloppa de ses bras et continua pour lui.
« QUELQU'UN s'en prend à ton père. Tue des policiers, dont Sacht. Attaque ta famille, mais abandonne sa mission grâce à la présence d'Élise... »
Franck la regarda dans les yeux. À ce moment précis, il avait envie d'y plonger, d'y sonder pour ne plus jamais émerger. Il mit ses doigts sur sa bouche et lui sourit.
« Je me réveille dans une rue. Des passants me voient. Je suis dans un état de désespérance totale. On veut m'aider, mais je m'enfuis, car j'apprends à ce moment-là que la police me recherche activement pour des méfaits qui me sont radicalement inconnus. »
Il fronça les sourcils.
« Attendez ! Mais, si ce n'est pas moi qui suis responsable de tous ces actes criminels, comment la personne, ayant sans aucun doute mon visage, ma taille, ma voix, a-t-elle su où se trouvait ma famille ? Comment a-t-elle eu accès à ma mémoire ? L'appartement n'était connu que de la

police.

— Là, on a une réponse. » affirma Adila. « Ton… double serait entré dans un restaurant, aurait malmené un des vendeurs en lui demandant où ils livraient des repas dont il avait les factures.

— Quoi ? Mais… pourquoi tous … tous ces renseignements ne sont pas dans mes souvenirs… ou même dans ceux de mon diabolique alter ego ? Ni la découverte des factures, ni mes déplacements, ni l'attaque du restaurant… Ce n'est pas logique… À moins que… » Il se figea un moment, retenant instinctivement la main qui nettoyait ses blessures. Les trois femmes le regardèrent, attentives.

« À moins que… tout a été fait pour m'incriminer… On est d'accord sur ce point ! Si je me souvenais avoir fouillé Sacht et trouvé lesdites factures. Si je me rappelais avoir bousculé le restaurateur pour avoir l'adresse précise, j'aurais tout de suite compris que j'étais innocent de tous ces crimes, puisque je la connaissais parfaitement, cette adresse. Et les déplacements entre les divers lieux ont été effacés de la mémoire de… de celui dont la voix le nomme comme "l'ange de la mort", "L'élu"… pour…

— Pour ? »

Berger était patiente ; c'était une des qualités intrinsèques à tous bons snipers, mais elle était tellement subjuguée par cette aventure hors du commun, qu'elle ne put s'empêcher de lui couper la parole. Héléna et Adila la fusillèrent du regard. Elle fit une moue d'excuses presque amusante.

« Pour m'égarer encore plus et douter de mes facultés. Ils ont la capacité à choisir les souvenirs, à les trier comme du linge sale et d'en jeter sans doute une bonne partie. Tout se conjugue pour nous faire accroire des choses, dans le but d'une manipulation tout aussi rigoureuse que terrible.

J'ai juste une question qui reste sans réponse. Si on a inoculé mes propres souvenirs dans le cerveau de mon sosie meurtrier, pourquoi ne connaissait-il pas les adresses des lieux de sécurité ?

— Peut-être, le coupa Héléna, peut-être est-ce cette notion de "secrets et de sécurité" qui a pu s'enfouir dans ta mémoire, derrière une cloison infranchissable… comme si ces adresses s'étaient cachées derrière un garde-fou qui les empêche d'être ostensibles, visibles et récupérables.

— C'est une possibilité… Cependant… je suis intimement convaincu que tout est lié. Et encore plus avec l'attentat dont tu as été victime Adila. Il n'y a qu'un moyen de savoir tout ce qui se trame derrière tout ça. »

Il se tourna vers Berger.

« Ça ne va pas te plaire… mais j'ai encore un service à te demander. » Elle le regarda d'un air inquiet.

« Je vais avoir besoin de l'ange de la mort toujours vivant. »

Héléna se mordit la lèvre comprenant de quoi il s'agissait.

Leone sortit de l'hôpital.

Il était toujours un peu groggy par sa chute, mais n'avait rien de bien méchant. Quelques côtes cassées n'étaient pas une entrave pour cet homme à la robuste ossature.

Il s'approchait d'un véhicule l'attendant pour le ramener chez lui quand une jeune femme vint lui barrer la route.

« Amber Seidel, journaliste à l'Européagerchtigkeit !

— Je n'ai rien à vous dire, Madame Seidel.

— Vous, non ! Inspecteur Leone ! Moi, oui !

— Comment ?

— Il va falloir m'écouter attentivement et me promettre de

ne pas vous mettre en colère. »
Leone la considéra avec une expression d'incompréhension totale.

L'infirmier sonna à la porte.
Deux officiers l'accompagnaient. Berger vint leur ouvrir.
« Bonjour ! Inspecteur, voilà l'individu que vous avez demandé. »
Berger lui fit signe d'entrer, ainsi qu'aux deux gardes du corps. Il fit rouler le brancard sur lequel était ceinturé un homme plongé dans un sommeil artificiel. Lorsqu'ils franchirent le seuil du laboratoire, Adila le reconnut. L'alité était l'un des deux anges de la mort, celui qui tomba du toit et qui survécut. Héléna alla à leur rencontre.
« Merci beaucoup messieurs. Je vais vous demander maintenant de nous laisser travailler. »
L'un des officiers avança de quelques pas vers elle.
« Je regrette Madame, mais on ne peut vous permettre d'entreprendre quoi que ce soit sans une autorisation d'un juge fédéral. En avez-vous une ? »
Les trois femmes se regardèrent. Franck s'était glissé dans la chambre noire. Il ne tenait pas à être arrêté ou pire ! S'il en venait à neutraliser les jeunes officiers, il rendrait ses amies complices de ses actes. Et il n'en était pas question. Adila se présenta.
« Détective inspectrice Adila M'Koumbé. Je sais que vous faites votre travail. Cependant, nous devons vous demander de nous faire confiance. Croyez-moi en vous disant que c'est rendre service à notre nation.
— Je suis certain que vos intentions sont des plus

honnêtes, Détective, mais sans autorisations, je ne puis…
— Vous voulez une autorisation. En voilà une. »
Héléna sortit un papier d'un dossier. Elle le présenta au policier qui le lut patiemment. Des petits coups d'œil à la fois inquiets et surpris entre les deux inspectrices faillirent les trahir.
Une fois arrivé aux parafes, l'officier releva la tête vers la Héléna.
« Ce document est signé de l'ancienne Gouverneuse et du Juge Klébert. Et tous deux sont morts.
— Certes, officier, mais vous avez bien passé en détail tous les caractères. Ils stipulent ici que j'ai carte blanche en ce qui concerne le cas Origan Farius, dans le domaine fermé de l'expertise scientifique et de la recherche spécifique des méandres de l'esprit humain. Or, cet homme que vous voyez là est lié au meurtre perpétré sur Farius, par conséquent à l'enquête toujours ouverte sur l'intéressé. Aucune date ! Aucune limite de temps. Tout est noté.
— Vous dites que ce suspect a un rapport avec l'affaire Farius ?
— On ne dit pas cela ! intervint Berger. On déclare que ce… cet homme a des informations qu'il ne donnera pas si on ne pratique pas sur lui des méthodes agréées par les hautes instances, afin de déterminer l'importance de son rôle dans l'histoire. Voulez-vous que j'appelle le Haut-Commissaire ? »
L'officier se tourna vers Adila.
« Mais je croyais que c'était un de vos agresseurs ?
— Aussi, officier. Tout se rejoint ! Je vous assure ! »
Le policier pivota vers son partenaire qui haussa les épaules.

« Très bien. Nous viendrons le chercher dans…
— Trois heures. » coupa net Héléna.
« Dans trois heures, donc ! Allez, viens ! »
Ils se retirèrent accompagnés de l'infirmier.
Alors que les trois femmes expulsaient un souffle de soulagement, Franck sortit de sa cachette.
Il boitait et avait mal partout.
Mais il devait absolument faire ce qu'il avait à faire.
Héléna se retourna à son approche.
« Avant, Franck, j'aimerais tenter de lui extirper et enregistrer tout ce qu'il y a dans son cerveau ; cela pourrait permettre, peut-être, d'éviter ce voyage mental. »
Il la regarda, respira un bon coup.
« OK ! Vas-y ! »
Dans une hâte totalement maîtrisée, elle plaça les pastilles blanches et lança son enregistreur-projecteur.
Ils attendirent quelques secondes. Les couleurs se mélangèrent, s'entremêlèrent… Mais aucune image n'apparut.
« Je ne comprends pas. »
Elle reprit tous les positionnements de chaque capteur. Le réglage de son cœur en cristallogènes permettant la captation des détails de la vie de « l'ange de la mort ».
Mais rien !
Aucune défaillance.
« Je n'ai aucune idée de ce qui se passe. Je suis désolée.
— Héléna, ce n'est pas grave. Allez, faut que j'y aille maintenant. C'est une question de temps ! »
Adila l'aida à le mettre dans le lit en forme de petit bateau de pêche dont les câbles étaient déjà prêts à recevoir le voyageur.

« Tu es sûr que tu ne veux pas que je fasse ce voyage à ta place ?

— Merci Adila, mais non ! J'ai l'habitude. Je suis entraîné maintenant.

— On est totalement hors la loi !

— Je sais Berger. Mais je t'assure qu'on n'a vraiment pas le choix. Si je veux laver mon honneur et surtout prouver mon innocence, je dois le faire. »

Berger et Adila installèrent le prisonnier dans l'autre lit. Héléna lui injecta un produit ainsi qu'à son amoureux. Elle le serra dans ses bras. « Tu sais comment faire pour revenir.

— Ne t'inquiète pas, ma chérie.

— Je suis toujours inquiète. »

Elle l'embrassa fort, se retourna, tapa sur le clavier translucide et mit en marche le système.

Des impulsions luminescentes commencèrent leurs trajets entre les deux hommes endormis.

À ce moment-là, des vibrations parvinrent à l'oreille de Berger qui la sortirent de sa concentration.

C'était Leone.

« Comment vas-tu, coéquipier ?

— *Je vais bien. Dis-moi, c'est quoi encore cette histoire ? J'ai à côté de moi une journaliste…*

— Leone, je n'ai pas beaucoup de temps. Ce que je peux te dire c'est qu'il est vraiment essentiel que tu fasses ce qu'elle te demande.

— *Mais enfin, c'est complètement dingue. J'peux pas faire ça !*

— Tu vas devoir. Pour moi. Je t'expliquerai.

— *T'as intérêt ! Là, je joue gros ! Si je me fais chopper, je vais en prendre pour mon grade.*

— Merci Leone. Suis les instructions à la lettre et tout se passera bien. Mais prends bien garde à toi. »
Elle raccrocha avant même qu'il puisse dire quelque chose de plus.
L'autre policière tourna son regard vers sa collègue.
« Ça va aller ?
— C'est bon ! Il va nous aider. »
Adila approuva.
Héléna, elle, plaça une oreillette.
« Maintenant, je vais vous demander de faire silence.
— Tu peux tout écouter ?
— Non. C'est Franck qui décidera de ce que je dois entendre ou pas.
— Incroyable. Et il est où là ? »
Héléna hocha la tête.
« Je ne sais pas ! »

Chapitre 14 : Les rouages de l'esprit.

Il était au milieu de nulle part.
Il ne cessait de se poser la question à savoir s'il était toujours en chemin ou s'il avait déjà atteint son but.
Il eut comme un vertige, se sentant happé par le vide.
Il baissa la tête et s'aperçut qu'il était comme suspendu dans les airs.
Ou en lévitation… car sous ses pieds, il n'y avait que le néant.
Une sorte de trou noir.
Cependant, au milieu de ces ténèbres, il avait la capacité d'y voir clairement et cette profondeur sans lumière ne l'étouffait nullement.
Il prit donc la décision de se mouvoir.
Il avança d'un pas.
Il n'avait malheureusement pas eu le temps de se préparer comme pour les précédentes incursions mentales, ces viols de l'esprit tels que les nommait Farius.
Il fallait qu'il fasse avec ce qu'il avait.
Les blessures physiques avaient disparu. C'était une bonne chose, mais les psychiques étaient omniprésentes. Ce qui l'empêchait de se concentrer sur sa mission.
Trop de questions le turlupinaient.
Il chemina ainsi, ses pensées le harassaient, marchant dans un espace gazeux.
Au bout de quelques mètres, il sentit comme un courant d'air dans le dos. Il se retourna.
« Voilà qui est nouveau. Héléna, je fais en sorte que tu m'entendes ! Autour de moi, rien n'est matérialisé. Je suis en train de me déplacer alors que mes pieds ne touchent

pas le sol. Si tu as une idée de ce que cela peut vouloir dire, je suis preneur. »

Il n'avait aucun moyen de savoir si Héléna écoutait son rapport.

Tout à coup, il se tut.

Le courant d'air devint de plus en plus présent, glaçant.

Et sans en connaître la raison, son corps s'alourdit.

Brutalement, comme s'il l'on avait coupé net des fils invisibles, il chuta dans ce puits sans fond.

Il hurlait alors que sa course verticale n'en finissait plus. Il tâchait de remuer ses bras afin d'agripper on ne sait quelle aspérité et freiner ou stopper sa descente infernale. Malheureusement, rien ne pouvait empêcher l'écrasement lorsque son corps rencontrerait le sol.

Mais quel sol y aurait-il ?

Dur, flasque, coupant, tranchant ?

Cette affreuse pensée d'achever sa vie comme cela dans l'inconscient d'un assassin était insupportable.

Il ferma les yeux.

Il ne priait pas, la notion de prière lui étant inconnue, mais il tentait de centrer son énergie sur une manière de sortir de cette situation totalement inédite.

Il ne sut pourquoi sur le moment, mais, ses paupières se rouvrant, il constata que la vitesse de sa chute allait décrescendo.

Il volait presque.

Et plus !

D'un long couloir descendant, sombre comme la nuit, il était passé dans une cavité luminescente tellement forte qu'il en pleura.

Soudainement, il sentit son corps se mettre à la verticale.

Ses pieds touchèrent le fond.
Il avait la grâce d'un danseur.
Ses jambes plièrent légèrement.
Il ressentait cette drôle impression d'avoir été déposé comme un jouet sur un sol constitué de dorures.
Il se retourna ; son regard balaya les environs.
« Qu'est-ce que ça veut dire ? Héléna, tout autour de moi, je vois des rouages. »
Cet univers insolite n'était pas silencieux.
Il distinguait chaque créneau se heurtant, chaque grincement de rotation, chaque bruit d'un moteur mécanique.
« Il y a quelqu'un ? » cria-t-il !
Il pivota une première fois, puis une seconde, puis une troisième et…
Elle était là… Devant lui à attendre.
Une poupée à échelle humaine.
Elle était difforme et son corps avait été créé de plusieurs morceaux d'autres poupées.
Les membres saillants étaient rafistolés. On voyait clairement les coutures.
Cette figurine haute d'un mètre soixante-dix avait l'apparence d'un manteau d'Arlequin.
Elle s'avança vers Franck ; il recula au fur et à mesure qu'elle progressait vers lui.
« Putain ! C'est quoi ça ? »
Elle l'attrapa comme s'il n'était rien, un brin d'herbe ; elle passa ses mains froides comme de la glace autour de son cou. Ses pieds à lui décollèrent. Il tenta d'agripper les avant-bras de la monstrueuse création, mais elle était d'une force inimaginable.
Il devint vite rouge. Sa face était cramoisie. Il essayait

d'inhaler, mais tous ses efforts furent vains ; elle lui coupait toutes voies respiratoires. Alors, dans un élan presque illusoire, il saisit son visage et commença à enfoncer les pouces dans les yeux sans vie de la créature. Il sentit au bout de quelques secondes des petites pointes pénétrant ses doigts.

Mais il tint bon !

Elle poussa un cri aigu.

Et mue d'une force surhumaine, elle le lança en l'air.

Il allait retomber au sol quand il fut rattrapé par quatre personnages, chacun le retenant par ses membres.

C'étaient des automates.

Leur tête était faite de cire.

Cependant, trois de ces visages ne lui étaient pas inconnus.

C'était Fergusson, Zinger et Farius.

Quand il tenta de regarder le quatrième, il se rendit compte qu'il n'avait aucune structure ; juste une face sans yeux, sans nez, sans bouche, comme un masque larvaire.

Une souffrance sans égale l'étreignit !

Ils étaient en train de l'écarteler.

Son corps était allongé dans les airs à quelques centimètres du sol. Cependant, il avait l'impression d'être à des années-lumière de la moindre terre.

Ayant conscience que ses membres flanchaient, il pouvait percevoir, entre deux cris de douleur, ses os craquer, se dissocier.

Alors qu'il sentait sa fin approcher, quelque chose d'inattendu se passa.

Un à un, ses tortionnaires le lâchèrent.

Dans un état passablement comateux, comme si une brume auditive envahissait les lieux, il entendit des bruits de lutte.

Des coups de poing… de pied… des corps tombant.

Le son, autour de lui, s'assourdit ! Et devint inaudible.

Lorsqu'il reprit ses esprits, il était au sol.

Près de lui, deux hommes se tenaient.

L'un debout, l'autre, à genou.

« Et voilà la princesse se réveillant, ses princes charmants autour d'elle.

— Mieux vaut tard que jamais ! »

Le dernier à parler était une sorte de géant. Et l'autre !…

L'autre !… C'était… !

« Allez, Francky !!! Faut te remuer, feignasse ! »

Franck n'en croyait pas ses yeux. C'étaient ses deux frères. Enfin, ceux qu'il avait imaginés lors de son premier voyage mental dans l'esprit malade de Farius.

« Alberty, Djorak ! Mais comment… ?

— Ça, on ne sait pas pourquoi… mais on est là ! »

Alberty avait toujours ses yeux rieurs qui trahissaient souvent une plaisanterie ou un trait d'humour. Djorak, lui, était une force de la nature. Il était haut de près de deux mètres et souriait peu dans sa barbe d'un noir d'ébène. La dernière fois que Franck les avait vus, Djorak était tombé au fond d'un trou et l'autre avait reçu une balle. Il était fou de joie de les retrouver ; le pourquoi de leur présence pouvait attendre.

« Où sont les automates ?

— Ils ont disparu. » répondit d'une voix de basse son frère aux membres démesurés.

« Il y avait une sorte de… de poupée aussi. Effrayante.

— Wou-Hou ! Tu sors avec une poupée, maintenant ? » ironisa Alberty.

Franck sourit en songeant à Héléna. Il avait envie de lui

répliquer à quel point il n'était pas loin de la vérité. Mais, il savait que leur arrivée était une création de sa propre pensée. Hors de question de divaguer avec des fantômes psychiques.

« Non, on n'a pas vu de "peluche effrayante" ! riposta l'homme à l'esprit moqueur.

— Alors, Francky ! On fait quoi ?

— Maintenant, on avance ! Il faut que je prenne la mesure de tout ça, apprendre et comprendre. »

Alberty fit une moue qui trahissait une totale abstrusion, mais approuva sans faire de manières.

Djorak, lui, n'attendait qu'une seule chose ! De l'action.

Ils cheminèrent ensemble, contournant des obstacles huilés.

Passant tantôt au-dessus, tantôt en dessous.

Évitant certains mouvements, enjambant des moteurs ou des rouages.

Alors qu'ils progressaient tant bien que mal, ils se retrouvèrent face à un oscillateur vertical.

Son balancement était régulier.

Mais rapide.

Très rapide !

Trop rapide !

Il était presque impossible de glisser sans se faire écraser par l'immense bras qui devait peser, au bas mot, une tonne.

« Alors ? Tu es le génie de l'équipe ! On fait comment ?

— Je réfléchis Alberty. »

Franck considéra l'ensemble du mécanisme. Prenant son temps afin de trouver une solution à ce problème, Djorak s'énerva !

« J'en ai marre, j'y vais !

— Non, mon grand ! »
Mais Alberty ne put le retenir. Le géant attrapa de ses grosses mains le balancier. Il essaya, de toutes ses forces, de freiner le pendulum, mais se retrouva soudain comme écrasé contre d'autres créneaux. Une fois relâché, il tomba à genou. Il allait se faire aplatir par le retour de l'oscillation quand ses deux frères le tirèrent.
Ils basculèrent tous trois au sol.
Leurs respirations s'exhalaient à l'unisson.
Franck redressa son torse, les jambes toujours allongées.
« Bon sang, Djorak ! Laisse-moi un moment à la réflexion. »
Alors, qu'ils s'entraidaient pour se relever, Alberty scruta le chemin qu'ils avaient emprunté. Il entendait un bruit bien distinct, mais ne put dire ce que c'était.
Il s'approcha d'un des organes géants et regarda au-dessus.
« Oh ! Crotte !
— Quoi ?
— Franck, ne prends pas autant de temps. Des dizaines, voire des centaines de roues mécaniques fondent sur nous ! »
Franck se rua à côté de son frère.
« Merde ! »
Il se retourna.
« Réfléchissons ! On ne peut pas passer ! Le mouvement trop rapide ne nous le permet pas. Il faut donc le freiner un peu… Ce qui nous octroierait du temps…
— Le temps qu'on n'a pas, Francky ! »
Il pivota sur ses pieds. Regarda vers le haut.
« Djorak, tu vois le ressort spiral qui est couplé au résonateur ? C'est ce qui assure la régularité du tempo.

Brisons-le ! Tu comprends ? »
Djorak ne répondit même pas.
Il sauta sur le balancier et l'escalada avec une facilité déconcertante.
Certes, il allait de droite et de gauche et ce bercement aurait pu désarçonner n'importe qui.
Mais pas lui.
Arrivé au point névralgique, il prit le ressort et l'arracha.
Les rouages déferlèrent dans un fracas inimaginable.
Un vacarme assourdissant accompagnait cette horde sauvage écrasant tout sur son passage.
Djorak, agile pour sa taille et son ossature, glissa le long du bras de fer et rejoignit ses frères.
Ils se mirent à courir comme des forcenés.
Sautant par-dessus certains obstacles ou se faufilant par-dessous, ils considérèrent qu'ils allaient être vite dominés par le tsunami.
Le bruit insupportable allait crescendo.
Leur cœur s'emballait et leur respiration était de plus en plus haletante.
« La cage ! » hurla Franck en montrant du doigt une forme.
Ils se ruèrent devant le bâti.
Djorak le releva en poussant un cri étouffé tant il était lourd.
Les deux autres passèrent en rampant et le géant fit de même avec beaucoup plus de difficulté, car il ne parvenait pas à soulever la cage au-dessus de sa taille.
Cette dernière retomba sur le sol ; ils n'entendirent même pas le télescopage, tant l'arrivée en masse des rouages le couvrait de son vacarme.
La puissance des heurts déplaça le filet d'acier dans un

grincement strident.
Le cadran qui était rattaché au bâti s'affaissa et des aiguilles chutèrent.
Les trois visiteurs se rendirent vite compte alors que tout l'univers les ceignant était constitué de mécaniques à échappement.
L'esprit de l'ange de la mort était une énorme horloge.
« J'ai compris Héléna, ramène-moi ! »

Chapitre 15 : Une prison dorée.

« La réalité, c'est l'âme. À parler absolument, notre visage est un masque. Le vrai homme, c'est ce qui est sous l'homme.
— Quoi, qu'est-ce que tu marmonnes ?
— J'ignore pourquoi, Djorak, mais, depuis quelque temps, j'ai cette phrase de Victor Hugo dans la tête.
— Dis-moi, ô, mon Roméo, que fait donc ta Juliette ? Pourquoi elle ne nous ramène pas ? »
Franck ne sut répondre à la question de son moqueur de frère.
« Héléna, fais-moi revenir !
— Sans nous oublier, naturellement. » ricana Alberty.
Pourtant, la situation ne se prêtait guère à l'humour. Les roues crantées cognaient avec fureur contre la cage qui ne faisait que reculer.
Les vagues d'attaques se succédaient à une cadence infernale.
Le fracas était insupportable.
Une forte senteur d'huile et de bakélite agressait l'odorat de nos prisonniers.
Le bâti, s'étant totalement détaché des membranes adjacentes, glissa sur le sol doré, laissant des marques creusées, des sillons de sa retraite.
La bataille était inégale.
Et puis, soudain, plus rien !
Les rouages stoppèrent net leurs infatigables assauts.
Un silence pesant envahit le lieu.
« Qu'est-ce qui se passe ? » demanda Alberty, curieusement plus inquiet.
« Héléna, ramène-moi ! » cria alors de manière plus

pressante Franck.
Mais rien ne se produisit.
« Merde, il y a un problème !
— Non ? Tu crois ? Et je pense que ça ne va pas s'arranger. Regarde ! »
Entre les divers rouages, des silhouettes se profilèrent. Elles étaient de haute taille et avançaient de façon saccadée et hésitante.
« Des automates ! songea Franck.
— Encore ? » Alberty mit ses mains sur les barreaux supérieurs et commença à pousser. « Il est temps que l'on sorte d'ici. Djorak, quand tu veux mon grand ! »
Le géant comprit le trait sarcastique. Il pesa de toute la puissance de ses épaules la lourde charge et dégagea ses frères.
Puis il la souleva de toutes ses forces et la jeta sur deux des androïdes.
Ces derniers étaient une dizaine.
Leur démarche était balourde.
La cage fit choir l'un d'entre eux, mais le deuxième retrouva vite son équilibre.
« Suivez-moi ! » s'écria Alberty.
Ils foncèrent vers un horizon indéterminé. Mais c'était leur seule issue. Courant à toute vitesse, ils ne s'aperçurent pas que les machines bipèdes accéléraient leur cadence derrière eux.
Malheureusement, leur fuite éperdue dut brusquement s'arrêter.
Un précipice leur faisait barrière.
À quelques mètres d'eux, les automates freinèrent aussi leur avancée pour la stabiliser totalement.
Ils étaient pris entre le marteau et l'enclume.

« Qu'est-ce qu'on fait ? » demanda Djorak. « Vous voulez que je fonce dans le tas ?

— Non, mon grand, j'ai comme l'impression que pour une fois tu ne serais pas à la hauteur de la situation. »

Franck réfléchissait.

« Il n'y a aucune autre alternative. Soit on meurt broyés ou écartelés, soit on saute.

— Entre la peste et le choléra, mon cœur balance. » riposta Alberty.

Djorak jeta un œil vers le fond du ravin de fer.

« Moi, j'ai déjà donné. Je préfère me bagarrer. »

Franck fut étonné par cette réponse. Comment pouvait-il s'en souvenir puisqu'il était conscient que ses deux frères n'étaient qu'une création de son esprit ? Cela le déstabilisa un instant, mais reprit rapidement son calme.

« On va se séparer. L'un de nous survivra peut-être.

— Franck, tu sais que si l'un de nous deux meurt, ce n'est pas important. Par contre, toi… »

Alberty avait raison. Mais comment faire ?

Agressés soudainement par un bruit caractéristique d'un moteur à vapeur, ils se retournèrent.

Les robots se soulevaient dans les airs aux moyens de propulseurs.

Les trois hommes regardèrent alternativement les géants d'acier flottant au-dessus d'eux et le précipice.

Dans une décision commune, ils prirent leur élan et foncèrent verticalement dans le néant.

Cependant, contre toute attente, les automates les rattrapèrent au vol.

Ils survolèrent ainsi le gouffre sans lumière.

Djorak donnait des coups de poing à s'en faire craquer les doigts. Cette lutte chimérique était vaine. Rien ne pouvait atteindre physiquement ces sortes de droïdes, créations d'un esprit malade.

Ces derniers, après un court voyage, les déposèrent au sol et atterrirent autour d'eux formant un cercle parfait.

Au centre, les trois voyageurs faisaient du dos à dos. Ils étaient sur le qui-vive !

« Qu'est-ce qu'ils attendent, bon sang ! »

Djorak était prêt à en découdre.

À ce moment précis, une voix résonna dans cet antre aux rouages discontinus.

« FRANCK ALBERTY DJORAK. » Les trois frères tournèrent leur regard vers un plafond indéfini.

Un automate quitta la pénombre pour se poser en pleine lumière, juste devant eux.

« JE SUIS DES MURS. JE SUIS MYTHIQUE. JE SUIS LE GRAND PREMIER. QUI SUIS-JE ?

— Chouette, v'là des énigmes ! » chuchota Alberty avec un sourire moqueur.

Franck fixa un point. C'était son domaine. Il en était un véritable expert.

« Encore un grand premier. Décidément, les fous furieux n'ont guère d'imagination en ce qui concerne les prémices de toutes choses. Bref... Une idée ? »

Djorak haussa les épaules et fit non de la tête. Alberty prit soudain une attitude plus sérieuse.

« Il n'a pas précisé ce que l'on gagne si on trouve et ce que l'on perd si on... ne trouve pas. »

La voix se fit plus pressante et le robot, à la face immuable, plus inquiétant.

« JE SUIS DES MURS. JE SUIS MYTHIQUE. JE SUIS LE GRAND

PREMIER. QUI SUIS-JE ? »
Franck osa :
« Quelles sont les modalités du jeu ? La finalité ?
— BONNE QUESTION, FRANCK ! » affirma la voix. « MAIS JE NE PEUX Y RÉPONDRE.
— Tu crois qu'il parle encore du carnet de Hyde ?
— Je ne pense pas, Alberty. Même s'il y a des points communs, j'ai le sentiment que tout l'entourage, tout ce que nous venons de traverser doit nous aider. Regarde autour de toi.
— Les roues, les vapeurs, l'odeur de l'huile ?
— Oui, mais surtout les grands gaillards qui nous servent de garde-chiourmes.
— Les automates.
— C'est cela. Quel est le premier homme à avoir donné naissance à ces animaux-là ? Des murs… Un mythe… Comme nous, dans ce… Mais oui ! Je sais ! C'est Dédale ! Le concepteur du labyrinthe. Il était aussi le créateur de statues qui avaient la capacité de bouger les yeux. Et ces statues, si je me souviens bien, pouvaient se déplacer. »
Un silence s'imposa.
« BONNE RÉPONSE. LIMITE DE TEMPS, TRENTE SECONDES. JE SUIS OISEAU. JE SUIS LES FLAMMES. »
Une roue crantée se mit en marche, crachant parfois un peu de vapeur d'eau.
C'était le décompte.
Trente secondes, c'était peu.
Alberty porta seul la voix :
« Facile, gros ballot. C'est le Phœnix qui renait de ses cendres. »

Les créneaux s'arrêtèrent net.

« MAUVAISE RÉPONSE. »

D'un sourire vainqueur, Alberty dessina sur son visage un rictus presque difforme. Un des automates l'avait attrapé par la tête.

Il décolla et l'emporta comme un frêle morceau de bois dans les nues sans astre. Franck et Djorak voulurent foncer pour l'épauler, mais les géants d'acier resserrèrent les rangs, diminuant de ce fait le cercle.

Alberty disparut sous les appels de Djorak.

« LIMITE DE TEMPS, QUINZE SECONDES. JE SUIS OISEAU. JE SUIS LES FLAMMES. »

Les deux frangins échangèrent furtivement un regard.

« Ah ! Bon sang ! » Franck crispa la mâchoire. Ce n'était pas la perte de son frère qui le faisait réagir. Il savait au fond de lui que ses deux aides n'existaient que par la force de son esprit.

Non ! C'était la voix.

Il la connaissait !

Mais où l'avait-il déjà entendue ?

Il fondit sur l'automate, qui avait toutes les caractéristiques du leader.

« L'oiseau était un canard ! Un colvert qu'un génie nommé Jacques de Vaucanson avait conçu. Il était pourvu de grandes capacités dont celles de manger… de… de faire semblant de nager, entre autres. Il a été détruit lors d'un incendie au 19e siècle. Une époque qui est loin de m'être inconnue ! »

À nouveau, un profond silence.

« BONNE RÉPONSE. »

Tous les automates s'écartèrent et décollèrent de concert,

y compris leur porte-parole.

En quelques secondes, ils avaient disparu au sein des méandres obscurs, à une altitude indéterminée.

Les deux rescapés observèrent tour à tour le départ de leurs geôliers et ce qui s'offrait à eux. Une succession de machines rotatives était accolée à deux portes d'acier fermées.

Ils avancèrent face à elles.

Dans un bruit assourdissant de morceaux de fer frottant les uns contre les autres, ils se retournèrent et virent, derrière eux, un immense mur clôturer leur fuite éventuelle.

Ils étaient à nouveau cernés.

Imposantes et grandioses, les deux huis avaient chacun une caractéristique. Sur celui de droite, une serrure à combinaison crénelée et sur son voisin de gauche, des petits panneaux coulissants mettant en valeur chaque phrase écrite.

« *LIMITE DE TEMPS, TRENTE SECONDES.*

JE SUIS UN QUÊTEUR D'ÂMES.

JE LA TROQUE CONTRE UN CŒUR.

JE L'AI PERDU.

SA DATE »

Djorak ouvrit la bouche, mais Franck freina son enthousiasme.

« Non, mon grand. Ce n'est pas celui auquel tu penses. N'oublie pas que l'on est toujours dans le domaine de la mécanique. Regarde autour de toi. On se croirait au milieu des créneaux d'une montre à gousset. Le quêteur d'âme n'est pas le diable face à Faust. En aucun cas ! Jules Verne l'a immortalisé dans sa nouvelle "Maître Zacharius". Un horloger dont le génie était de rythmer ses créations sur le battement de son cœur. Mais les pendules et autres cadrans commencèrent à tomber en panne. Il en devint malade. Un personnage apparut. En échange de la main de Gérande, la fille du maître horloger, il promit de lui divulguer le secret du mouvement perpétuel. Mais… à la dernière minute, Zacharius changea d'avis, mit fin au mariage et en mourut. Le croque-mitaine en question, le quêteur d'âmes, se nommait le seigneur Pittonaccio.   La date de parution 1854. »

Il tourna la serrure sur le 1 puis sur le 8, sur le 5 et enfin sur le 4.

Cette fois-ci, aucune réponse vocale ne parvint aux oreilles de nos aventuriers.

Les deux portes centrales s'ouvrirent dans un fracas d'engrenages.

Franck avait mis en exergue la solution. Cela lui semblait si facile.

Trop facile même !

 Mais, chaque tentative réussie se soldait par un échec.

Il devait trouver un moyen de sortir de là !

De retrouver le monde réel.

Il allait devoir continuer sa mission.

Toutefois, il n'arrivait toujours pas saisir les tenants et les aboutissants de tout cela.

Il était dans un état d'aporie total.

La contradiction venait de la perpétuelle interrogation qu'il se posait ; était-ce lui qui imaginait tout cela ?

Et dans cette éventualité, se pouvait-il qu'il fût autodestructeur, suicidaire sans le savoir ? …

Ou bien était-ce l'œuvre d'une tierce personne ?

Et pourquoi pas de cet ange de la mort ?

Se mettait-il lui-même en danger ou était-il la marionnette d'un maître de l'ombre ?

L'embarras était dans ses décisions ; celles qu'il avait à faire et qu'il saisissait et celles qu'il n'arrivait pas à comprendre, mais qui lui étaient imposées.

Ainsi était-ce la fatalité qui le plaçait systématiquement dos au mur ? Ou une volonté délibérée de lever le voile sur une certaine vérité ?

Ayant passé les deux grandes portes, les deux hommes avancèrent prudemment.

Un gouffre se présenta à eux.

Mais cette fois-ci, ils avaient le choix entre deux ponts.

« APPROCHEZ, CHACUN SUR UN PONT. SI VOUS PRENEZ LE MÊME, VOUS MOURREZ. SI VOUS NE RÉPONDEZ PAS CORRECTEMENT, VOUS MOURREZ. SI VOUS CHANGEZ DE PONT, VOUS MOURREZ. SI L'UN DÉTIENT LA SOLUTION, L'AUTRE PÉRIRA. »

Ils se regardèrent furtivement.

Puis, Franck observa tout autour de lui ; aucune échappatoire.

Une musique envahit l'espace.

Une mélodie douce, mais dont la résonance était quasi mécanique.

Puis vinrent des voix. Un chœur !

« Ma vie, ma vie, ma vie fut d'être en avance

Les nombres dansant ensemble en cadence.

Né au siècle de l'obsolescence

Je rêve de chiffres en arborescence.

Mon rêve inscrit dans la différence

Machine créée dans l'effervescence. »

Djorak lui fit des signes de l'autre pont.
« Quoi ? » cria Franck qui ne comprenait pas ce que son alter ego voulait lui dire.
« Franck, tu dois vivre ! Et moi je dois disparaître ! Donne la réponse. »
Oui, Franck la connaissait !
Il la savait.
Il était à nouveau dans l'impasse.
S'il la gardait pour lui, ils mourraient tous les deux.
S'il la révélait, son frère imaginaire s'évanouirait.
Il le regarda et lui sourit.
L'autre fit de même.
La décision était prise.
« 1888, l'année de Jack l'Éventreur. Je connais sur le bout des doigts chaque élément politique, social, économique et ingénieux de cette incroyable année. Un inventeur, par la création d'une sorte d'unité centrale, perpétua l'énorme travail de fabrication d'un… dispositif que son père avait conçu des années plus tôt. Cette invention était "la machine à différences", l'ancêtre de la machine à calculer. Et ce père, ce cerveau brillant et en avance sur son temps, était Charles Babbage né en 1791 et mort en 1871. »
Le pont et Djorak s'évaporèrent dans les airs comme de la cendre que l'on souffle.
Franck se retrouva à nouveau seul !
Un sentiment d'abandon commença à l'étreindre.
Mais il ne pouvait se permettre de s'appesantir sur lui-même !
Il n'avait pas le choix !
Il devait continuer !
Poursuivre son chemin.

Faire machine arrière était impossible.
Le sol était brillant.
Sous ses pieds, son reflet produisait un physique plus grand qu'il ne l'était.
Ses pas n'étaient pas hésitants, mais il jugeait qu'il devait rester prudent, étant seul maintenant.
Il considéra qu'il était temps de faire un peu le point sur tout ceci, son voyage pédestre étant interminable.
« C'est curieux tout de même… Je connaissais toutes les réponses. Un savoir n'est pas sans fin. On aurait pu me mettre face à des énigmes beaucoup plus complexes, moins… logiques. Plus éloignées de ma culture de base. Comme si on me permettait d'avancer… Ou alors… Non, bien sûr ! Au contraire. Cette prison mentale repose sur certaines de mes notions. Plus mes réponses sont exactes, plus je m'enfonce dans cette geôle mécanique… Je me cloisonne moi-même. Mais… est-ce folie de penser pouvoir recouvrer ma liberté si je donne une explication fausse ? »
Son périple forcé stoppa net.
Face à lui, d'immenses pans de cuivre mis en quinconce obstruaient sa trajectoire. Franck se pencha un peu afin d'examiner ce nouveau paysage.
Il passa entre les deux premiers murs et se retrouva dans un dédale de remparts platinés.
Il n'avait que deux possibilités : soit il tentait l'aventure en s'y engouffrant, soit il rebroussait chemin.
Il choisit la deuxième option.
Étant derechef devant les deux premières surfaces verticales, il s'accroupit.
Il tourna la tête une première fois… puis la fit pivoter à nouveau vers ce qui semblait être un…

« C'est un labyrinthe. » Une voix aiguë le happa hors de son introspection.
Deux pantins composés de bric et de broc, d'aciers et de câbles, de laiton et de cuivre, arrivèrent inopinément.
« C'EST À MOI, DE PARLER !
— NON À MOI !
— JE TE DIS QUE C'EST À MOI DE LUI ANNONCER !
— FAUX, JE TE DIS ! »
Si la situation n'était pas aussi dramatique, il aurait bien ri à cette farce quasi théâtrale.
« OK ! Les gars, ne vous disputez pas. L'un après l'autre, si vous voulez.
— D'ACCORD, JE COMMENCE !
— NON, JE COMMENCE !
— NENNI ! JE COMMENCE !
— C'EST MOI, LE PLUS ANCIEN, ALORS JE COMMENCE !
— Stop !!!! Ma patience a des limites, les deux comiques. Donc, toi, tu débutes… ce que tu as à me dire et toi… eh bien…. tu continues !
— TU VOIS ! C'EST MOI.
— CE N'EST PAS JUSTE !
— BONJOUR, CHER VOYAGEUR. CE LABYRINTHE CONTIENT CINQ CENTS MURAILLES.
— L'ESPACE ENTRE CELLES-CI EST VARIABLE.
— PLUS VOUS VOUS ÉGAREZ…
— PLUS VOUS ÉTOUFFEZ !
— JE SUIS LE SPHINX !
— ET MOI, LE DÉCOMPTEUR !
— ÉCOUTEZ BIEN ! JE SUIS UN HORLOGER ! JE SUIS

AUTEUR D'UN ESSAI ! QUI SUIS-JE ? »
Franck écarquilla les yeux. Il n'avait pas assez d'éléments.

« 30 ! » Le décompte avait commencé.
— Il y a beaucoup trop de paramètres.
— 29 !
— Des horlogers qui ont écrit des essais, je suppose qu'il doit y en avoir des centaines depuis ce millier d'années passées.
— 28 ! »
Pour la première fois depuis le début de son incursion mentale, il se retrouvait réellement face à un mystère insoluble. Il en était à 20 quand il remarqua une chose qui lui fit froncer les sourcils. À sa droite, il perçut une forme d'incohérence dans le panorama qui s'ouvrait à lui ; un rectangle sombre de quelques centimètres.
« 15 ! »
Il n'avait pas la solution. Il se mordit la lèvre supérieure. Observa à nouveau le trou dont les proportions étaient parfaites. Puis, tourna son regard vers les deux étranges créatures presque sympathiques.
« 9 !
— Benjamin Lewis Vulliamy !
— **FAUX ! C'EST FERDINAND BERTHOUD, ESSAI SUR L'HORLOGERIE.**
Les deux pantins se mirent l'un face à l'autre et échangèrent les phrases comme des balles de sport.
— **DANS LEQUEL ON TRAITE DE CET ART !**
— **RELATIVEMENT À L'USAGE CIVIL !**

— À L'ASTRONOMIE ET À LA NAVIGATION.
— EN ÉTABLISSANT DES PRINCIPES CONFIRMÉS PAR L'EXPÉRIENCE. »

Ils se retournèrent simultanément alors que les pans derrière eux se refermaient inéluctablement.

Mais, chose à laquelle ils ne s'attendaient pas, Franck sauta sur le côté, courut et plongea en se laissant glisser sur le flanc gauche pour disparaître à l'intérieur du rectangle noir.

Ce dernier s'effaça à la grande surprise des deux êtres mécaniques.

Chapitre 16 : À quoi rêvent les anges mécaniques ?

Franck se releva.
Sa cascade réveilla sa douleur à la jambe.
Il trouvait cela étrange, car c'était le membre blessé dans le monde réel. Comment pouvait-il avoir aussi mal alors que tout son corps était au repos et que seul son mental était fonctionnel ?
Très rapidement, ses interrogations s'estompèrent. Ce qu'il avait sous les yeux était absolument bouleversant. L'univers d'horlogerie, de cadrans et de ressorts avait laissé place à une forme de fantasmagorie dont l'émotion était palpable.
Il était sous une sorte de dôme. Il reconnut tout de suite la structure bien particulière des cirques itinérants autorisés par les divers gouvernements. Des êtres translucides allaient, venaient, s'affairaient. Il y avait des clowns élastiques, des hommes volants et des femmes dont l'agilité était inimaginable.
Le son sourd résonnait de toutes parts. Franck ne sut dire quel idiome était usité. L'acoustique était si encavée ! Ou bien était-ce une sorte de dysfonctionnement auditif ? Il tenta de prêter un peu plus d'attention, mais il était inapte à traduire ou tout au moins saisir le moindre mot sortant de leur bouche.
Il avait l'impression qu'ils l'ignoraient... ou ne s'apercevaient pas de sa présence.
Découvrant peu à peu ce nouveau paysage en cette nouvelle donne cérébrale, il chemina, esquivant au passage certains artistes, trop pressés ou passionnés, se hâtant à répéter leur numéro.

Tout à coup, un personnage se mit en travers de sa route et porta sur lui un puissant regard. Étant donnée sa musculature, il était, à n'en pas douter, un Fliegender Mann. Un homme volant avec à son dos une structure d'ailes repliées.
On aurait dit qu'il le dévisageait et cette confrontation était à l'avantage du circassien.
Franck en était presque gêné.
Il baissa la tête.
Puis la releva et vit que l'individu lui souriait.
Il n'arrivait pas à déterminer si cette joviale démonstration lui était destinée ou si ce fantôme de l'esprit se réjouissait à la vue de quelque autre.
Il se retourna donc.
Des enfants couraient dans tous les sens. L'une s'était déguisée en femme pieuvre avec des caoutchoucs au bout des membres supérieurs.
Puis, voyant l'homme lui sourire, elle galopa vers lui. Elle traversa, laissant quelques cheveux spectraux glisser dans l'air, le corps de Franck qui resta bouche bée. Il pivota à nouveau sur lui et fut le spectateur d'un moment de tendresse qui ne lui était pas étranger.
La fille plongea dans les bras du voltigeur. Ce dernier la souleva, la câlina et l'embrassa sur les joues avec la vigueur d'un père aimant.
Puis, à la grande surprise de Franck, il jeta le petit bout de femme comme un sac.
Dans un réflexe incontrôlé, mais sans aucune efficacité, notre voyageur mental voulut la saisir au vol. Mais il se rendit compte que, rattrapée par d'autres bras que les siens, elle riait à gorge déployée alors qu'elle passait de mains en mains amicales. Elle devait avoir deux ans. Pas

plus. Légère comme une plume au vent.
Le circassien, lanceur de petites filles, s'approcha de Franck. Il le fixa de son regard transparent. Lui faisant un signe de la tête, il l'engagea à le suivre.
Hésitant, mais déterminé, Franck marcha sur les pas du maître de maison.
Au centre de l'hémicycle, il fut le témoin d'une succession d'effets comiques, de progressions verticales, d'acrobaties aériennes en tous genres.
Simple spectateur de représentations aussi techniques que puissantes, il vit son hôte grimper allègrement le long d'une corde diaphane et se retrouver au sommet d'une tour dont le matériau se rapprochait de l'ivoire.
Des flambeaux, dont l'intensité de la flamme fébrile projetait des ombres dansantes sur la coupole, ainsi que sur le public, créaient une ambiance onirique.
Le Fliegender Mann se lança dans le vide, déployant des ailes faites de carbone et de cristaux alvéolés. Il vola ainsi quelque temps. On entendait le sifflement aigu de l'air frottant contre les armatures.
Tout à coup, Franck vit l'homme lui montrer du doigt quelque chose.
Il tenta de repérer ce que cet Icare au corps d'athlète lui désignait de son index.
Dans un hurlement étouffé, ce dernier releva ses élytres et baissa sa tête.
Fonçant vers le sol en piqué, il ne sut maîtriser sa vélocité et perdit le contrôle de ses ailes.
Dans un fracas de bruit d'os et de déchirures en tous genres, il s'écrasa sur la terre.
Cependant, sa chute ne fut pas sans conséquence. Il rebondit ainsi sur plusieurs mètres, entraînant avec lui un

premier homme. Puis un second.
Franck, ayant au préalable jeté un coup d'œil rapide vers la cible désignée, revint vers le malheureux accidenté.
Il ne comprit pas ce qu'il lui arrivait.
Il eut l'impression de retourner à bord de sa voiture au moment des tonneaux.
Tout valsait de-ci de-là, sens dessus dessous.
Il ressentit une douleur telle qu'il se mit à hurler ; on lui arrachait les membres… On le perçait de toutes parts. Une sensation de brûlure si intense qu'il faillit perdre connaissance.
Dans un cri désespéré, il implora :
« Héléna, ramène-moi ! »
Le silence était glaçant.
Mais, avec un peu d'attention, il perçut des pleurs, des gémissements.
Ces sons quasi inaudibles venaient, à n'en pas douter, du cirque et non du laboratoire.
Héléna ne le ramenait toujours pas.
Il était dans la tête d'un homme en train d'agoniser et il ne pouvait rien faire.
Ni l'aider ni revenir.
« Mais qu'est-ce qui se passe ? HÉLÉNA ! HÉLÉNA ! »
Il commença à paniquer. Il respira profondément. Souffla. Inspira ! Expira !
« Ressaisis-toi, Franck ! Qu'est-ce que je peux faire ? Qu'a-t-il voulu me montrer ? »
Il tenta une approche différente.
Il ferma les yeux et se remémora la chronologie avant le crash du Fliegender Mann.
Puis, les rouvrit, les sourcils rehaussés. « Je comprends… j'ai compris ! »

Il sentit le corps qui lui servait de véhicule être soulevé.
Puis baladé dans un caisson.
L'étrangeté de la chose, c'est que Franck voyait à travers l'esprit du blessé ; cela impliquait une totale conscience.
Qu'il avait survécu aussi à ce drame !
Puis... Le noir.
Il resta dans les ténèbres durant une période qu'il avait du mal à estimer.
Le froid, la solitude et l'obscurité étaient étouffants.
Il avait l'impression d'être dans le seul homme flottant dans l'espace sans possibilité de secours.
Allait-il mourir au sein de cette incursion cérébrale ?
Ses sens, pourtant émoussés, furent attirés par un détail.
Une lumière ou un phénomène semblable firent leur apparition au lointain.
Et, comme si l'on avait placé une loupe grossissant l'objet, Franck le fixa du regard.
C'était une roue mécanique dorée faisant une approche rapide, mais précise.
Puis une seconde...
Une troisième, dont les créneaux s'emboîtaient harmonieusement aux autres. Des pans entiers, des circuits et divers propulseurs hydrauliques, presque magiquement, se lièrent mutuellement.
« Oh ! Merde ! Je comprends pourquoi je ne suis pas reparti tout de suite ! »
Instinctivement, alors que tout un monde de modules se formait autour de lui, il releva la tête. « Héléna ! Ramène-moi ! »
Et tout devint particules fines.
Franck se sentit comme happé, aspiré dans un tourbillon autonome, l'absorbant dans un sillon gazeux.

Lorsqu'il se réveilla, il était sur un brancard et poussé à vive allure.
« Héléna !!! Qu'est-ce que tu fous ?
— Le policier est là, pour récupérer son blessé. On lui demande de patienter depuis trop longtemps. Bon sang, Franck ! Voilà une heure que j'essaie de te faire revenir.
— Héléna, je pense que je sais ce qui s'est passé, et plus encore. Une partie du mystère s'éclaircit enfin ! »
Elle poussa le lit dans la chambre noire et referma la porte.

Il resta sur son coude, totalement hébété.

Partie IV

Chapitre 1 : En route pour Ecee-Abha.

Adila éprouvait toujours une douleur vive. Sa blessure était trop fraîche pour l'oublier.
Héléna, de son côté, trop concentrée pour ranimer sa souffrance physique, se focalisait sur son travail de scientifique.
Franck, lui, était pris entre le marteau et l'enclume ; d'un côté, l'aspect physiologique dont les multiples traumatismes étaient les séquelles de son accident de voiture, son évasion et sa lutte contre les rats, de l'autre, l'aspect psychologique dont les ressentis contradictoires déboulaient comme une avalanche de son voyage dans un esprit mécanique et une volonté acerbe de lui ouvrir sa conscience.
Quelques minutes plus tôt, les deux gardes avaient embarqué le corps de « l'ange de la mort » non sans avoir, au préalable, pesté contre Adila et Berger du temps passé à attendre dans l'antichambre.
L'ambulance s'éloignant, ils avaient pu enfin se réunir.
Berger observait les trois éclopés.
Instinctivement, elle se frotta les bras et les jambes, comme pour vérifier qu'elle n'était pas dans le même état de délabrement. Elle fut immédiatement soulagée.
C'est Héléna qui brisa ce silence presque gênant.
« Franck, qu'est-ce qui s'est passé ? »
Il ne répondit pas. Il se devait de mettre de l'ordre dans sa mémoire afin de ne rien oublier.
Berger admirait la constance des deux autres femmes qui,

patientant avec infiniment de douceur et de complicité, se tenaient de chaque côté du voyageur.

« Cette incursion était… enfin… j'en ai eu de vraiment bizarres avec Farius… Mais celle-ci dépassait de loin tout ce que j'ai pu voir. »

Il se tut un moment et balada son regard sur les trois personnes qui lui faisaient face. N'importe quel homme aurait pu dire à ce moment-là : « Quelle chance j'ai ! ». Mais son esprit analytique et sa détermination l'emportaient sur l'artifice d'un sentiment machiste.

« Je vais encore vous demander de m'aider. Héléna, on retourne à Ecee-Abha.

— Tu n'y penses pas ! Toutes les forces de police sont à tes trousses et tu veux aller là où ils t'attendent ?

— Justement, ils n'imagineront jamais que je puisse être assez stupide pour me fourrer dans ce guêpier.

— Mais pourquoi chez toi ?

— Adila, tu me connais. Si je te dis que je dois m'y rendre, c'est que je DOIS m'y rendre ! »

Berger allait parler ; elle savait qu'elle s'apprêtait à faire une énorme bêtise, mais elle ne pouvait se résoudre à abandonner son supérieur dans cette position aussi hasardeuse.

« OK ! Écoutez-moi ! Je pars juste quelques minutes avant vous. Adila, laisse ton oreillette ouverte sur mon canal. Quand je vous donnerai le signal, foncez au manoir ! J'essaierai de vous y rejoindre le plus rapidement possible. »

« Amber Seidel, journaliste à l'Européagerchtigkeit ! » Jorgen Pedersen sortait à peine de son immeuble de fonction quand il fut harponné verbalement par la reporter.

Il se retourna, et étonné de constater sa jeunesse, s'empressa maladroitement de dire « On les engage au berceau maintenant dans les journaux ?
— Bon ! »
Elle sourit, car c'était une sorte de coutume chez les hommes de plus de cinquante ans de se montrer systématiquement paternalistes et condescendants.
« On va faire comme si je n'avais rien entendu.
— Que voulez-vous, Madame Seidel ?
— Ah ! C'est mieux, merci, Monsieur le Gouverneur. Juste deux questions. Est-il vrai qu'Origan Farius a kidnappé votre fille, voilà presque vingt ans, et l'a assassinée ? »
Il blêmit… Se retourna vers son chauffeur qui s'empressa d'ouvrir la portière faisant face à Amber.
« Vous avez vraiment choisi le bon jour Madame ! »
Il était aussi pâle que le Gouverneur qui s'engouffrait, à ce moment-là, dans le véhicule. Elle ne s'en était pas rendu compte, mais, dans le même temps, quatre hommes imposants vinrent l'entourer.
« N'importunez plus Monsieur le Gouverneur !
— Une deuxième question, cependant. Y a-t-il un rapport entre le meurtre de votre fille, l'assassinat de Farius et une plume blanche posée au sol ? Avez-vous voulu vous venger ? »
Le chauffeur se tourna vers Pedersen. Ce dernier fixait intensément la journaliste. Elle n'aurait pu dire si ce silence glaçant était un aveu ou une réelle surprise. Enfin, le Gouverneur donna un petit coup de tête. Le chauffeur ferma la portière illico, entra dans la voiture et démarra. Suivi de près par une seconde contenant les quatre gorilles.

Quelques instants plus tard, une automobile d'un autre genre s'engagea sur la voie, talonnant le convoi.
« Vous les avez, inspecteur ?
— J'espère, Madame, que je ne fais pas une énorme erreur. »
Et Leone disparut dans le flot continu, mais léger, de la circulation.

Ils étaient à quelques minutes du manoir.
Adila était au volant, Héléna à côté d'elle. Derrière, caché tant bien que mal, Franck se crispa au moment où les roues, prenant de plein fouet une ornière, réveillèrent la douleur pourtant dissipée grâce au traitement que lui avait prodigué, avant de partir, sa chère et tendre.
Adila roulait lentement afin de ne pas arriver trop rapidement sur les lieux. Elle attendait le feu vert de Berger.
Mais dans un virage un peu serré, elle vit au loin une voiture de patrouille en travers du chemin.
« Merde, un barrage. Franck, arrête de grincer des dents et ne bouge plus. »
Ce dernier acquiesça en silence, se blottit sous la couverture et se laissa glisser entre les fauteuils arrière et ceux de devant.
Héléna prit son manteau et le jeta prestement au-dessus de la cachette de fortune, donnant l'impression d'une pagaille désorganisée.
Adila respira un bon coup, freina lentement puis immobilisa le véhicule alors qu'un jeune policier s'approchait.
Il était seul et semblait un peu fragile.

Adila fronça les sourcils.
Elle ouvrit sa vitre pour pouvoir discuter avec son collègue.
« Bonjour officier, je suis…
— La détective inspectrice Adila M'Koumbé ! Vous ne me reconnaissez pas ? »
Elle le dévisagea un instant. Elle était à la fois intriguée, mais aussi anxieuse d'entendre à ce moment précis Berger dire « Foncez ! »
« Heu… pardonnez-moi… mais… on s'est déjà rencontrés ?
— Effectivement, Détective inspectrice. Je suis le cadet qui a tenté de prendre d'assaut, avec vous, la tour, le soir du meurtre du juge Klébert.
— Oh ! Mais oui ! Bien sûr ! Vous aviez été blessé ! Comment allez-vous ? Vous êtes en service ? Ce n'est pas un peu prématuré ?
— Affirmatif ! Je suis resté quelques jours à l'hosto… mais ils avaient besoin de tout le monde… pour traquer… vous devinez qui !
— Évidemment ! »
Le policier se baissa un brin afin de voir qui était côté passager.
« Madame ?
— Je suis Héléna Henderson. La compagne de Franck… et…
— Je vous prie de me pardonner, Madame, je ne savais pas.
— Ce n'est rien, officier. Mais je vis avec lui et je dois rentrer au manoir afin de prendre quelques affaires. »
Il opina de la tête tout en observant avec professionnalisme l'arrière du véhicule.

« Pardon, mais… j'ai des ordres… pouvez-vous ouvrir le coffre arrière ? »

Adila se mordit la lèvre inférieure. Elle s'exécuta. L'officier passa derrière et scruta un moment l'intérieur propre et net, dans lequel se trouvait une caisse fermée électroniquement.

« Vous avez pensé à changer la combinaison de votre cassette à armes ? »

Adila fut intriguée par cette question, mais elle répondit sans ambages.

« Naturellement ! Toutes les semaines, comme il est stipulé dans le code. »

Il approuva à nouveau en silence et revint vers la vitre arrière alors que le hayon se refermait tout seul. Il tenta d'actionner la poignée, mais celle-ci était condamnée par un système d'empreinte.

« Pouvez-vous, s'il vous plait ? » Il montra, en donnant un petit coup de tête sur le côté, la portière close.

Héléna et Adila se regardèrent avec de la fièvre dans les yeux.

« Pour quelle raison, officier ?

— Toujours les ordres, Détective inspectrice. »

Elles haletaient toutes deux comme si elles allaient accoucher d'un nouveau-né. Faire marche arrière dans ces conditions était aussi inutile que dangereux. Adila se gratta instinctivement la joue droite puis, de la même main, déverrouilla en apposant son index sur la centrale arrière.

À cet instant précis, elle entendit dans l'oreille.

« Allez-y ! Arrivez le plus rapidement possible. »

Mais foncer n'était pas envisageable.

Le policier prenait son temps à déplacer les quelques

vestes qui trainaient sur le siège.
Adila sortit de la voiture. Elle mit sa paume sur la crosse de son automatique.
Il agrippa la couverture et la tira à lui.
Héléna était livide.
Franck et le jeune bleu se faisaient face.
Adila crispa sa main sur son arme.

Le ciel avait la couleur de l'alliance entre le gris et le turquoise.
Quelques rayons de soleil perçaient la couche cotonneuse de nuages en suspension.
Le jour déclinait, mais était encore loin de son lit d'horizon.
La voiture du Gouverneur stoppa le long d'une route sur laquelle se trouvaient des camions et des machines de terrassement à l'arrêt.
Le cimetière de KopfHart avait été le théâtre d'une opération de sabotage qui avait eu comme conséquence la destruction du mur des soldats de l'Ultime Guerre dont les sépultures furent rasées ainsi que des centaines de tombes et mausolées.
Le chauffeur ouvrit et Pedersen émergea.
Les gorilles restaient à une certaine distance et s'extirpèrent de leur automobile en appuyant respectueusement les portières plutôt que de les claquer.
Ce fut à ce moment précis qu'arriva Leone.
Il se gara en professionnel. C'est-à-dire assez loin pour ne pas être vu et assez proche pour être témoin de tout.
S'apercevant que le Gouverneur marchait vers le portail à moitié éventré par le souffle de l'explosion, il sortit du

véhicule, mais ne prit pas le même chemin.
Leone était un homme assez trapu, mais tout en muscle. Certes, il ne crachait pas sur quelques sucreries ou repas gras et arrosés, mais sa morphologie ne trahissait en aucune façon une quelconque gêne dans sa démarche.
Il était parfaitement à l'aise.
Il profita de la hauteur d'un arbre dont les racines passaient sous le mur du cimetière afin de l'escalader. Arrivé à son faîte, il sauta comme une grenouille et retomba sur ses pieds sans aucune difficulté, de l'autre côté, près d'une tombe centenaire.
Il put ainsi déjouer la surveillance du chauffeur et des gardes du corps.
Il avança prudemment ; à la fois par égard pour les dépouilles, mais aussi pour éviter d'avoir à expliquer sa présence.
Au détour d'une voie latérale, alors qu'au fond les ouvriers travaillaient toujours au déblaiement, il se faufila à l'ombre d'une grande stèle.
À quelques mètres, Pedersen était debout, droit comme un i, les mains jointes au niveau de la ceinture.
D'où il était, Leone pouvait le voir marmonner des choses.
Puis, tête baissée, Pedersen tourna les talons et s'en alla.
Leone attendit que les véhicules officiels se soient éloignés.
Puis, courut vers la tombe devant laquelle le Gouverneur s'était arrêté.
Il vit alors les inscriptions : « À ma fille Aslaug ».
Suivies d'une date !
La date.
Elle était décédée depuis 20 ans. Assassinée.

20 ans, ce jour même.
Il frotta son oreille.
Se retourna.
Une masse devant lui.
Un coup sur la tête.
Le noir.

Le jeune cadet tenait en joue Franck qui tentait de se relever avec beaucoup de difficultés.
« Ne faites pas un geste, Inspecteur !
—   Si vous insistez ! »
Franck retomba comme un poids mort. Héléna essaya de passer à l'arrière pour l'aider, mais le policier la remit verbalement à sa place.
Adila, après quelques tergiversations, dégaina son pistolet. Elle suait à grosses gouttes.
« Officier, je vous en prie, posez votre arme.
— Non ! J'ai ordre de l'arrêter. »
Héléna sortit du véhicule en laissant ses mains bien en évidence.
« Il n'a rien fait ! Il est innocent.
— Ce n'est pas à moi d'en décider. S'il l'est, il sera relaxé. Vous savez comment ça marche, détectives ? »
Adila et Franck répondirent de concert un « oui » ne sachant réellement à quel détective il s'adressait.   Franck sourit un peu puis releva la tête.
« Je comprends, officier. Vous devez faire votre devoir. Cependant, réfléchissez une petite minute. Si j'étais réellement le monstre dont on m'accuse, pourquoi une brillante scientifique et une excellente enquêtrice mettraient leur réputation, leur travail, leur vie en jeu ?

Pourquoi ?

— Mais… Je…

— Et puis, si j'étais le fou furieux tueur de flics, vous ne croyez pas qu'il y a longtemps que vous seriez… enfin… que vous ne seriez plus là ? »

Le bleu sentit une pression au niveau de son avant-bras droit et, comme catapulté en arrière, se retrouva au sol. Adila avait profité du moment de distraction créé par Franck pour s'approcher et utiliser une technique de combat permettant à la fois le désarmement et la maîtrise de l'adversaire.

Elle plaça l'automatique du pauvre représentant de la loi atterré dans sa ceinture arrière et rengaina le sien.

Elle se mit à genou devant lui pour être à sa hauteur.

« Donne-moi ton oreillette ! »

Il obtempéra, tout en tremblant.

« Héléna, déplace son véhicule et arrache l'ordinateur central. »

Ce qu'elle fit avec une minutie presque chirurgicale.

« Bien ! Franck ! Qu'est-ce qu'on fait de lui ? »

Il réussit à s'asseoir dans le fauteuil arrière sur un son étouffé, mélange d'une certaine souffrance et d'un sincère soulagement.

« On n'a pas le choix ! … »

Il laissa un silence. Le jeune officier en avait presque les larmes aux yeux. Qu'allait-il dire ? Faire ?

« Je le ligote, je le bâillonne et je bousille la voiture ?

— Non, Adila. J'ai mieux ! On l'emmène avec nous ! »

Chapitre 2 : Retour au manoir nain.

   Ils avaient garé le véhicule derrière la chapelle, dans la forêt.
Arrivés à pied devant l'entrée principale, ils étaient attendus avec une impatience flagrante par Berger qui se précipita vers eux.
« Enfin ! J'ai dit aux officiers en faction qu'ils étaient libérés et que je prenais le relai. Mais comme ils vont rentrer au commissariat pour faire leur rapport, ils sauront que je leur ai raconté des bobards. Faut faire vite. On a une heure, tout au plus. »
Soudain, découvrant le jeune policier ligoté et bâillonné sorti avec délicatesse par Adila et Héléna, elle prit un temps et osa une question dont elle connaissait la réponse voyant l'uniforme. « C'est qui ? » Tout en se précipitant pour aider Franck.
« Trop long à t'expliquer, mais en deux mots : on l'a enlevé.
— Heu… Vous avez fait quoi ?
— Pas eu le choix. C'était ça ou se faire arrêter… ou le descendre. »
Tous se retournèrent vers lui, arborant des réactions faciales différentes. Il sourit.
Alors qu'Adila maintenait d'une main ferme le jeune policier et que Berger soutenait Franck à la verticale, Héléna ouvrit la porte d'entrée.
Lorsqu'ils eurent tous passé le seuil, elle referma derrière eux. Le cortège se déplaça vers le salon-bibliothèque.
Adila assit le prisonnier qui l'observait avec beaucoup d'attention. Franck lâcha son aide temporaire pour aller

servir un verre à chacun puis s'enfonça dans un des fauteuils de la cheminée.

« Deux petites minutes, s'il vous plait ; pendant ce temps, buvez et soufflez un peu. »

Ce qu'ils firent.

Berger s'approcha du jeune entravé et posa sur lui un regard presque attendrissant.

« Si je vous enlève le bâillon, vous n'allez pas crier ? »

Il répondit de la tête par la négative. Elle lui fit confiance et dénoua le morceau de tissu qui lui couvrait la bouche.

« Merci beaucoup ! »

Berger lui sourit. Il ne pouvait détacher son regard des yeux de la policière.

« Vairon ! On nomme ça des yeux vairons. » Il fit un « Ah ! » d'approbation un peu timide.

« Comment vous appelez-vous officier ?

— Lisandro Cortazar Y Abril. Mais appelez-moi Loco, comme tout le monde.

— Loco ? Fou en ancien espagnol ?

— Exact. Il n'y a pas à dire ! J'ai été fou de courir comme un dératé lors de l'attaque de la bibliothèque des scellés et encore plus fou de vouloir arrêter seul le fameux Franck Alberty Djorak.

— Voyons, vous connaissez l'adage ! Plus on est de fous… »

Elle ne finit pas sa phrase. Elle était somme toute sous le charme incontestable de ce jeune hidalgo à la peau hâlée, aux cheveux très courts et à la physionomie d'un chien à qui l'on aurait donné son premier bain. Il la regarda avec beaucoup d'attention.

« Et mes liens ?

— Je suis un peu folle moi aussi, mais pas à ce point »

Elle éclata de rire qui surprit tout le monde puis se retourna vers Franck.

« Merde ! Mais c'est vrai que je suis dingue ! Je vous enjoins de vous presser et moi, je perds du temps à blablater ! Pardon ! »

Franck se leva. « Pas de soucis Berger. On avait tous besoin de ce moment, disons… normal. »

Héléna, toujours un peu raide au niveau de la nuque, se précipita pour l'aider. Franck la prit dans ses bras.

« Je vais vous demander un peu de patience. Vous savez comment je travaille… enfin, certains d'entre vous tout au moins. J'ai la nécessité impérieuse de récapituler tout haut et après…

— Après ? » s'enquit Berger.

Il ne répliqua pas et tourna son regard vers elle.

« Des nouvelles de Leone ?

— Non ! Je ne comprends pas. J'essaie de l'avoir, mais… rien, il ne répond pas… je retente ?

— Pas maintenant. On verra ça plus tard. »

Il se mut vers la table et posa son verre dont il avait bu tout le contenu.

« Bon !… *Premier chapitre* : Farius est égorgé au moment de son exécution, alors qu'Adila et moi étions présents… Témoins d'abord, endormis ensuite… À notre réveil, on trouve, non loin du cadavre, au sol, sol immaculé et d'une propreté absolue je précise, une petite plume blanche dont l'origine reste indéterminée. Puis, on me drogue, m'enlève et me séquestre ; je me retrouve face à un groupe d'individus, une sorte de collectif de juges au-dessus des lois, dont le chef se surnomme "Rap". À retenir ! Ils me mettent sur la piste du gouverneur actuel qui aurait fait supprimer Origan Farius ou mieux… qu'il aurait lui-même abattu. Une vengeance tardive pour le viol et le meurtre de sa fille. Puis on me relâche.

Deuxième chapitre : Fergusson est aussi victime d'un assassinat dont le modus operandi est exactement le même que celui de Farius. Gaz, égorgement et plume blanche, tout cela devant des témoins assoupis, c'est-à-dire Adila et votre serviteur. Les plumes me mettent sur la piste d'un roman du début du vingtième siècle "Les quatre plumes blanches".

Je pars en quête du livre. J'y découvre un graphique : deux ronds avec des symboles aux quatre points cardinaux. Au Nord, une croix, au Nord-ouest, une rose, au Sud-est, une étoile et au Sud, un cercle. Au pied de ce graphique, cette phrase que je connais bien : "Par la lumière, traverse le temps". Puis, en encre sympathique, dessinée à la main, une tête de loup ou d'un canidé. Ce qui m'amène intuitivement au "Chien des Baskerville" écrit la même année. Dans une petite cachette de la couverture, je repère un nouveau parchemin contenant deux triangles superposés, un équilatéral et un isocèle, donnant naissance à trois triangles scalènes. Aux trois coins de l'isocèle se trouvent trois croquis : un aigle survolant une fiole, à droite, deux roues dentelées à gauche et deux masques apposés l'un sur l'autre à l'extrémité de la pyramide inversée. Ce détail des masques me fait penser à une phrase de Victor Hugo, qui depuis n'arrête pas de me hanter : "La réalité, c'est l'âme. À parler absolument, notre visage est un masque. Le vrai homme, c'est ce qui est sous l'homme". Et à chaque pointe de l'équilatéral trois mots : Koi, Kirk et Graw. Ces derniers, à priori, désignent des cimetières. Mais cette phrase, "Par la lumière, traverse le temps", me turlupine et je tente une expérience. J'ai l'idée de superposer en tenant compte de la perspective le document contenant le triangle avec ce vitrail. »

Pointant du doigt, chacun redresse la tête afin de regarder la cible indiquée de son index. Une fresque religieuse dans lequel pose un chérubin avec un triangle.

« Nous allons, Héléna et moi, voir ma sœur Agota afin de lui demander de l'aide ; ce qu'elle fait en explicitant ses propos de manière très pédagogique. Elle nous explique toute la notion liturgique, mais aussi psychologique du triangle, mettant en avant l'instrument de musique utilisé essentiellement par un ange, dans le détail d'un certain nombre de fresques, dont chaque tintement nous mène à l'Apocalypse.

Des plumes blanches, des anges… Tout se tient ! Mais si on se réfère à l'Apocalypse, traduction du mot grec apocalypsis, qui signifie "révélation", dans les anciennes croyances, un dieu, ou son représentant, dévoile à un messager comment son peuple sera délivré. Cette digression sacrée a son importance, car elle fait écho à une phrase de Farius qu'il m'a dite juste avant son exécution : "J'aime le chaos, l'anarchie. Et ce qui va arriver, dans les prochains jours, les prochaines semaines, les prochains mois… crée en moi un sentiment d'extase totale."

Pendant ce temps, Adila est attaquée par deux hommes dont un trépasse, fauché par une balle. On trouve sur leur corps une carte sur laquelle est inscrite cette phrase on ne peut plus laconique : l'ange de la mort commence par le vivant. Encore des anges…

Troisième chapitre : rentrant au manoir, une voiture nous percute… ou plus précisément tente de nous tuer. Enfin, c'est ce que j'ai cru jusqu'à présent. Mais on s'en sort indemnes. Ils avaient largement le temps de terminer leur œuvre avant l'arrivée de l'ambulance. Alors, pourquoi nous laisser la vie sauve ? Quel intérêt avaient-ils de

prendre autant de risques sans achever leur mission ? »
Loco ouvrit la bouche afin de tenter une réponse, mais
c'était sans compter Adila qui veillait au grain. Elle mit
son doigt sur ses lèvres en signe de silence. Ce qui lui
cloua le bec. Franck ne remarqua même pas le manège.
« On nous envoie à l'hôpital.
— Pourquoi ?
— Pourquoi quoi, Adila ?
— Pour quelle raison, voulaient-ils notre mort ?
— En ce qui te concerne, je ne comprends pas. Pour ce qui
est de nous, Héléna et moi, j'y reviendrai dans un instant.
— Pardon de t'avoir coupé. »
Il lui sourit avec un petit hochement de tête qui se voulait
être à la fois rassurant et amical.
« À l'hôpital, donc, j'apprends que ma famille est sous
protection, mais pas mon père. Je vais le voir. Et à ce
moment précis, quelque chose d'inattendu survient. »
Il fit une courte pause. Il respira et inspira, puis
poursuivit : « Afin de prendre un peu de recul, je vais
nommer le personnage qui suit "Hide", mais avec un i
comme "cacher" en ancien anglais, car pour le moment on
ne sait si c'est un individu ou un dédoublement de ma
propre personnalité qui a agi. Hide, donc, agresse mon
père, le violente, tente de l'étrangler, tue des policiers,
assassine Sacht et terrorise ma famille. Mais… en enlaçant
la petite Élise, Hide change d'avis et s'enfuit.
Quatrième chapitre : je me réveille dans la rue. On
cherche à m'arrêter. Je m'évade par les égouts et me
retrouve dans le laboratoire. Là, on découvre que ma
mémoire a été, selon toute probabilité, piratée. C'est-à-
dire, on m'a inoculé des souvenirs qui ne sont pas les
miens. En quelque sorte, Hide et moi, n'appartenons pas…
je l'espère du moins… au même corps. Et je suppose que

c'est à ces moments-là que mes ravisseurs ont dû distiller dans mon oreille, comme le poison de Claudius dans celle de son frère, cette sentence : "Tu es mon ange de la mort, l'élu".

En parlant d'ange de la mort, à ma demande, avec l'assistance de ma chère coéquipière, on nous amène le corps de l'agresseur d'Adila toujours en vie, malgré sa chute du toit, dans lequel je fais une intrusion mentale. Je me retrouve bloqué dans un univers de rouages et de mécaniques en tous genres. En danger, je fais revenir mes deux frères, émergence due à ma volonté propre. Ils m'aident à me protéger de plusieurs attaques et à déjouer des pièges sous forme d'énigmes.

Mais, alors que l'une d'entre elles me met au pied du mur, une étrange issue de secours se crée et me permet de m'évader. Incursion dans un univers translucide dont le décorum est un cirque avec tous les éléments inhérents à cet art. Dont des acrobates volants. »

Il se tut un instant. Tout le monde était en apnée, accroché aux lèvres du détective inspecteur. Tout à coup, un petit bruit sourd sortit Adila de son expectative. Elle frotta son oreille.

« Détective inspectrice Adila M'Koumbé, je vous écoute… Oui… D'accord ! Quoi ? » Tout en posant cette question, elle fixa Franck. La situation se trouva inversée. Ce fut lui, maintenant, qui cessa de respirer, attendant la fin de la conversation téléphonique. « OK ! Merci ! » Elle raccrocha, tourna la tête vers son coéquipier. « Tu avais raison. »

Il opina tranquillement.

Le puzzle commençait à prendre forme.

Berger était perdue. « Pardon, mais vous pouvez expliquer ? »

Loco fit un petit mouvement approuvant la requête de l'inspectrice, dont le charme ne lui était pas indifférent. Adila prit alors la parole.
« Durant le chemin nous conduisant ici, avant le barrage de notre fou de bleu, Franck m'a demandé de téléphoner au service médico-légal. J'ai l'adjoint de François, le médecin légiste en chef, qui s'était absenté, afin de lui poser une question totalement incongrue. À savoir… Si la dépouille de l'ange de la mort qui a été abattu devant moi et dont le nom était Enrico Acevedo, ainsi que celles de Katerina, Anthony, Fergusson, Zinger et Farius avaient des points communs… Et ils en ont, à plus d'un titre. Après avoir effectué rapidement certaines recherches anatomiques sur eux, le légiste a découvert…
— Attends ! interrompit Franck. Avant de dévoiler quoi que ce soit, je veux être bien sûr que rien ne filtrera d'ici. Rien, vous entendez ! Il est impératif d'observer l'omerta la plus totale dans ce que nous allons vous annoncer. Mais… »
Il fit quelques pas. Il ne boitait presque plus. « Mais avant de continuer… Berger, rappelle Leone. »
Elle mit le doigt derrière l'oreille.

Leone ouvrit les yeux. Il était dans l'obligation de les garder mi-clos, la lumière blanche étant éblouissante. Au bout de quelques secondes, de dilatées, ses pupilles prirent leur forme normale. Il avait mal à la nuque, mais sa souffrance était piètre face à la colère qui végétait en lui. Il n'arrivait pas à comprendre comment il avait pu se faire avoir comme ça !
Totalement saucissonné à un siège, il scruta le lieu de son enfermement.

Il était vide, complètement désert.
Ni tableaux, ni meubles ou éléments petits ou grands, trahissant une quelconque vie.
« Merde ! Il y a quelqu'un ? » hurla-t-il. Mais son cri ne fit écho ni au sein de la pièce ni dans l'oreille d'un quidam. Il porta toute son attention auditive vers la porte fermée… aucun bruissement extérieur n'indiquait la présence d'un ou plusieurs gardes de l'autre côté.
Professionnel jusqu'au bout des ongles, il considéra tout ce qu'il avait autour de lui ; il tenta d'observer tout ce que sa position d'homme assis, sans possibilité de mouvements, lui permettait.
« Siège en fer, rivé au sol, lequel est parfaitement ciré… Murs… blancs… immaculés. Propres comme dans… un hôpital. Mes liens sont remarquablement bien noués. » Il entreprit de les écarter à l'aide de sa force musculaire des membres inférieurs. Mais rien n'y fit. Il essaya de tanguer sur lui-même afin de sortir la chaise de ses écrous.
En vain !
L'immobilité était absolue.
Dans un effort considérable, il tourna sa tête, tantôt à droite, tantôt à gauche, afin de jeter un œil sur ce qui se trouvait derrière lui.
Apparemment, aucun mouvement suspect.
Si ce n'était un tintement bizarre.
Une sorte de minuteur scandant des secondes qui n'en étaient pas, selon Leone.
Le tempo n'était pas le bon.
On aurait dit une rythmique aléatoire.
Il gigota encore sur son siège scellé, mais rendit rapidement les armes.
Il sentait bien qu'il était à la merci de n'importe qui, à

n'importe quel moment.
Sans crier gare, la porte coulissa sur le côté.
La lumière baissa d'intensité.
Quatre silhouettes s'engagèrent face à un Leone surpris.
Les ombres se placèrent sous quatre spots qui laissaient couler les rayons blancs sur leur tête.
Ils portaient des masques.
Mais le prisonnier n'aurait pu dire ce qu'ils représentaient.
L'un d'eux mit la paume de la main face à lui alors qu'il allait formuler une question.
L'arrêt fut sans appel.
Il devait se taire !
Une des quatre silhouettes se détacha du rang et vint glisser sur sa droite alors qu'il le suivait du regard.
Elle se courba et chuchota une phrase à son oreille.
Leone ne comprit pas immédiatement, tant sa surprise était grande.
Les quatre ombres filèrent tranquillement par où elles étaient entrées.
La porte se referma.
Un gaz s'échappa de plusieurs endroits.
Et Leone s'endormit sans pouvoir lutter.

Chapitre 3 : Mascarade.

Ils étaient dans la cuisine.
Franck et Héléna avaient fait rapidement des compositions à base de salade, fromage, pain à l'ancienne et quelques restes d'un ragout, afin de se sustenter.
Loco mangeait goulûment sous le regard ébaubi de Berger qui n'en revenait pas.
« Prends le temps de respirer. Sinon, tu vas finir par t'étouffer.
— Pardon ! Mais l'habitude de grailler fissa. »
Franck sourit. Il se souvint des casse-dalles avalés à perdre haleine alors qu'il n'était qu'un simple officier. Durant plus d'un siècle, les jeunes recrues n'ingurgitèrent que des pilules de multiples formes et couleurs dont la fonction nutritive fut sujette à caution. Quand un grand chef de l'ancienne France leva le voile sur l'imposture et l'omerta autour de cette nourriture plus ou moins ambiguë, le retour des fameux sandwichs fut applaudi par l'ensemble des collectivités.
« Et maintenant, dit-il, rompant définitivement avec ce court moment de nostalgie, je vais donc vous faire part de mes soupçons. Mais pour cela, j'ai réellement besoin de votre concentration. »
Adila s'essuya la bouche, but un verre d'eau et se plaça sur ses coudes afin d'écouter telle une écolière son professeur.
Les autres étaient en attente. Et même si Loco mastiquait bruyamment son ragout, on sentait dans ses expressions quasi enfantines qu'il allait capter le moindre détail des explications de son supérieur.
« Pour ce faire, je vais tout d'abord vous remettre dans le

contexte. Quand j'étais dans l'esprit mécanique de "l'ange de la mort", celui dont on ne connaît toujours pas le nom, il y a une chose qui m'a sauté aux yeux. Les énigmes étaient toutes faciles pour moi ; je n'ai rencontré aucune difficulté à les résoudre. Pourquoi ?

— Pour que tu puisses gagner !

— Oui, mais alors que se passait-il ? Reprenons depuis le début. Quand je me suis réveillé dans la tête de l'ange de la mort, je flottais dans les airs et me suis fait agresser par des robots. Et là, mes deux frères imaginaires sont venus à ma rescousse. Après avoir déjoué les attaques incessantes, on nous mit face à des devinettes dont j'étais l'unique dépositaire de la réponse. Ce qui nous permettait d'avancer et d'avancer toujours. Donc, je plongeais moi-même dans un puits sans fond, une route sans but. Je n'arrivais pas à te contacter, Héléna, et ne pouvais pas faire demi-tour. J'étais dans la position d'un prisonnier qui créait son propre cachot. Et quand, à ma plus grande surprise, une question fut pour moi une impasse… une voie latérale, si étriquée que je faillis ne pas la remarquer, apparut comme une fissure dans l'espace. Je m'y glissai et me retrouvai au milieu d'un univers fantasmagorique dans lequel des circassiens allaient et venaient, parlant une langue qui m'était totalement inconnue. Je pense que le cerveau de notre "ange de la mort" a créé, de son propre chef, cette issue, afin de me donner des réponses. Et j'en ai eu plus d'une. Quand j'étais là-bas, j'ai été témoin d'une scène qui m'en rappela une autre ; un des hommes volants avait paternellement enlacé une petite fille d'environ deux ans et, pour s'amuser, l'envoyait, tel un paquet, de mains en mains d'amis, qui, somme toute, avaient l'habitude de cette comédie. Le petit bout de femme riait aux éclats. Et cette scène fut comme un jeu de miroir, un écho dans ma mémoire : Jack prenant Élise dans ses bras et la jetant dans ceux de ma famille. »

Berger fronça les sourcils. Elle se souvint aussi d'un détail qui l'avait étonnée sur le moment.

« Oui ! Après l'avoir regardée, humée et câlinée… effectivement, il l'avait jetée… Mais… »

Elle stoppa net. Héléna s'appuya amoureusement contre l'épaule de Franck.

« Tu penses que la petite fille que tu as vue dans ton voyage était Élise.

— Je ne pense pas. J'en suis sûr. L'ange de la mort, sans nul doute, était un proche. Et celui qui se fait passer pour moi sous le nom de Jack était le père d'Élise. Mais… Ce que vous devez savoir aussi, c'est qu'il a eu un grave accident en plein vol. Enfin, pas vraiment…

— Comment ça ? "Pas vraiment" ? interrompit Loco, la bouche toujours pleine.

— Je pense… non, je suis absolument sûr que cet accident a été provoqué par un mauvais contrôle de ses ailes. Il aperçut quelque chose et voulut me le montrer. Le temps de me retourner, il se crasha, emportant avec lui un bon nombre de personnes. Dont "l'ange de la mort" qui devait faire partie de ces acrobates. Tout au moins son esprit. Depuis, je tente de remonter le film, de faire des pas en arrière… J'essaie de toutes mes forces de voir ce qu'il me désignait du doigt. Mais… C'est flou, incertain. Alors, c'est par déductions que j'ai pu faire la mise au point. Agota nous avait expliqué que, pour les Grecs de l'Antiquité, le triangle isocèle était la personnification des génies. Et celui que j'ai découvert sur le parchemin avait trois symboles. La fiole survolée par un aigle à droite, les deux roues dentelées à gauche et deux masques placés en gerbe en bas. »

Les regards ne quittaient pas la bouche du conteur. Même

Loco, entre deux mastications, s'arrêtaient pour mieux écouter. Il commençait d'ailleurs à ennuyer les autres, ce que Berger lui fit comprendre par une grimace qui ne laissait aucun doute.

« À droite, nous avons l'est ! La fiole représente un scientifique. Lors de l'année 1818, Mary Shelley écrit un roman "Frankenstein". Dans ce roman, Victor Frankenstein, brillant chimiste de l'ancienne Suisse, arrive à remodeler la vie à partir de corps morts… Mais, dans sa démesure, il donne naissance à un homme dont le comportement semblera monstrueux. Cependant, il n'est que le miroir de son architecte. Une sorte de Jekyll et Hyde, mais réellement dédoublée. Un homme a deux têtes. Le chimiste et la créature imparfaite. Dieu et l'Homme. À gauche, l'ouest, les deux roues crantées. Cet indice m'a donné plus de mal… Et puis… tout est revenu lors de mon voyage cérébral. En 1879, un auteur, des anciens États-Unis d'Amérique, nommé Edward Page Mitchell couche sur le papier une histoire titrée "The Ablest Man in the World". C'est-à-dire "L'homme le plus doué du monde". On y découvre un docteur, appelé Rapperschwyll, dont le savoir-faire est de remplacer le cerveau d'un simple d'esprit par une mécanique basée sur un système d'horlogerie complexe et sur les études de Charles Babbage…. Rapperschwyll effectue une démonstration au Tsar de l'ancienne Russie qui le propulse au rang de génie international. Le Cybernéticien et son Cyborg. Dieu et l'Homme. En bas, le sud. Les deux masques superposés. En 1912, un auteur de l'ancienne France, Gustave Le Rouge, écrit les aventures d'un savant, le Dr Cornélius, dont l'invention révolutionnaire est la carnoplastie. Cette opération délicate permet de donner à un quidam l'apparence d'un autre individu en greffant la figure de ce dernier sur le cobaye. On le nomme le sculpteur de la chair. Le chirurgien et son homme à deux têtes. Dieu et l'homme. Voilà pourquoi cette phrase de Victor Hugo me tannait : "La réalité, c'est l'âme. À parler absolument, notre visage est un masque. Le vrai homme, c'est ce qui est sous l'homme". Et c'est là qu'interviennent Adila et son coup de fil. »

Tous se tournèrent simultanément vers la policière, Loco finissant sa dernière bouchée.

« J'ai eu l'adjoint du médecin légiste en chef qui a donc pratiqué des recherches plus approfondies sur les corps d'Origan Farius, Zinger, Katerina, Anthony leur fils, Fergusson, et Enrico Acevedo, l'ange de la mort défunt. Alors, sur Katerina et Antony, rien du tout. En revanche, effectivement… Farius, Zinger, Fergusson et Enrico… sont faits de morceaux de cadavres reconstitués, mais brillamment exécutés… les crânes d'origine ne correspondent pas à la peau auxquels elle a été greffée et… leur cerveau est fait de fibres et de composantes mécaniques. À 90 % »

Le silence, après cette nouvelle, fut glacial. S'il y avait eu des mouches, elles auraient comblé le vide sonore étourdissant qui emplissait la cuisine. Loco ouvrit la bouche, mais rien ne put en sortir. Berger s'enfonça un peu plus dans sa chaise. Seule Héléna gambergeait et faisait travailler la science en elle.

  « Mais… pourtant… Lors de tes deux premières incursions mentales chez Farius, tu n'as rien vu. Pas de mécanique ou de rouages quelconques.
— Non, parce qu'à ce moment-là, c'était bien Origan. Le vrai. Et quand ses complices l'ont délivré, ils l'ont remplacé par le faux et sacrifié sur le barrage. Ils ont fait de même pour Fergusson et Zinger. Afin que leur arrestation et leur exécution soient une mystification ! Cela

leur permettait de chercher sereinement les quatre pages manquantes du livre de Hyde et de mettre en action leur plan machiavélique. »

Héléna, subitement, fut pris d'un hoquet nerveux.

« Une radio, une simple radio aurait pu nous éviter ton voyage ! »

Elle se pinça nerveusement la lèvre inférieure avec ses dents. Franck la calma en apposant sa main sur son épaule. Une douce chaleur envahit tout le corps de la scientifique. Berger se leva et se déplaça à la fenêtre.

« Pardon, mais je suis perdue ! Mais alors, pourquoi les égorger ?

— Berger, imagine un instant. Eux morts, on pense que la tranquillité et la paix reviendront après tous ces attentats. Ils pouvaient en toute quiétude aller au bout de leur projet diabolique, quel qu'il soit. Ils ont utilisé Anthony Zinger afin qu'il me dévoile l'histoire des cinq éléments. Farius se doutait bien que j'aurais le dessus et que je lèverais le lièvre ; qu'ils meurent durant l'opération ou qu'ils soient exécutés plus tard, peu importait, du moment qu'ils aient liberté d'entreprendre. Ils m'ont distrait ! Je l'ai toujours dit : quand on attend Farius d'un côté, il arrive nécessairement par un autre. Ils ont dû patienter des mois pour mettre en place un plan pareil. Mais quelqu'un, une tierce personne ou un groupe fantômes, connaît leur secret ; ils savent que ce sont des contrefaçons contre lesquelles nous nous battons. Et la seule manière de nous le prouver, c'est d'attirer l'attention sur leurs assassinats. Des plumes blanches... des anges vengeurs !

— Mais quand tu lui as parlé le matin de son exécution, Farius... Il te répondait normalement, non ? Comment ?

— Ils ont été programmés pour ça ! répliqua du tac au tac Héléna. Charles Babbage, tu as cité son nom tout à

l'heure, est le précurseur de l'informatique. Le procédé est simple… c'est comme un lavage de cerveau, mais électronique. Un redémarrage de la pensée, mais numériquement. Même chose pour le Jack, que tu désignes en tant que Hide, avec beaucoup d'intuitivité… puisque sous ton visage se cachait le père d'Elise.
— Exact. Et là tout se tient ! Souviens-toi de ce que nous disait Agota ; le triangle isocèle est la personnification des génies ! Une triangulation des esprits scientifiques les plus fous et les plus remarquables dans leur inventivité. »
Adila allongea ses bras sur la table. Elle avait carrément le menton posé dessus. Elle leva les yeux vers Franck.
« Ainsi… Donc, le Zinger que j'ai abattu…
— N'était pas le VRAI Zinger. Mais un homme… certainement un acrobate comme le père d'Elise, reconstruit membre après membre pour mettre au monde un cyborg parfait. Sans peur et… tu te rappelles quand vous êtes tombés à travers la coupole en verre du théâtre. Il a été le premier à se relever, sans rien… Tu en étais étonnée… Tu étais surprise de le voir sauter de toit en toit avec une agilité déconcertante pour un individu frôlant les 70 ans… Comme l'ange de la mort qui chute de tout un immeuble et s'en sort avec quelques blessures. Ils étaient conditionnés, fabriqués pour se remettre d'aplomb. On s'était également posé la question : comment avaient-ils pu disparaître aussi vite des hauts buildings après les fusillades des sommets des tours ? Sans nul doute des hommes volants à l'origine ou bien entraînés à le devenir.
— Mais, Zinger n'avait pas été autopsié après votre tir, Détective inspectrice ? demanda Loco.
— Pas nécessairement ! Et en cas de légitime défense, encore moins. lui répondit-elle d'un ton professoral.
— Ce qui veut dire… Héléna ne put terminer sa phrase.

— Que Farius, Zinger et Fergusson sont toujours vivants. »

Ils se regardèrent tous en chiens de faïence.

« Et c'est pour cette raison qu'ils voulaient notre mort ? » demanda Héléna. Franck arbora une grimace qui en voulait dire long.

« Héléna, tu étais, à n'en pas douter, qu'un dommage collatéral. Leur but était de me nuire, d'une manière ou d'une autre. Mort ou vivant, qu'importait. À partir du moment où ils ont compris que je ne lâcherai pas l'affaire, il fallait me tuer ou me discréditer. Ils ont opté pour la seconde solution. Et je ne cesse de penser que si j'étais décédé à ce moment-là, il n'y aurait peut-être pas eu toutes ces victimes. »

Sa compagne le serra aussi fort qu'elle le put et lui glissa à l'oreille.

« Nous sommes vivants pour une bonne raison. Nous allons rendre justice à tous nos morts. »

Adila fronça les sourcils. « Je comprends maintenant pourquoi on a attiré la journaliste dans ce chantier. Elle suivait Franck. Il fallait faire du portefeuille de notre ancien chef ainsi que la plume, un appât ! Il était important qu'elle soit éloignée de toi. Cela laissait le champ libre à ton double. Et je suis certaine que Zinger avait volé le portefeuille après avoir assassiné "le faiseur de rêve" ». Il avait dû le garder comme un trophée.

— En y laissant la plume, pensant ironiquement qu'elle lui était destinée en tant que lâche et non en tant que cible humanoïde. » ajouta Franck.

Loco se redressa soudain et pour la première fois depuis longtemps osa une question.

« Je… Excusez-moi, je suis nouveau dans ce genre de situation que vous avez l'air de trouver tout à fait normale… Mais les visages ? Enfin, leur faux visage…

C'étaient des masques ?

— Oui et non. Des masques, mais fabriqués avec de la peau humaine. Sinon, on aurait réussi à lever le lièvre plus tôt. Un masque, même très bien fait, reste un artifice. Mais je suis certain d'une chose ; ils ont mis en place toute cette mise en scène pour me piéger. Quand j'ai été drogué et enlevé, le groupe d'individus comprenait des hommes et au moins une femme. Mais leur chef se surnommait Rap… Les trois premières lettres de Rapperschwyll. Il devait donc s'agir de l'inventeur du cerveau mécanique. Il avait un accent aussi… presque un peu forcé, du reste… que je n'avais pu véritablement identifier sur le moment… mais je pense qu'il venait d'America. Et c'est sa voix que j'ai reconnue lors des multiples énigmes dans le cerveau du circassien. Le fait d'avoir vu les trois tarés en train de tenter de m'écarteler ne fait que conforter l'idée que nous sommes face à une conjuration, une conjugaison d'esprits aussi puissants que malfaisants. »

Berger fut alors attirée par un mouvement hors des murs.

« Voilà nos collègues qui reviennent. Qu'est-ce qu'on fait ? »

Héléna se retourna vers Franck :

« Le passage secret ?

— Non ! répondit-il sûr de lui. J'ai mieux. »

À l'extérieur on entendait les policiers crier le nom de Berger. Furtivement, le groupe se plaça devant la cloison jouxtant la porte d'entrée. Franck pivota vers Loco.

« Je peux te faire confiance ?

— Vous n'avez pas le choix, je crois. C'est vous qui m'avez amené ici. Mais je vous assure que je ne vous trahirai pas. »

Franck le jaugea puis lui empoigna le bras.

« OK ! Tu vas sortir et tu vas dire à tes collègues que tu as pris la relève. Que Berger est partie depuis…
— Trente minutes ? Et… Elle m'a laissé sa voiture ? Et comment je suis venu ? Et elle, comment a-t-elle fait pour s'en aller ? » Franck le fixa quelques secondes, admirant la rapidité de son jeune cerveau.
Le mouvement extérieur se faisait de plus en plus pressant. On pouvait largement imaginer la double angoisse qui se jouait. D'un côté de la porte des officiers qui s'étaient fait remonter les bretelles pour abandon de poste justifié par la présence d'une inspectrice non en charge.
De l'autre, des fugitifs innocents qui ne songeaient qu'à découvrir la vérité.
Franck tentait de réfléchir rapidement alors que les injonctions se faisaient de plus en plus pressantes. Berger mit fin à cette attente interminable, mais qui était en réalité très courte dans le temps. « C'est bon, Franck ! Va avec Adila et Héléna. Laisse-moi faire !
— Tu es sûre ! J'aurais pourtant voulu…
— Et puis, je dois retrouver Leone. Planquez-vous, je vais ouvrir la porte ! »
Héléna lui lança le trousseau de clefs.
La scientifique et les deux détectives inspecteurs se faufilèrent dans le salon bibliothèque quand on toqua violemment contre l'huis. Berger regarda Loco… Elle lui assena un coup de poing dans le nez. Il faillit hurler, mais elle le serra si fort contre sa poitrine qu'il ne sut s'il devait pleurer de douleur ou de joie.
Au moment où elle permit à la lumière du jour d'entrer par l'ouverture principale du manoir, les deux policiers en faction mirent leur main sur leur arme. Voyant que c'était Berger et Loco, dont le nez laissait couler quelques gouttes de sang, ils commencèrent à aboyer. En closant derrière

elle, elle prit les devants. « Quoi ? Vous savez à qui vous vous adressez. Je suis inspectrice, mes petits bleus, alors vous fermez vos clapets et vous aidez votre collègue que j'ai tenté de soigner. »

Adila, Héléna et Franck se regardèrent simultanément en souriant. Berger n'avait pas froid aux yeux.

Ils avançaient aux sons étouffés de l'extérieur dont les variations trahissaient une explication houleuse. Franck plaça les pointes du tube en métal contre le mur et celui-ci s'ouvrit dans un bruit de train sur des rails.

Du perron on pouvait facilement entendre ce qui se disait ! Le timbre assourdi des voix résonnait dans le hall d'entrée.

« *Qu'est-ce que c'est que ce bruit ?*

— *Quel bruit ?*

— *Inspectrice donnez-moi le trousseau, je vais aller vérifier.*

— *Le voilà ! Oh ! Pardon, je suis maladroite.*

— *Oui, c'est ça.*

— *Oh ! Mince, Loco ! Il s'évanouit !*

— *Quoi ?*

— *Gimie, aide-le à s'installer dans la voiture de l'inspectrice. Moi, je vais aller voir.* »

Alors que le cliquetis d'une clef tournant dans une serrure se faisait entendre dans le couloir, le mur se referma avec son bruit habituel.

Les trois fugitifs se retrouvèrent ainsi quelques secondes dans le noir. Ils retenaient leur respiration. Franck se rappela son ressenti lors de son premier voyage mental dans les méandres du cerveau de Farius et de son échappatoire sous le manoir, accompagné de ses deux frères imaginaires. Il en avait toujours les équipollents symptômes. Un souffle court et un cœur battant trop vite.

Ils étaient à l'affut du moindre mouvement de l'officier qui fouillait partout.

« Mince… chuchota Adila.

— Quoi ?

— La cuisine… S'il y entre, il verra les restes des repas. »

Héléna et Franck se serrèrent très fort ; effectivement, une telle erreur mettrait inévitablement Berger dans une situation très délicate et pourrait même trahir leur présence immédiate.

« **Ça va, c'est bon !** » cria le flic qui n'avait pas pris la peine d'approfondir ses recherches, peut-être par peur de se retrouver nez à nez avec la mauvaise personne, avant de clore à la fois la porte et le suspens.

Franck appuya sur un interrupteur. Las de se casser la figure dans les escaliers, il avait installé un commutateur et des points lumineux longeant une rampe en fer trempé. Ils descendirent les marches, tous trois claudiquant légèrement. Voyant le tableau, Adila ne put s'empêcher de lancer un « Nous voilà beaux, tous les trois ! »

Arrivés en bas, Adila et Héléna faisaient tournoyer leur tête, balayant au passage d'un regard furtif ces voutes et les divers tunnels s'offrant à elles, alors que Franck répondait à la sempiternelle énigme dans le combiné ! Puis ils passèrent l'alcôve dans laquelle, quelques semaines plus tôt, se trouvait le corps momifié de sa grand-mère.

Depuis, il avait été mis en terre avec tout le cérémonial et les hommages qui lui étaient dus.

Adila était à la fois émerveillée et stupéfaite par tant de galeries surplombées de dates.

« Incroyable. Comment le manoir peut-il encore tenir sur ces bas-fonds alvéolés ?

— De génération en génération, depuis la fin du

19e siècle, mes aïeux ont creusé et établi tout un système d'archives secrètes ; je pense qu'ils ont dû consolider le tout entre le sous-sol et le bas du manoir.

— Mais… ces dates ?

— Elles représentent celles des parutions d'œuvres fantastiques, horrifiques ou policières. Mais, je suppose qu'il n'y a pas que ça.

— Et la voix dans le combiné ?

— Je n'ai pas toutes les réponses Adila. Pas encore. Et c'est pour cela que nous sommes descendus ici. »

Ils arrivèrent à une intersection.

La date 1818 sous laquelle ils passèrent était à moitié effacée par le temps.

Héléna fronça ses sourcils. Elle avait besoin de comprendre.

« Pourquoi choisir cette date ? Pourquoi pas une des deux autres parutions ?

— Parce que c'est la plus ancestrale du trio. Je pense que c'est la base. Le socle qui renferme des données qui nous serviront. Frankenstein est une sorte de Prométhée. De résurrection de la vie. Comment l'homme se prend pour un Dieu, selon les anciennes croyances ! Tout part de là ; la genèse de toutes dérives scientifiques. »

Ils marquèrent enfin un arrêt. Cette alcôve n'était pas éclairée.

Adila enclencha sa torche le temps de trouver ce qu'il faut.

Franck arma le levier du gaz qui devait enflammer les différentes lampes épousant le mur de pierre, mais en vain.

En tâtonnant, il découvrit un commutateur.

Il le mit sur la fonction marche et la lumière fut !

Comme des explorateurs d'un Nouveau Monde, ils scrutèrent chaque centimètre des étagères contenant des archives, des livres, des papiers, de l'encre séchée et tout autre objet inhérent à la date 1818.
Franck se tut quelques secondes.
Il réfléchit, ouvrit la bouche et la referma comme si inconsciemment, il se retrouvait en apnée.
« Qu'est-ce qui nous manquait dans nos déductions ?
— L'aigle au-dessus de la fiole ! répondit de but en blanc Héléna.
— Exact ! rétorqua-t-il sur le même ton. L'aigle. La Suisse ! L'histoire de Frankenstein débute à Genève... Et si on se réfère aux armoiries de l'ancienne Genève, ce rapace en est un symbole à part entière, mais... coupé par une clef ! En revanche, aucune idée de son utilisation. Cependant, je pense que, pour nous, c'est celle du mystère.
— Mais comment connais-tu les emblèmes héraldiques ? demanda Adila.
— Pas tous, je te rassure. Celui-ci, grâce à Jules Verne. Il avait écrit, en 1854, une nouvelle titrée "Maître Zacharius"... Une sorte de Faust de l'horlogerie. Cette histoire m'a toujours interloqué. À l'époque, j'avais fait plein de recherches autour des personnages et de la ville. »
Tout en farfouillant, Héléna se figea quelques secondes. Elle se tourna vers ses deux comparses.
« Franck, il y a une chose qui me chagrine.
— Juste une ? demanda rhétoriquement Adila avec un demi-sourire en coin.
— Depuis le début, tu tombes sur des pistes... Mais qui semblent t'être destinées ! Par exemple, lorsque tu cherchais le livre des "Quatre plumes blanches", tu as mis la main à la fois sur ces cercles mystérieux et sur l'original

du "Chien de Baskerville." Et donc sur les deux triangles avec des monogrammes. Pourquoi ? Comment ? N'as-tu pas l'impression d'être guidé… voire télécommandé ? »
Franck arbora un sourire qui trahissait à la fois une fierté d'être aimé par une femme intelligente et subtile, mais aussi parce qu'elle avait touché du doigt une vérité.
« Tout à fait. ON veut que je découvre certaines choses… Pas toutes, mais certaines ! Ce "ON" me connaît bien ! Tu as raison, Héléna, on me manipule. Tout cela n'est qu'un masque ! Mais encore faut-il le reconnaître et le soulever afin de savoir qui se cache dessous. Deux entités se font la guerre et je suis pris entre deux feux. Le pourquoi, le comment… Nous les découvrirons. Pour cela, mettons-nous d'abord à la recherche d'indices. »

Chapitre 4 : Errements et illusions

Berger frappa fortement à la porte d'un petit appartement. Quelques minutes auparavant, elle avait déposé Loco au commissariat, lui adjurant de ne rien dévoiler de tout ce dont il avait été témoin. « Qui me croirait ? » lui lança-t-il !
En y repensant, elle se dit que la cheffe de la police, elle, pourrait bien les croire, voire les aider. Elle devrait bientôt recevoir le compte rendu du médecin légiste et la vérité sur les corps serait révélée.
Il fallait d'abord qu'elle en parle à Leone dont elle martelait l'huis de son logement.
Celui-ci se trouvait dans le 80ème secteur.
C'était un faubourg très modeste dont les immeubles construits avant l'Ultime Guerre étaient miraculeusement toujours debout.
Cette zone était le tapis sous lequel on cache la poussière. Toute la pauvreté urbaine y était concentrée. Berger, tout en toquant, se sentit happée par un souvenir douloureux. Ce porte à porte incessant afin de parler à des dizaines de parents dont les enfants avaient disparu sans laisser aucune trace. Leone, en bon voisin flic, avait tenu à enquêter. Escorté de sa coéquipière, il souleva des montagnes afin de quérir le moindre élément, la moindre preuve.
Cependant, Berger fut appelée en intervention sur une autre mission et les deux inspecteurs Adamcki et Pereira désignés par Leone pour le seconder. Malheureusement, ce fut une impasse et l'affaire Farius prenant le dessus, ils avaient dû renoncer à poursuivre plus avant. « Les heures passées à chercher ces mioches étaient pure perte de temps ! » dixit le Haut-Commissaire. À l'immense désespoir de plusieurs familles orphelines de leurs

progénitures.

Un tintement se fit entendre, émergeant Berger de sa pensée.

Elle se retourna et la porte de l'ascenseur, glissant sur ses rails, laissa apparaitre Amber Seidel.

« Bonjour inspecteur.

— Bonjour Amber. Vous savez où est Leone ?

— Ben… Non. Justement, je le cherche moi aussi. On devait se retrouver devant la statue d'Afanen Lynfa, au 5e secteur… Il y a une heure de ça. Et depuis, rien !

— Ce qui m'inquiète, c'est que je ne parviens pas à communiquer avec lui. »

Elles se regardèrent quelques secondes. Amber rompit le silence.

« Vous croyez que le Gouverneur l'a fait disparaître ? Ou quelque chose comme ça ? »

Berger, naturellement, avait imaginé un scénario dramatique. Mais elle n'arrivait toujours pas à se mettre dans la tête Jorgen Pedersen complice de toute cette mécanique infernale.

Amber toqua à nouveau.

En vain.

Elles allaient rebrousser chemin quand elles entendirent du bruit à l'intérieur.

Berger plaça Amber derrière elle, sortit son arme et tapa derechef.

Le son caractéristique d'un déverrouillage fit dresser un peu plus haut le pistolet automatique.

La porte s'ouvrit.

Leone était derrière.

Il était blanc comme un linge.

« Bon sang, où étais-tu ? Et pourquoi tu ne décrochais

pas ? »

Berger voyait bien que quelque chose clochait.

Amber se faufila pour se retrouver à la gauche de l'inspectrice.

« Je vous attendais. » Rétorqua-t-il d'une voix totalement déshumanisée.

« Vous avez trouvé quelque chose ? Vous avez des réponses ? » s'enquit la jeune journaliste.

« Réponses ? Oui ! Phrase ! Oui ! Phase 1 enclenchée !

— Quoi ? »

Leone déambulait chez lui comme s'il était extérieur à tout ça, étranger à ce lieu de vie.

Il s'approcha de la fenêtre et s'assit sur l'encadrement.

« Leone, reviens, ne reste pas près du bord comme ça ! T'es tout pâle.

— Réponse : Date. Phrase : « Dis à Franck Alberty Djorak que "Les trois mousquetaires étaient quatre". Phase 1 enclenchée. Rien ne pourra les arrêter sauf… les cimetières. »

Et, aussi soudainement, laissant les deux femmes sans voix, sous leurs yeux impuissants, il bascula.

Elles hurlèrent et se précipitèrent.

Cet élan était vain, elles le savaient, mais c'était un réflexe…

Au moment où elles se penchaient à l'extérieur, un courant d'air, suivi d'un bruit de toile, les fit reculer.

Un homme volant tenait entre ses bras Leone et cinglait le vide tel un aigle déployant ses élytres.

Leone se débattait comme un beau diable, mais le Fliegender Mann le serrait entre ses puissants membres supérieurs.

Alors que ce dernier repassait devant la fenêtre,

furtivement certes, elles purent apercevoir le visage de Franck.

Amber ne put en croire ses yeux.

« Qu'est-ce que ça veut dire ? C'est…

— Non, ce n'est pas lui. Je commence à en avoir marre de cette mélasse. Venez, je vais vous expliquer tout ça en route. »

Althéa, la cheffe de la police était dans tous ses états. Elle était actuellement interrogée comme une criminelle par la patronne de la Haute Commission Fédérale d'Investigations.

Cette dernière était à ce poste depuis un an et, dès sa nomination, le service était devenu une sorte de poubelle, de réservoir d'huiles usées par le temps.

Elle était d'une incapacité sans borne et d'une bêtise crasse.

Face à elle, une femme dont l'intelligence d'esprit et de cœur était saluée de toute sa brigade, applaudie par ses pairs.

« Vous pouvez m'expliquer pourquoi un homme aussi dangereux que Franck Alberty Djorak est toujours considéré comme fugitif et POURQUOI n'est-il pas derrière les verrous ou… exécuté de la même manière que tous les meurtriers devraient l'être ? Abattu, proprement et simplement ! »

Althéa était abasourdie par tant de stupidité et de raccourcis.

« Madame, avec tout le respect que je vous dois…

— Effectivement, vous me le devez ! la coupa-t-elle.

— Franck est un des meilleurs, si ce n'est le meilleur,

détective inspecteur que j'ai pu connaître depuis ces dix dernières années. Il est d'une probité et d'une inventivité intellectuelle qui n'ont d'égal que son sens inné du devoir.

— Mais il a brutalisé son père et tué des policiers, dont Sacht. »

La cheffe s'enfonça dans son fauteuil.

Un bruit l'agressait.

C'étaient les ongles de la patronne du H.C.F.I. tapotant de manière discontinue sur la table.

« Madame... Franck n'aurait jamais... je précise bien : "JAMAIS"... fait à qui que ce soit du mal. Encore moins à des hommes de la force publique ou aux membres de sa famille.

— Et son père ? ... "Le réveil de la bête", c'est ce qu'il a dit ? Non ?

— Oui... On est d'accord que tout le monde a reconnu ou a CRU reconnaître Franck. Mais tant qu'il ne m'aura pas fourni sa version, je le considèrerai toujours comme un innocent.

— C'est ce qui nous différencie ! Moi, je le juge coupable et avec le Haut-Commissaire, nous avons décidé que tout officier tirerait à vue.

— Pardon ? Vous avez pris cette décision sans m'en parler ?

— Mais... je vous en parle. »

Et ce disant, elle se leva, ouvrit la porte et la claqua derrière elle.

Althéa respira fortement, réprimant une colère sourde.

« Le Haut-Commissaire et elle devraient se marier... Ils feraient un magnifique couple d'incompétents ! »

On toqua.

« Entrez ! »
Une policière entrouvrit et passa juste la tête.
« Pardon Cheffe de vous déranger, mais Loco voudrait vous s'entretenir avec vous !
— Loco ?
— Oh ! Pardon… L'officier Lisandro Cortazar Y Abril. »
Althéa se leva et suivit la jeune recrue.
Face à elles, Loco était au garde à vous.
« Oui ? Vous désiriez me parler, officier ?
— Cheffe, je sais où est Franck Alberty Djorak. »

« Et si…
— Je t'écoute Adila.
— Jusqu'à présent, d'après ce que tu m'as raconté, tu as toujours additionné les chiffres des dates afin d'arriver à… disons… une sorte de conclusion.
— Ou tout au moins, le début d'une piste ! Oui… Et ?
— Tu as dit que la nouvelle de Jules Verne a été écrite ou éditée en 1854. Et "Frankenstein" en 1818. Les deux histoires se situent à Genève. En additionnant les nombres des deux dates, on obtient 9. Même lieu, même chiffre.
— Pas mal, Adila. Bravo. Très bonne déduction à l'exception d'un fait important… et je suis désolé de te décevoir… Mais… Zacharius était un exemple. À aucun moment ce titre ou l'auteur ne sont apparus dans l'équation. Sauf… durant mon voyage dans le cerveau de l'androïde. Mais je suis certain qu'il n'y a aucune corrélation. »
Elle avalisa, visiblement dépitée de s'être fourvoyée.
« Cependant… continua-t-il. Cependant… Adila, tu es un génie ! Vous n'avez pas remarqué quelque chose ? Ici

même ! »
Ils se rejoignirent au centre et tournoyèrent un peu visant chaque recoin de la salle basse.
Héléna, comme mue d'une énergie nouvelle, lança un :
« Tout est en double. Tous les bouquins, documents, carnets… placés tête-bêche… Tout à l'horizontale… Alors que… Dans une bibliothèque, en général, les volumes sont à la verticale. Pourquoi ?
— L'architecte et sa création, le maître et son valet, le patron et son employé, les cartes à jouer… 1818… 18 et son jumeau ! Le 9 allongé et accolé à son double… »
Il se mit à dessiner sur de la poussière deux 9 entrelacés.
  Héléna se lança !
« Le sigle de l'infini ! Le sigle de l'infini… insista-t-elle ! Il a été inventé par John Wallis en 1655. D'ailleurs, pour rebondir sur les chiffres des dates, 1 +6 +5 +5 égalent 17 ; 1 +7, cela donne 8. Qui est le sigle de l'infini couché… Une lemniscate… Ou courbe plane qui forme un 8… Ou deux neuf enlacés. Ce sigle porte un autre nom, c'est le ruban, ou anneau ou ceinture de Möbius. »
Franck se détacha du groupe.
Il fouinait, nez en l'air, à l'affut de quelques symboles reproduisant le fameux signe.
Héléna continua son exégèse.
« Ce qui est remarquable… C'est qu'il représente l'inexistence totale du commencement et de la fin.
— De la naissance et de la mort, alors ? appuya Adila.
— Exactement, répondit-elle enflammée. Le temps et l'espace se confondent : ce qui fut, est ou sera.
Adila, attirée pas un long galon entortillé, s'approcha d'une des étagères et agrippa le tissu torsadé.
Rencontrant une résistance, elle tira d'un coup sec.

Aussi soudainement, un gaz, sorti de petites bouches invisibles à l'œil nu, envahit le lieu qui se referma quasi hermétiquement.

« Comment savez-vous où est Franck ?
— Pardon, cheffe… Mais j'ai juré de ne rien dire !
— Quoi ? Mais que me chantez-vous là, Loc… officier Lisandro. Si vous avez des détails, dites-les immédiatement !
— Heu… Mais, j'ai donné ma parole !
— Heu… Mais, vous êtes sous mes ordres ! »
La cheffe de la police était dans un état d'impatience frisant l'hystérie. Elle se retrouvait face à un jeunot, un bleu, qui faisait de la rétention d'informations liée à un suspect.
« Officier, je vous le demande pour la dernière fois. Vous êtes venu m'annoncer que vous savez où se trouve le détective inspecteur Djorak, mais dans le même temps vous refusez de parler. C'est un peu équivoque, vous ne pensez pas ?
— Pas vraiment, chef. Je ne peux pas vous cacher que je sais des choses, mais en même temps, je ne peux pas vous les dire. »
Les autres policiers présents dansaient entre la stupéfaction et l'amusement.
« Et même si je vous les disais… Vous ne me croiriez pas ! Et, si vous ne me croyez pas… Je passe pour un fou… Loco, quoi ! »
La patronne du lieu était abasourdie par tant d'assurance dans l'antinomie.
« Vous ne me donnez pas le choix. Officiers, mettez aux

arrêts… »

Mais elle fut interrompue brusquement par un appel vidéo, dont l'écran géant, situé au centre des opérations, s'alluma.

« Pardon, Commandant, de t'interrompre. »

Tout le monde, y compris Loco, leva la tête. C'était rare que le médecin légiste intervienne personnellement et encore plus rare que tout soit révélé à la cantonade.

« Oui, François, tu as quelque chose ? »

Le légiste était originaire de l'ancienne France. C'était lui qui avait autopsié les restes du corps du père de Franck lors de sa découverte dans les tréfonds du sous-sol du manoir ; il était un homme frisant la cinquantaine. D'une collaboration professionnelle étroite naquit un amour entre la cheffe et lui-même puis un mariage et, enfin, des enfants.

« Écoute, je voulais, avant de t'envoyer le dossier complet et le compte rendu des nécropsies…

— Quelles autopsies ? Je n'ai autorisé aucune docimasie.

— Heu… C'est la détective inspectrice Adila M'Koumbé a demandé à mon adjoint de…

— Quoi ?

— De pousser plus avant des recherches sur les corps de certaines victimes. »

Althéa regarda furtivement Loco.

Ce dernier haussa les épaules.

« Vous n'allez pas aimer ! » murmura-t-il.

Une table.
Une nappe blanche.
Des invités assis.
Des victuailles garnissant des plateaux d'argent scintillant à la lumière des lustres.
Des chants…
Des discours…
Des palabres…
Un brouhaha incessant.
Quand elle ouvrit les yeux, elle était au milieu de cette cohue statique.
Elle tourna la tête d'un côté, de l'autre.
Que faisait-elle dans cette grande salle ?
Elle descella ses lèvres et dans un souffle demanda :
« Pardon… mais qui êtes-vous ? »
Un silence de mort découla, la laissant dans un état de consternation absolue.
Puis, un grand éclat de rire.
S'ensuivit une déferlante de noms !
« Mais ma chère, je suis Albert Einstein.
— Et moi, Isaac Newton !
— Ampère !
— Tesla !
— Marie Curie !
— Galilée !
— Archimède !
— Laplace !

— Copernic !
— Pasteur !
— Edison !
— Faraday !
— Kepler !
— Bohr !
— Fizeau !
— Irène Joliot Curie !
— Volta !
— Gay-Lussac !
— Ptolémée !
— Lavoisier ! »

Et tant d'autres patronymes fusèrent, tel un torrent discontinu, jusqu'à ce que l'un des convives demanda :
« Et vous ? Qui êtes-vous ?
— Je suis Héléna… Héléna Henderson. »
À nouveau, un silence… Puis des murmures inaudibles…
« Qui ? Je ne connais pas ? Mais qui est-ce ? Je n'ai pas compris le nom ! »
Soudainement, ils se retournèrent vers elle.
« Vous n'êtes pas digne de siéger parmi nous ! »
Ils tapèrent du poing sur le marbre, le martelant violemment, sur un rythme mortuaire.
« Indigne ! » scandèrent-ils de concert ! « Indigne ».
Puis, l'un d'entre eux la souleva et la jeta sur le repas. Alors, debout sur la table, il prit Héléna par la crinière et la tira derrière lui, comme un paquet de quelque chose.
Dans son trajet, durant lequel des verres, des assiettes, des couverts, de la nourriture, des boissons, volèrent, tombèrent, tintèrent, s'écrasèrent, se brisèrent, chaque

invité, lançant un « Indigne », finissait par un crachat.
Héléna se débattait en tenant sa chevelure blonde.
Elle était allongée et se tortillait dans une danse sans musique.
Danse faisant onduler son corps.
Corps qui donnait des coups aux obstacles.
Obstacles qui chutaient au sol.
Sol sur lequel germaient des sillons de poussière.
Poussière se mariant avec les vapeurs de gaz.
Gaz pénétrant tous les pores de la peau.

Elle était dans son Afrique natale.
Le soleil était haut et les embruns d'un ressac maritime créaient une farandole de gouttes.
Elle se trouvait dans une sorte de panier en osier bordé d'un drap immaculé.
Elle pleurait, car son âge l'empêchait de parler.
D'exprimer son ressenti.
Un visage aimant apparut.
C'était sa mère.
Belle et gracieuse.
Ses grands yeux noirs semblaient deux olives dans un écrin d'ébène.
Son large sourire dévoilait des dents d'une blancheur se mariant parfaitement avec le drap de son petit lit.
Elle tendit la main pour apaiser l'enfant.
Mais son sourire se crispa, se tordit, fit place à un rictus.
Un long filé rougeâtre resta en suspens au coin de ses

lèvres un moment…
Puis, comme une araignée descendant de sa toile, glissa lentement vers son visage.
Ses yeux s'humectèrent de sang.
Elle se sentit comme happée.
Elle approchait des nuages.
Elle volait, mais ne voyait que l'azur.
Puis, un autre figure. Celui-ci avait les stigmates de la douleur. Il posa un baiser paternel.
Enfin, il la quitta sur une surface mouvante et humide avec un « Adieu, Adila ! »
Elle tanguait au rythme des vagues.
Vagues créant de la mousse de sel.
Sel attaquant son visage.
Visage déformé par la douleur.
Douleur étouffée par l'eau.
Eau s'engouffrant dans sa bouche.
Bouche fermée par sa propre main.
Main se crispant sur le sol.
Sol aux vapeurs de poussière.
Poussière conjuguée au gaz.
Gaz s'insinuant sur toute la surface charnelle.

Il était debout.
Il observait attentivement.
Derrière une glace, un homme s'activait.
Il devait avoir dans les soixante-dix ans.
Il y avait un enfant aussi.

Ils portaient de grandes blouses grises, des masques et des gants.

En arrière-plan, trois quidams, trois comparses, trois témoins.

Le vieillard et le gamin échangeaient des propos.

« On les sépare ? demanda le garçon.

— Oui, mais comment ? répliqua alors le patriarche. Si on en retire un, on peut tuer l'autre.

— Peu importe, répondit l'enfant. On opère. »

Là, entre giclées de plasma, termes médicaux et bruit strident des machines de contrôle, il devint spectateur d'une scène horrifique.

Du corps allongé, découpé au scalpel, surgit un être de petite taille, dont les poils recouvraient la quasi-totalité de sa nudité effrayante.

S'ensuivit une valse sanglante durant laquelle le vieil homme défunta dans d'atroces circonstances.

Seuls l'enfant et les trois « invités » applaudirent à tout rompre à cette danse macabre alors que le « Monstre » se projetait contre la vitre qui, à chaque assaut, se fêlait inéluctablement.

Lui ne pouvait bouger. Ses pieds étaient pris dans de la glaise.

Enchâssé, il ne put que mettre les mains devant son visage quand la glace éclata en morceaux, donnant vie à cet être hideux.

« Nooon, Hyde !

— Qui est Hyde ? Appelle-moi Jack ! »

Jack se jeta sur lui et le bloqua en lui tenant la tête.

Tête défigurée par la souffrance.

Souffrance ulcérée par la créature.

Créature ouvrant d'un coup sec la bouche du malheureux.

Malheureux impuissant face à la « chose ».
Chose pénétrant son gosier.
Gosier obstrué cherchant l'air.
Air changé en étouffements.
Étouffements suivis de convulsions.
Convulsions crispant les nerfs des mains.
Mains grattant la poussière.
Poussière s'alliant au brouillard de gaz.
Gaz violant chaque intimité.

Trois corps se tortillaient, s'efforçant désespérément à respirer normalement.
Héléna étendue sur la table jeta un regard mourant sur un des convives qui faisait des mouvements de balancier avec le doigt, créant un 8 allongé imaginaire.
Adila, immergée, se noyant lentement. Près d'elle passa un poisson qui rapidement se changea en ruban.
Franck sentant le monstre naitre en lui, agoniser et renaitre, bouchant tout son système respiratoire.
Héléna eut la force de crier « Möbius ! »
Franck de hurler « Prométhée ! »
Adila de murmurer : « Père ! »

Chapitre 5 : l'incontournable vérité

« Mais qu'est-ce que c'est que cette histoire de fous ? » La cheffe de la police était dans un état de consternation que l'on n'aurait jamais soupçonné de sa part. Elle regardait avec incrédulité l'écran géant dans lequel trônait François.

« Althea, comme tu peux le voir, les corps sont composés à cinquante pour cent de peau, nerfs et muscles originaux et cinquante pour cent de matières rapportées. Il a fallu approfondir pour constater que les membres supérieurs et inférieurs étaient greffés de "l'intérieur" par un procédé de fusion "élastoplastique" et que le visage originel était couvert d'un masque de chair humaine travaillé par un moyen qui m'échappe encore. Le cerveau est un mélange d'alvéoles organiques et synthétiques. Avec, bizarrement, des petits rouages.

—Comme pour une horloge ? demanda hardiment Loco. » Althéa était déjà gênée que son mari prononçât pour la première fois son prénom devant sa brigade, mais en plus, cette intervention impulsive de Lisandro était la goutte qui faisait déborder le vase. Elle lui jeta un regard qui était largement explicite. Il ferma sa bouche en ouvrant grand les yeux.

« Tout à fait ! » répondit spontanément le légiste. « Mais, je ne sais pas pourquoi une mécanique ancienne viendrait s'accoler à une technologie qui dépasse totalement mes compétences. »

Althéa fixa un court moment le vide. Elle tentait de remettre de l'ordre dans tout ça.

« Et tu as une petite idée de qui sont ces hommes ?
— J'ai scanné leur crâne, fait un modelage rapide sur

ordinateur et passé leur visage dans la base de données du H.C.F.I. et du S.E.P. Et rien, pour le moment. »
La patronne du lieu sauta sur ses pieds, fit le tour du bureau sur lequel elle était assise.
« Autres choses ?
— En effet, sur les bras, les épaules et les jambes des corps de Fergusson, Zinger et des deux "anges de la mort" dont un est toujours vivant, je précise, j'ai pu observer des marques significatives d'environ 4 cm de large et cernant les membres. J'ai pu découvrir les mêmes stigmates sur le cadavre de Katerina. En revanche, pour elle, rien d'autre. Aucune greffe !
— Une idée de ce que cela peut être ? »
Loco leva le doigt comme un enfant à l'école. Althéa prit une longue respiration et sans tourner la tête vers le bleu :
« Oui, Officier ? Vous voulez encore parler ?
— Juste vous dire, chef, que ces empreintes de sangle ont été faites par des ailes. C'étaient des hommes volants. »
Tout le monde s'observa avec un petit sourire en coin. Althéa souffla d'un coup, assommée par tant d'éléments. De son côté, son mari opta pour l'attitude du scientifique à qui on aurait donné un problème mathématique à résoudre.

« Officier Lisandro, votre surnom vous précède. Et vous le portez à merveille. Vous êtes fou !
— Et pourtant, il a raison ! »
L'assemblée se retourna de concert à cette voix qu'ils connaissaient bien.
« Berger ? Qu'est-ce que… ?
— Pardonnez-moi, Cheffe ! Mais Lisandro dit la vérité. On a été les témoins d'un enlèvement par un des hommes volants… qui avait la tête de Franck.

— Un enlèvement ? "On" ? Comment ça "On" ? »
Amber Seidel émergea du dos de Berger avec un brin de timidité.
« Une journaliste ? Vous fricotez avec une gratte-papier ?
— Là n'est pas le souci, Cheffe, si vous permettez. Le gros problème est qu'il a pris Leone en otage ! »

Les ailes sifflaient dans les nues. Certains oiseaux faisaient écho à leur passage. Leone avait réussi à dégager une main et cherchait à sortir son arme. Mais considérant l'altitude, il se convainc lui-même que ce n'était pas une bonne idée de tirer sur le seul être vivant à pouvoir le retenir dans sa chute. Ainsi, malgré le froid qui le tenaillait, il lança :
« Qu'est-ce que tu attends de moi ? Tu te rends compte que tu as enlevé un inspecteur de police ? »
L'homme volant le regarda dans les yeux.
« Un inspecteur de police dont le désir était d'en finir avec la vie ! Alors, mourir écrasé ou de mes mains, quelle est la différence ?
— "Voulait en finir avec la vie" ? C'est quoi, ces foutaises ? »
Le ravisseur se mit en position de « bombe », il referma les ailes sur lui et sur son compagnon de route et tournoya dans une descente rapide et vertigineuse. Alors que le sol se rapprochait du Fliegender Mann, il déploya promptement ses élytres et se servit d'elles pour freiner leur chute et atterrir en douceur.
Une fois sur le plancher des vaches, il lâcha Leone qui recula de quelques mètres. Là, il sortit son pistolet automatique. « Je regrette mon gars, mais il faut que je t'arrête. »

En un éclair, Jack était sur lui.
Il lui prit son bras, le tordit jusqu'à ce que l'arme disparaisse de son poing. D'un coup de pied, il l'envoya balader tout en gardant Leone dans une position dont il ne pouvait se libérer.
En crispant son visage d'une douleur assez vive, l'inspecteur se mit à crier entre ses dents.
« C'est toi qui as exécuté Sacht et tous ces braves policiers qui ne faisaient que leur devoir ?
— Moi aussi, je faisais le mien !
— Que veux-tu dire ? Et c'est quoi cette histoire de vouloir en finir avec la vie ? Je n'ai jamais voulu me suicider.
— Non ! Je sais… »
Il relâcha son étreinte. Jack était dans un état presque second. C'était un assassin, sans nul doute, mais présentement, il n'avait rien de cruel, ni dans son regard ni dans son apparence. Leone était cependant troublé par la ressemblance avec Franck. De quelques coups d'œil, il chercha à localiser son arme. Mais, inutilement.
« Qu'est-ce que vous savez ?
— Je sais que ce n'était pas de votre fait… que votre suicide avorté était contrôlé par…
— Quoi ? Mais qu'est-ce que vous me chantez là ?
— De quoi vous souvenez-vous exactement ?
— Je… Je suivais… quelqu'un… et puis… Je me suis retrouvé dans un cimetière devant la tombe d'une jeune fille. Et… merde !!! … J'arrive pas à me…
— Rappeler ? Je vous talonne depuis un moment, Inspecteur Leone. En fait, depuis que vous êtes sorti de l'hôpital. Je vais vous aider à repérer vos ravisseurs !
— Mes ravisseurs ? Vous avez un sacré toupet ! C'est

vous qui…

— Non ! Croyez-moi, je sais qui ils sont. Et ils ne plaisantent pas. Ils vous ont enlevé et, sans nul doute, drogué. Ils voulaient votre mort, mais sans se salir les mains. Je vous y mènerai… J'en fais le serment ! En contrepartie, j'aimerais que vous me conduisiez à une certaine personne.

— Qui ? Franck Alberty Djorak ?

— Non ! Ma fille, inspecteur !

Adila ouvrit les yeux la première.

Ses sens étaient perturbés et son corps engourdi. Elle haletait comme si elle avait été en apnée.

Elle entendit des bruits sourds.

Des bruits de lutte.

Elle redressa la tête encore embrumée.

Dans un état quasi comateux, elle ne put croire sur le moment le drame qui se jouait devant elle.

Franck était sur Héléna et tentait de l'étrangler.

Les deux êtres gargouillaient et de l'écume sortait de leur bouche respective.

L'inspectrice se releva aussi vite qu'elle put et essaya de ceinturer Franck. Mais ce dernier étant d'une force supérieure à la sienne, due, sans nul doute, à l'absorption de cette composante chimique vaporeuse, résistait aux efforts de sa collègue. « Franck, réveille-toi ! Arrête ! » tenta-t-elle. Cependant, il ne l'entendait pas !

Il ne bronchait pas !

Héléna devenait bleue, garrottée par la puissante étreinte mortelle de son amoureux.

Adila chercha rapidement un moyen puis dut se

contraindre à employer la force vive.
Elle prit son pistolet et tapa si fort le crâne de Franck, qu'une petite giclée de sang en jaillit.
Il s'effondra sur sa fiancée, comme Roméo sur Juliette.
« Héléna ! Héléna ! »
Dans un effort considérable, elle poussa le corps de son coéquipier qui roula et tâta, tantôt le cou, tantôt les poignets de la scientifique, espérant trouver un pouls.
« Merde ! » cria-t-elle.
Elle commença un massage cardiaque et, dans un rythme précis, effectua du « bouche à bouche ». Elle y mit une énergie telle que les veines de sa propre gorge faisaient des apparitions alternées.
« Allez, Héléna ! Alleeeeez !!! »
Au bout de quelques secondes d'un combat contre la mort, la jeune femme, aux blonds cheveux, expulsa un souffle dans une forme de râle.
On eût dit Ophélie ressuscitée.
Ses yeux écarquillés et ses mains raidies par les nerfs à vif furent le témoignage d'un moment douloureux et profond.
« Respire, Héléna ! Respire lentement ! Prends des inspirations par les narines et expire par le bas du ventre. Voilà ! C'est bien ! »
En quelques secondes, son doux visage se peint des couleurs de la vie.
Elle se soutint d'abord sur les avant-bras.
Puis, tranquillement, releva son buste.
Elle tourna la tête et vit Franck, couché sur le côté.
« Franck ! »
Elle se précipita sur lui et mit instinctivement la main sur sa tête. Elle sentit quelque chose de mouillé. Elle la retira

et vit du sang sur ses doigts.

« Qu'est-ce qu'il s'est passé ici ? » demanda-t-elle, abasourdie de se retrouver au centre d'un théâtre absurde.

Adila voulut dire la vérité, mais comme apparemment Héléna ne se souvenait de rien, elle décida de tenter un pieux mensonge. Au moins le temps de sortir de ce piège.

« Je ne sais pas. Quand j'ai repris mes esprits, tu étais allongée sur le dos en train d'étouffer et Franck était là… Au sol. Il a dû rouvrir une des blessures de l'accident de voiture en tombant de tout son long. »

Alors qu'elle venait à peine de finir ses propos, le détective fit un petit soubresaut en gémissant. Puis se recroquevilla, comme un enfant, en chien de fusil et redressa son corps d'un coup sec.

Il crispait ses dents sur ses lèvres, tenaillé par un mal de tête combiné à un esprit obscurci.

Les deux femmes l'aidèrent à placer son buste contre une des deux bibliothèques.

Franck arborait le rictus d'un homme blessé et indubitablement perdu.

Adila les regarda un petit instant. Elle contrebalança sa décision, le temps de prendre la mesure de ce qui venait de les toucher de plein fouet.

« On a inhalé un gaz qui a dû perturber nos sens. J'ai eu des visions… Mais il n'y avait aucune cohérence. Je voyais mes parents… je pense que ça devait être en Afrique, lors de ma naissance… et ma mère tuée par balle… mon père m'abandonnant dans un panier en osier, en pleine mer. Je ne pouvais rien faire… j'étais un bébé… Et je me noyais… Mais comme je le disais, ce n'est pas logique. Mes parents se sont enfuis en Allemagne et mon père s'est engagé en tant que soldat au sein des Forces Gouvernementales durant la guerre où il mourut. Ma maman est toujours vivante. Et vous ? »

Héléna fronça les sourcils… Elle n'avait pas très envie de se souvenir, mais elle ne pouvait faire autrement que de partager son trouble.

« Je me réveillais auprès de dizaines de convives. Ce n'étaient que des génies. Ils me dirent leur nom et lorsque je leur donnai le mien, devinrent inflexibles à mon égard et me traitèrent d'incapable ! Je n'étais pas digne d'être présente parmi eux. L'un d'eux me souleva, me jeta sur la table et me traina tout du long, renversant au passage les assiettes et les verres. Ils me crachaient dessus en m'injuriant. J'étais… déboussolée… désorientée, effrayée. J'essayais de me dégager… En vain ; je sentais une douleur incommensurable m'envahir. Elle était tellement forte que je m'étouffais moi-même. Impossible de crier. Dans cette immense cohue, un des savants me montra le signe de l'infini en faisant danser son index dans l'air. Et puis… Plus rien. »

Adila et Franck écoutaient avec attention toute cette narration. Ils en ressentaient chaque étape, ayant été eux-mêmes touchés par une affliction personnelle. Franck hocha la tête.

« J'ai l'impression que ces émanations nous ont mis au pied du mur, face à nos cauchemars intimes, nos craintes les plus profondes. Nous étions sous son empire. Je me suis retrouvé spectateur de ma propre dissection. Les bouchers qui me charcutaient étaient un homme d'environ 70 ans et un enfant de 7 ou 8 ans. Ils avaient comme mission de me séparer de mon jumeau. Un double machiavélique, sournois, cruel et dangereux. Aussi laid extérieurement qu'intérieurement. Ce personnage, pas plus haut qu'un dossier de chaise, poilu des pieds à la tête, se présenta à moi en tant que Jack et… m'attaqua. Je réussis à prendre le dessus et… j'avais l'impression de l'étrangler… Toutefois, ce n'était plus lui que je tuais à petit feu ! Mais l'enfant… »

Il s'arrêta net. Il était submergé d'une émotion qu'il ne put contrôler.

Héléna le serra fort contre lui. Elle avait mal au cou, mais ne s'en plaignait pas.

Adila se releva. Trop vite, certainement, car tout autour d'elle, les murs et les objets faisaient des sortes de vagues incessantes. Elle se rassit au sol dans l'instant.

Des bras de son compagnon, la scientifique se détacha un peu afin de mettre du sens dans tout cet immense imbroglio.

« Donc, ce qui ressort de tout ceci est que je suis personnellement en demande de reconnaissance, Adila d'amour parental et toi… en quête de ton histoire…

— Je pense qu'il y a autre chose… de plus dissimulée… Quand j'ai entrepris mon premier voyage mental dans l'esprit de Farius, mes frères et moi avions dû passer des épreuves, dont une, où il y avait un gaz. Ce dernier créait des illusions, des… fantasmes issus de nos propres craintes… de MES propres craintes. Et là… nous subissons la même forme d'attaque. »

Adila se releva, mais cette fois-ci plus lentement. Elle observait le lieu clos. Franck fit de même, suivi d'Héléna. Il continua.

« Nous étions nous aussi enfermés, totalement reclus dans les tréfonds des soubassements du manoir. Ce mur qui est tombé pour couper notre retraite n'était pas… et je le sens dans mes tripes… destiné à des personnes comme nous ! Car ce gaz ne nous a pas tués ! Il nous a mis face à nos

cauchemars, à nos angoisses. Et puis, il s'est dissipé. Si les vapeurs pressenties lors de mon incursion cérébrale et celles-ci ont la même origine, cela veut dire que quelqu'un depuis le début me trace une route. M'indique un chemin.
— Qui ? Farius ?
— Non Adila, Farius n'est jamais venu jusqu'ici. Il en cherchait l'entrée depuis longtemps, mais ne l'a jamais trouvée… C'est pour cette raison qu'il a placé sa taupe, Anthony Zinger, pour repérer le mécanisme d'ouverture et les différents dédales.
— Mais… Tu as une petite idée ?
— Oui, Héléna, j'ai mon idée… Terrible et incroyable. On est d'accord que cette alcôve a été certainement conçue par un de mes aïeux. Mais, le fait de nous y avoir entraînés non par la force, mais par une volonté bien plus grande qui se situe au niveau du psychique, me donne à penser que ce maître d'œuvre est un proche. Le dernier visage que tu as vu avant de te noyer, Adila, était celui de ton père. Mais tu t'es sentie trahie quand il t'a abandonnée dans l'océan, seule et désarmée. Héléna, toi, ce sont des pères spirituels que tu idolâtres depuis longtemps, qui t'ont tourné le dos et t'ont humiliée. Ils t'ont isolée et ont violé ton intelligence. Moi, c'est mon père qui me découpait en petits morceaux et l'enfant, c'était moi ! Moi, qui applaudissais à l'assassinat de mon père par Jack. Moi, qui me regardais me débattre contre le Hyde que nous avons tous en chacun de nous, mais qui est tellement présent dans mes gènes. Alors… de qui suis-je le fils ? De mon père ou de Jack ? »
Héléna crispa son visage. Elle commençait à comprendre.
« Tu veux dire que… C'est ton père qui est derrière tout ça ? Mais il est mort !

— Le géniteur, le transmetteur et Möbius... Le père est le fils et le fils devient le père. Le signe de l'infini. Oui, je suis certain que mon paternel est encore en vie et... il va devoir me donner des explications. »

Chapitre 6 : Jeux de miroirs.

« Désolée, mais je n'arrive pas à comprendre. Comment ton père a-t-il pu influencer ton voyage mental chez Farius ? Comment pouvait-il, s'il est toujours vivant, te montrer quelque chose de réel sans être présent ? »
Tous trois avaient décidé de chercher le moyen de débloquer le mécanisme pour ouvrir le mur qui s'était abattu aussi lourdement qu'une guillotine.
« Je n'ai pas toutes les réponses Adila. Tout ce que je sens c'est que quelqu'un tente de m'éclairer sur une vérité ou un semblant de vérité. Une personne qui me connaît bien et qui maîtrise ces lieux. Une personne qui m'a amené, entre autres, à découvrir les quatre plumes blanches, les fameux triangles et les cercles dessinés.
— OK, mais franchement, il pourrait se montrer et tout te dire plutôt que de te mettre sur le chemin de charades ou d'énigmes en tous genres, toutes plus tirées par les cheveux les unes que les autres.
— Tu n'as pas tort. Mais s'il ne le fait pas, c'est qu'il doit avoir ses raisons. »
Ainsi clôt-il cette conversation qui devenait oppressante pour lui. Il stoppa ses recherches et se tourna vers ses comparses.
« Arrêtez. On s'y prend mal. Venez contre le mur avec moi et prenons du recul. Observons le problème dans sa globalité, dans sa généralité. Qu'est-ce que vous voyez ?
— Des rayonnages le long de deux parois parallèles, répondit Adila.
— Et sur les étagères, les mêmes livres, documents et objets. Comme un jeu de miroir, ajouta Héléna.
— Exact ! Le même nombre que… » Franck s'immobilisa

net. Il leva la tête vers le plafond, comme pris par un vertige soudain.

« Quoi ? Tu te sens mal, Franck ?

— Non… Mais… Je… Comment j'ai pu oublier ça ?

— Oublier quoi ? »

Franck s'inclina, tel un signe de respect, et s'accroupit en fronçant les sourcils.

« Comment puis-je être sûr que ce que vous dites est vrai ? Vous prétendez que vous êtes le père d'Elise. Mais quelle preuve m'apportez-vous ? J'ai déjà été trompé une fois. J'ai cru que c'était Franck, l'assassin… Alors, je n'ai pas envie de…

— Franck Alberty Djorak… Oui, ce nom, on me l'a enfoncé dans le crâne durant des heures et des heures ! On me montrait des images, des photos de lui enfant, adolescent et à l'école de police. Et dans le même temps, on m'imposait un processus de refoulement de ce nom…

« Qui est ce Franck que je ne connais pas… Et pourtant que j'ai appris à connaître si bien ! Je ne l'avais jamais rencontré.

— Quoi ? Vous ne vous êtes jamais vus ?

— Non… Jamais… Jusqu'à ce jour-là !

— Quel jour ? »

L'homme ailé s'assit sur une pierre.

Ils étaient en rase campagne non loin d'un monticule sur lequel se dressait un mausolée. On pouvait observer la route au loin. Il avait choisi ce lieu, car personne n'aurait pu le prendre au dépourvu. À la moindre alerte ou intrusion, il s'envolerait avec ou sans Leone.

« Je suis arrivé par le toit. J'ai replié mes élytres et les ai mises dans mes manches. Je ne sais pas pourquoi, on m'avait placé un bandeau sur la tête. On m'avait habillé d'une certaine façon, avec des vêtements déchirés en certains endroits. Je n'avais aucune question à formuler. Juste une mission. J'ai fait un peu de bruit en arrivant. Certainement ! … car j'ai entendu les marches de l'escalier grincer. Profitant d'un moment d'inattention du propriétaire, j'ai sauté en bas et lorsque je suis retombé sur les pieds… »

« J'étais sorti de la salle de bain. Et… Il était devant moi. Il, c'est-à-dire MOI ! MOI ! Ma mémoire me revient maintenant. »
Franck avait les yeux d'un fou. Écarquillés et sans âme.
« J'étais comme devant une glace… à quelque chose près. J'avais quelques éraflures que mon double n'avait pas. Mais personne n'aurait pu faire le distinguo ! J'ai voulu l'attraper, mais il était trop rapide pour moi. En deux coups, il m'avait assommé… Je pense qu'après, il a dû me sortir… »

« … Et j'ai donné son corps à un complice qui m'attendait dans la rue. Il a fallu activer… Son père redescendait à ce moment-là. Je n'ai eu que le temps de fermer la porte et je l'ai empoigné… Je l'ai frappé ! … »
Leone était stupéfait. Il l'écoutait, mais toujours avec cet air de doute qui le caractérisait à merveille.
« Mais… Votre mission était de tuer Tamas ?!

— C'était son prénom ?
— Oui, Tamas, Aletta, Abigèl et Agota Horvath ; la famille adoptive de Franck.
— Une famille ? Sûrement… je devais tous les éliminer.
— Mais pourquoi ?
— Je ne sais pas… je ne sais même plus ce que je ressens. Ce que je pense. Je ne me souviens plus de mon visage… je l'ai oublié. Mais… en moi… une sorte de conflit a pris place depuis…
— Depuis quoi ?
— Depuis… que j'ai pris dans mes bras cette jeune fille blonde ! Je l'ai reconnue tout de suite. Son odeur si particulière. Ses yeux dont l'âme est éblouissante.
— Vous avez tout de même assassiné beaucoup de gens… des policiers comme Sacht.
— C'est vrai. Mais la voix me le commandait ! »

« Et cette voix… "Tu es mon ange de la mort ! L'élu !" s'insinuant comme un serpent et sifflant dans ma tête cette litanie grotesque ! »
Dans les sous-sols d'Ecee-Abha, les lumières commencèrent à vaciller, à clignoter. Franck les observa attentivement, comme si cette danse de l'ombre à la clarté le reconnectait à la réalité.
« Des flashs… Des flashs ! J'avais cru que c'étaient des éclairs, mais ils étaient trop rapides, trop réguliers !
— Quels flashs, Franck ?
— Quand je me suis jeté de la voiture, cherchant un moyen de fuir, j'ai vu au loin une masse sombre bouger. Avec des lumières discontinues éblouissantes et très

rythmées. »

Héléna approcha au centre de la salle toujours close. Elle avait l'impression d'avoir déjà entendu parler de cela.

« Lichtkontrolle ! Le contrôle de l'esprit par la lumière. Il doit y avoir dans le mécanisme cérébral artificiel une lentille reliée aux canaux visuels, influant ainsi sur le cortex frontal. Il a dû te prendre pour l'autre.

Adila s'avança près d'elle.

"Ce qui veut dire que l'autre… Ils le cherchaient… Et le cherchent encore, peut-être."

Des corneilles poussaient leurs cris stridents et emplissaient l'atmosphère d'une solennité émouvante.

"Ils ont la possibilité de télécharger ma mémoire à distance. Ce qu'ils ont fait. Mais… J'ai préféré retirer mon contacteur. Ils ne peuvent plus influencer sur mes actions ni même voir où je suis. Libre à nouveau."

Il baissa la tête et la releva. Son visage était presque métamorphosé.

"Je suis en butte à une guerre sans merci que se livrent mes souvenirs et ceux que l'on m'a créés de toutes pièces. Mais d'avoir retrouvé ma fille, de l'avoir empoignée avec amour et tendresse… C'est comme si une partie de ma vie d'avant me revenait en pleine face. J'étais circassien. Un homme volant. Sous le dôme de cristal, nous pirouettions, voltigions… planions juste au-dessus du public, au grand bonheur de les entendre faire des 'Oh !', 'Ah !', 'Bravo !'. Et un jour…"

"Je suis certain d'une chose. C'est que le Fliegender Mann qui a eu son accident, dont je fus le témoin dans l'incursion mentale de l'Ange de la mort, était le père d'Elise. Je ne sais pas pourquoi, mais tout déboule comme une avalanche dans ma tête. Je suis là… je le regarde voler… Il me montre quelque chose, je me tourne et il s'écrase en emportant sur sa route d'autres personnes. Je ne comprenais pas à ce moment-là ce qu'il m'indiquait ainsi de son index.
— Et c'était ?
— Je vois distinctement… plus jeunes certes, mais assurément… Farius, Zinger, Fergusson et Katerina derrière la petite fille aux boucles blondes. Et tout à coup…"

"La femme aux cheveux noirs lui met une main sur la bouche et l'entraîne comme un poids mort… Au milieu du public. Un des hommes qui était avec elle me vise avec quelque chose. Je ne sais pas ce que c'était, mais, alors que je plongeais en piquet pour les arrêter, une sensation de douleur intense envahit tout mon corps. Je me sentis tétanisé, pétrifié… et… après… Je ne me souviens que de bribes… comme un album de photographies que l'on feuillette rapidement.
— Oui… la femme dont vous parlez est Katerina Frances Derantour… Et encore plus étrange, la demi-sœur de Franck."
L'homme aux ailes détendues se figea comme une statue.

"Où est-elle ?
— Elise ?
— Non… Le monstre qui me l'a prise.
— Elle est morte !
— Tant mieux. Comment ?
— Tuée d'une balle. Franck l'a abattue !
— Et les trois hommes ?
— Morts aussi.
— Très bien… Maintenant, vous allez me dire où je peux voir ma fille, inspecteur !"

Héléna et Adila respectaient le silence qui suivit la narration de Franck. On sentait bien qu'il en était touché ; cependant, son visage n'était pas celui de quelqu'un de hautement satisfait d'avoir trouvé une partie de la solution. Toujours cette impression de passer à côté de quelque chose, d'un détail qui aurait une importance majeure. Sa coéquipière prit tout de même les devants. La frénésie électrique lui donnait une migraine épouvantable.
"Alors ? Maintenant… Que fait-on ? On continue à chercher ?"
Héléna, tout en effleurant de la main le tour de son cou qui lui faisait mal, approuva.
Elles débutèrent par les cloisons, les sondèrent afin d'y sentir une aspérité quelconque ou une déformation tels un bouton, un pressoir… quoi que ce soit qui puisse les libérer.
Franck sortit de son mutisme.
"Cherchez un signe dont le jumeau miroir se trouve en

face de lui… Comme un reflet."
Il baissa la tête. Il était fatigué, harassé par tout ce qu'il avait dû subir depuis les dernières trente-six heures. Ses paupières papillonnaient, mais, entre deux clignements, il repéra un détail qui pour lui avait son importance.
"Qu'est-ce que ça fait là ?
— Quoi ? s'inquiéta Héléna.
— Les romans de Dumas, 'Les frères corses' et de l'autre côté 'Le comte de Monte-Cristo.' Ils n'ont été édités qu'en 1844.
— Et ?
— Et c'est une aberration Adila. Nous sommes dans l'alcôve 1818. les deux racontent à leur manière des doubles. Des jumeaux d'un côté aux caractères totalement opposés, mais qui sont connectés au-delà de toute compréhension. L'hégémonie et son lien indéfectible. La distance n'a aucun poids sur cette union fraternelle. De l'autre un homme revêtant deux identités, sa vraie, Edmond Dantès et la fausse Le comte de Monte-Cristo. Un personnage bicéphale. Deux entités qui vont s'éloigner l'une de l'autre, égarées dans un désir de vengeance. Là ! Vous les voyez ? Debout, collés aux murs !
— Ce sont des faux. C'est du bois. affirma Adila. Mais il y a une charnière."
— Moi aussi ! ajouta Héléna. »
Elle fit pivoter le livre telle une porte.
« Adila, regarde… J'ai un 1818 gravé… Tu as quelque chose toi ?
— Oui, un 8181.
— C'est ça ! affirma Franck. Ce qui est à droite est à gauche et inversement. »
Il s'avança et observa les nombres.
« 1844, en additionnant le tout, cela fait 8. Appuyez sur les

quatre 8 en même temps. Je compte jusqu'à trois. 1, 2, 3 ! »
Elles mirent toutes leurs forces dans la pression. Les quatre 8 s'enfoncèrent dans les deux murailles, ce qui, aussitôt, enclencha l'ouverture de la paroi qui les avait retenus prisonniers pendant des heures.
Il était temps. L'air commençant à manquer, l'épuisement les submergeait.
Ils sortirent de l'alcôve et entamèrent leur retour.
Tout à coup, Héléna s'arrêta net.
« Franck… On a fait tout ça pour rien ! On repart les mains vides.
— Tu plaisantes, Héléna ! Bien au contraire. Je sais maintenant où chercher ! »
Il la prit par la main.
Toutefois, une sensation étrange, comme une couleuvre glissant le long de son dos, l'obligea à pivoter sur son axe et affronter le couloir dont le vide emplissait sa méfiance. Était-ce les prémices d'une paranoïa latente ou une défiance naturelle qui le faisaient réagir en un quart de tour au simple frémissement épidermique ? Il fronça les sourcils. Les deux femmes l'imitèrent.
« Quoi ? demanda Héléna.
— Rien ! répondit laconiquement Franck. Il n'y a rien à voir. »

« Vous ne pouvez pas m'empêcher de la voir.
Jack se plaça devant l'inspecteur puis le prit entre ses mains puissantes. Leone était face à bien plus fort que lui.
Il tentait d'assener des coups de poing. C'était comme

donner des pichenettes à un mur en béton. Jack se mit à lui serrer le cou, mais sans vraiment l'étrangler.

« Vous pouvez me torturer… je ne peux pas vous dire où elle se trouve. »

Il le souleva de quelques centimètres.

« Vous aviez une famille vous aussi, dit-il d'une voix étouffée. Vous ne pouvez pas leur faire du mal…

— Mais qui parle de faire du mal ? Je veux juste retrouver ma… »

Soudain, il comprit.

« Vous avez mentionné le mot "famille". Elle est avec une famille… Merci Leone. Je sais où elle est ! Et on va ensemble la chercher ! »

Chapitre 7 : Démonstration.

Althéa, était au téléphone avec le Haut-Commissaire et la patronne du H.C.F.I. Elle tentait désespérément de stopper l'ordre de tirer à vue en leur racontant toute l'histoire ; mais c'était comme parler à une porte de prison.
Les deux patrons avaient décidé d'éliminer Franck. Sans doute n'avaient-ils toujours pas digéré le ton désinvolte et presque hautain qu'il avait utilisé lors de son intervention durant le débriefing post-attentats.
Ils étaient sans scrupules.
« Des voyous à la tête de l'armée et de la police. Voilà ce qu'on a ! » lança Althéa à la cantonade, en frottant son oreille.
Berger, Amber, Lisandro et tout le commissariat se réunirent autour d'elle.
« Que fait-on maintenant ? demanda un officier.
— Inutile de tergiverser. Vous savez ce qu'il en est. Les trois tueurs en série que nous pensions éliminés sont toujours vivants. Ils sont malins. Ne serait-ce que l'idée de faire intervenir leur double lors des attentats et profiter de leur aptitude d'hommes volants pour s'échapper en silence du haut des tours, démontre qu'ils sont beaucoup plus organisés que nous pouvions l'imaginer. Donc, nous allons faire trois groupes bien distincts. Berger et Lisandro, vous allez repartir avec cinq cadets au manoir et cela afin…
— On ne va pas interpeller Franck, tout de même ? s'insurgea Loco, lui coupant nette la parole.
— Non, officier Lisandro. Nous n'allons pas arrêter le détective inspecteur Djorak. »
Loco s'était rendu compte de sa bévue, en citant un

supérieur qu'il ne connaissait que très peu par son prénom.

« Pardon, Madame.

— Cheffe !

— Cheffe !

— Bien… Donc, je disais. Vous allez protéger Franck, Héléna et Adila d'une possible intervention du H.C.F.I. Leurs snipers ont la détente facile et n'hésiteront pas à tirer. Et aussi, les mettre à l'abri de ces "anges de la mort". On peut aisément penser qu'ils ont d'autres soldats qui patientent avant de passer à l'action. François… »
Le médecin légiste était toujours à l'écran et attendait des instructions. « François, tu vas tout reprendre. Fouille dans les corps, cherche le moindre indice, si infime soit-il. Ces plumes blanches dont nous parlaient Franck et Adila étaient là pour attirer notre attention sur le faux triumvirat. Ce dernier pourrait peut-être nous mettre sur la voie. Et aussi, "l'ange de la mort"… mort. On a interrogé le vivant ? » Cette question n'était pas pour son mari, mais pour la brigade.

« Il est toujours dans le coma, cheffe.

— Faites-lui passer tous les tests possibles et imaginables par les techniciens de laboratoire et les généticiens.

— Je m'en charge, Althéa ! Mets tes inspecteurs sur la protection de Franck et de sa famille. Je n'ai pas envie d'autopsier un autre Djorak. Deux m'ont suffi ! »
Et François mit fin au débat.
Il avait raison ; laissons la technique aux spécialistes.
« Très bien. Adamcki, Pereira, partez, avec cinq hommes à l'hôpital où se trouvent en ce moment Tamas et ses proches. Sans parler de la petite Élise. Si, comme on le pense, le danger peut venir de n'importe où, les quelques

hommes là-bas ne seront pas d'un grand secours. Envoyez aussi deux Intercoptères ; l'un au-dessus du manoir et l'autre de l'hôpital. Le jour commence à faiblir et il est hors de question de laisser passer quiconque.
— Et moi, qu'est-ce que je fais ?
— Vous, Madame Seidel, vous allez me raconter encore une fois l'histoire de notre Gouverneur. »

« Franck ! »
Ils étaient dans le salon-bibliothèque. Vautrés dans les fauteuils, exténués, ils n'arrivaient même plus à faire un pas devant l'autre.
« Franck ! » répéta Adila.
« Oui ?
— Tu te rends compte, quand même, que Farius, Zinger et Fergusson sont toujours en vie… Ce qui veut dire…
— Que le carnet de Hyde est en leur possession ! Je sais.
— Et donc ?
— Mais sans les quatre feuillets manquants, ils sont bloqués ! ajouta Héléna.
— Tu trouves qu'ils sont dépourvus d'imagination ? Créer des androïdes à partir de corps humains arborant des visages de personnes encore vivantes. Comment faire mieux ? articula chaque syllabe Adila.
— Non ! Eux-mêmes ne sont pas des inventeurs. Ce sont des sortes de mécènes… Enfin, bref… je ne dis pas qu'ils ne sont pas dangereux, Adila. Je dis que… »
Héléna mit un frein à son explication. Son amie avait fourré le doigt en plein cœur d'une vérité. À quoi pourraient servir les composantes chimiques de Rackinson, l'aïeul de Franck, maintenant ?
Cependant, elle n'avait pas besoin de parler, il avait

compris ce qui pouvait se passer dans si prodigieux cerveau.

« Oui, Héléna. Puisqu'ils ont ces armes humaines, en quoi ce foutu carnet et ces fichus feuillets les aident-ils ? À les déshumaniser, justement. À enlever tout ce qui leur reste de conscience. Cette petite fenêtre d'intuition ou de sensibilité, fenêtre à travers laquelle je me suis faufilé lors de mon voyage cérébral de "l'ange de la mort", ils veulent la fermer totalement. La clore sans possibilité de retour. C'est certainement le seul défaut à leur armure. Leur talon d'Achille. On peut encore les regagner à notre cause. Et c'est pour cela, également, que nous n'avons pas été touchés par des attaques en règle. Du moins, pour l'instant. On nous a mis sur des pistes… des fausses… Pour grignoter ce gamin insolent que l'on nomme "temps".

— Tu crois qu'ils ont pu localiser les feuillets ?
— Ce que je pense n'a aucune importance à cette heure, Héléna. Concentrons-nous sur ce que nous savons. N'oublions pas que nos trois pourris font partie d'une conjuration au sein de laquelle sont certainement impliqués d'autres monstres aussi abjects. Et c'est sur cette ligne que nous devons conduire nos investigations. Je suis parti du principe que l'année d'écriture de "Frankenstein", 1818, nous mènerait tout droit sur une piste. Cette conviction est allée au-delà de mes espérances. Je pense… non, je suis sûr que, n'importe comment, le pan de mur serait tombé, le gaz serait sorti de nulle part et nous aurions été confrontés, de quelque manière que ce soit, à nos peurs les plus intimes. Mais, s'il est révélateur, il est aussi salvateur. Tu as songé à tes parents… et ton père t'a beaucoup manqué, Adila. Toi, Héléna, tu n'as eu de cesse d'être à la hauteur de tes pères spirituels et moi, j'ai systématiquement été à la recherche du mien à travers

la connaissance. Mon père… Toujours en vie ? J'ai l'absolue conviction qu'il est à nos côtés, nous procurant une aide fantôme… il est là, dans l'ombre… Pourquoi ne se montre-t-il pas ? Lui seul peut apporter une réponse. Savez-vous ce qu'est le Prométhée ? C'est le prévoyant, celui qui place des coups d'avance. Dans la mythologie grecque, même Zeus, dieu des dieux, est mis en échec par Prométhée, car il en sait plus que lui-même ou tout être humain. Il est le messager, le porteur du feu sacré.

— Tu m'avais caché que tu étais aussi érudit en littérature antique, dit Héléna, arborant un petit sourire en coin.

— Je connais cette légende grâce à "Frankenstein" dont le sous-titre est justement le "Prométhée moderne". Je vais toujours plus loin que les apparences ; car elles sont trompeuses. Dans l'histoire de Mary Shelley, le docteur Viktor Frankenstein redonne vie à un être que l'on dit monstrueux. Outre le fait qu'il est fabriqué de toutes parts avec des membres rapportés, il commet des actes… criminels et dramatiques. Mais ce dernier se trouve être tout aussi, voire plus, intelligent et efficace que son concepteur. Car si on ne dément pas les dérives du fils, on ne peut nier celles du père ! Je pressens ! Comme mon géniteur le faisait… LE FAIT. Le père et son messager. Le messager des détournements de la science sans conscience. Le porteur du feu sacré dont les origines sont issues d'une alliance de tissus humains. Des cimetières ! Les parents… les enfants… La vie… la mort. Et la renaissance ! »

Il s'arrêta. Alla ouvrir la cachette de la cheminée et sortit les deux parchemins avec les formes géométriques. Héléna fut surprise.

« Je croyais qu'ils avaient brûlé dans la voiture…

— J'avais pris mes précautions. »

Il rassembla la petite troupe.

« Bien… J'estimais que tout avait affaire avec les dates de parution… jusqu'à nos "cauchemars" dans l'alcôve ; le géniteur, le concepteur, le créateur. Tout avait un lien direct avec la perception que nous avons du "père". Et si, pour les esprits dérangés que sont nos génies illuminés, Frankestein, Rapperschwyll et Cornélius représentaient le visage du fondateur, de celui qui… qui marque la vie par une révolution de celle-ci. Mary Shelley, la plus ancestrale du trio littéraire qui a rythmé les pensées démentes de nos savants fous, est décédée à Londres, Edward Page Mitchell à New London, dans l'ancien Connecticut et Gustave Le Rouge à Paris. »

Tout en parlant, il éclaira sa tablette.

« Si on relie les trois villes, cela forme un…

— Triangle isocèle ! intervint la scientifique. Le triangle des génies.

— Si, et seulement si, on part du principe que les graphiques amalgament les auteurs et leur personnage. » insista Adila. Le couple approuva.

« Maintenant je superpose le dessin des triangles avec le plan. Et tout est à sa place. Les deux roues, New London, l'aigle survolant la fiole, Londres et les deux masques, Paris.

— Et si on veut que le triangle soit réellement parfait, qu'il tombe parfaitement, la dernière pointe se situe dans l'ancien quartier nommé "Cité de Londres". ajouta la scientifique en écartant légèrement de ses doigts fins la forme géométrique numérique.

— Qui se situe à une dizaine de minutes de la dernière demeure de Le Rouge.

— Londres serait donc le dénominateur commun ! » affirma Héléna.

Franck, de son côté, fit voyager sa mémoire. Quand il demandât à Farius où se trouvait le carnet rouge de Hyde, il lui avait répondu « Là, où tout a commencé ! »
La ville de Londres.
« Et en ce qui concerne, l'équilatéral ?
— Oui, celui dont les angles sont nommés "Cimetière" en plusieurs langues abrégées. Héléna, souviens-toi l'explication d'Agota. Cette forme géométrique parfaite représente l'instrument des Anges sonnant le décompte avant l'Apocalypse.
— Et ?
— Je pensais que ce symbole était comme une carte nous indiquant trois lieux. Mais, je réalise maintenant que si des attaques coordonnées sont à craindre…
— Le monde entier va s'embraser. Et Européa, America et Asiatica deviendraient…
— Des cimetières.
— Et où trouve-t-on des cadavres ?
— Dans des cimetières.
— Et qui enterre-t-on en masse ?
— Des victimes de guerre.
— Et qui déterre-t-on pour en faire des androïdes ?
— Des morts que l'on fait revivre, qui trépassent à nouveau et que l'on ressuscite encore et encore et encore… Pris dans un cercle infernal.
— "L'ange de la mort commence par le vivant."
— Le sigle de l'infini. »
Adila observait dans un silence complice ses deux amis échanger comme s'ils ne faisaient qu'un !
Rompant cette harmonie, elle dit d'une voix claire.
« Enrico Acevedo !
— Pardon ?
— Enrico Acevedo, mon agresseur au ministère des

armées et qui a été tué... c'était un soldat.
— Et s'il y en a un…
— Il peut y en avoir des dizaines d'autres. »
Cette fois-ci, les rôles avaient permuté ; Héléna devint la spectatrice de ce duo de choc. Franck était à nouveau chamboulé et, dans un même temps, totalement requinqué !
« Depuis le début, j'avais la réponse… Mais, il leur fallait du temps. Chaque ville avec un cadre militaire, une fonction publique forte, est potentiellement en danger. École polytechnique, banque centrale, usine atomique de traitements "électriques", base militaire et policière.
— Ce que tu avais démontré lors du briefing après les attentats. L'ouverture des quatre cavaliers. Mais, à ce moment-là, c'était trop tôt !
— Ou sans doute trop tard ! Ils investissaient déjà peut-être les lieux. Il suffit de quelques hommes pour changer la donne !
— On doit prévenir tout le monde, alors !
— Tout le monde… y compris America et Asiatica.
— Mais comment agir si loin ? Comment peuvent-ils avoir une telle portée ?
— J'ai ma petite idée, mais je préfère la garder par-devers moi.
— Et qu'attendent-ils au juste ?
— La fin du décompte, Adila !
— C'est-à-dire ?
— Trouver les quatre pages manquantes du livre de Hyde. »
À ce moment précis on ouvrit intempestivement la porte. Les trois têtes pivotèrent simultanément vers l'entrée, puis se regardèrent.

« Franck, c'est moi ! Tout est arrangé. »
Ils froncèrent les sourcils. L'inspectrice avança encadrée de Loco et de cinq autres policiers. Il crut d'abord à une trahison, mais se rendit rapidement compte qu'ils étaient là pacifiquement.
« Il faut que tu viennes.
— Où ?
— À l'hôpital. L'homme volant et Leone y sont. Et ça se passe mal. »

Chapitre 8 : Double Jack.

La nuit commençait à tomber.
Ils marchaient vers les voitures assez rapidement ; le temps pressait.
Alors que Franck ouvrait une portière, le son caractéristique d'un coup de feu se fit entendre. Berger cria : « Tireurs embusqués, à couvert ! »
Les balles fusaient, ricochant parfois sur les carlingues des véhicules, les trouant souvent. Les officiers tentaient de riposter. Mais ils se devaient surtout de protéger leur propre vie ; ce faisant, ils restaient accroupis à l'abri de leur quatre roues.
La danse macabre de ronds rouges lumineux donnait à la scène une dimension surnaturelle.
Tout à coup, les salves cessèrent. « Section d'Assaut du H.C.F.I. ! Jetez vos armes et rendez-vous ! »
Berger roula sur le sol afin de rejoindre Franck, Adila et Héléna, faisant bloc.
« Ils ont reçu l'ordre de tirer à vue sur toi. Te considérant comme l'ennemi public numéro 1 !
— Mais tu m'avais dit…
— Oui, je sais Franck. Notre cheffe a tout tenté pour les en dissuader, mais ce fut cause perdue. Ils veulent ta mort. »
Franck n'en revenait pas. Pourquoi ? Pourquoi s'en prendre à lui avec autant de fureur ? Cela ne tenait pas debout… Héléna comprit immédiatement ce qu'il avait en tête.
« Tu crois qu'ils sont corrompus ?
— Ça se tient !
— De quoi parlez-vous ? demanda Berger, étonnée.
— Je te raconterai. En attendant, il faut faire quelque

chose. »

Berger réfléchit puis, son visage se crispant, se décida à faire ce qu'elle redoutait le plus.

Elle agrippa les clefs du manoir qu'elle avait récupérées et plongea littéralement derrière sa voiture.

À la suite de cette cascade, une rafale s'ensuivit.

Presque à voix basse, elle ordonna :

« Loco, officiers, quand je me serai mise en marche, déchargez vos pistolets. Tirez le plus en l'air, autant que faire se peut, dans la direction des snipers. »

Elle ouvrit le hayon arrière et sortit son fusil haute-portées.

« Franck, les clefs sont sur le contact. Tu connais le son de mon arme ? »

C'était une question rhétorique. Bien sûr qu'il le connaissait… Que trop bien.

« Dès que tu entends la première note, vous entrez dans la voiture et vous filez aussi vite que possible. Restez prudents. Allez à l'hôpital. C'est important. »

Ils n'eurent même pas le temps de lui dire bonne chance et merci, qu'elle se redressa et se mit à courir alors que les officiers se dressant comme un seul homme et pointant leur automatique vers les arbres débutèrent un feu nourri ; l'un d'entre eux prit une abeille de fer en plein front.

Il tomba, foudroyé, juste à côté de Loco.

Les larmes aux yeux, il revit l'espace d'un instant, l'attaque en règle de la bibliothèque des scellés. Il fondit sur ses genoux, tremblant.

Un autre s'affaissa, hurlant.

Loco se leva : « Hé ! Les cons ! Vous savez qu'on est des flics comme vous ? »

Un son aigu siffla près de son oreille, ce qui l'obligea à se baisser à nouveau.

Il inspira et expira trois fois avant de larguer un souffle de peur.

Il se remit droit et vida son chargeur en poussant des cris stridents.

Mais la riposte ennemie était trop imposante.

Il se jeta à terre. « Mais pourquoi sont-ils toujours mieux armés que la police ? »

Cette question n'eut qu'une seule réponse.

Un étrange son dont la tonalité était proche de celle d'une ventouse aspirant l'air envahit l'espace.

C'était le signal.

« Montez dans la voiture ! » Franck ouvrit la portière de devant et se mit aux commandes ; celle de derrière l'était déjà ! Héléna et Adila s'y engouffrèrent et se couchèrent entre les fauteuils.

Il démarra alors que la symphonie mortuaire débutait.

Berger ne ratait aucune cible ; elle était infaillible.

La meilleure tireuse d'élite de la Police.

Cependant, l'arme qu'elle avait entre les mains et qu'elle avait elle-même montée, pièce après pièce y était pour quelque chose. Elle était réglée sur la chaleur, et les munitions suivaient la trajectoire donnée par son œil incroyablement affuté et la température dominante qui émanait des arbres.

Chaque coup sonnait juste.

Chaque tracé empruntait le chemin vers son but.

Chaque cible était atteinte avec une précision chirurgicale.

La voiture s'éloignant, Franck ne put s'empêcher de s'en vouloir.

Tout ce qui arrivait à ce moment précis était certainement dû à ce sacro-saint besoin de révéler la vérité et de cette maudite persévérance rendant celles et ceux qui le côtoyaient des victimes potentielles.

Mille questions le harassaient. « Son père était-il toujours en vie et était-ce lui qui le télécommandait depuis le début ? Pour quelles raisons ne s'était-il jamais montré et à qui appartenaient les restes du corps découvert dans le trou béant du corridor secret ? Pourquoi voulait-on sa mort ? Est-ce que Berger et les autres avaient pu s'en sortir ? Que se passait-il à l'hôpital ? Sa famille ? ».

Alors que la nuit noire s'imposait, ils roulèrent ainsi dans un silence que l'on dit religieux.

Arrivés au lieu-dit, des ambulances croisèrent leur chemin.

Des gens s'échappaient des bâtiments en criant.

Un Intercoptère survolait le toit, braquant son projecteur puissant.

Des voitures de police étaient déjà sur place, portières ouvertes ou fermées, et d'autres survenant toutes sirènes hurlantes.

Des piétons couraient sur le trottoir, on évacuait certains malades.

Un véritable bal de lumières et de sons.

Ils sortirent tous trois du véhicule.

« Mais qu'est-ce qu'il se passe ici ? » demanda Héléna sans pour autant attendre une réponse.

Ils entrèrent.

Dans le hall, la cheffe de la police était en réunion avec plusieurs brigades, dont celles des pompiers.

Quand elle vit le trio, elle se rua vers lui.
« Ah ! Enfin, vous voilà. Franck, l'homme volant est au troisième étage avec ta famille et Leone. Il veut emmener Élise. Il dit que c'est sa fille. Une histoire de fous. Quand j'ai vu son visage… »
Franck ne la laissa pas terminer. Il était conscient des enjeux.
« J'y vais !
— Moi, aussi ! rétorqua Adila.
— Et moi donc ! renchérit Héléna.
— Non ! Vous restez là, toutes les deux. Je dois impérativement y aller seul. Il a des réponses à certaines de mes questions et avec du renfort il ne parlera pas. Où est-il, cheffe ?
— Dans la chambre 36. Elle est cernée. Les fenêtres ne peuvent pas s'ouvrir, il ne peut donc pas s'envoler. »
Il opina de la tête. Toujours harassé de fatigue et couvert de bleus, il prit sur lui d'avancer et monta dans l'ascenseur.
Arrivé à l'étage, il sortit en regardant à droite et à gauche. Des gens, malades ou familles, couraient pour se mettre à l'abri.
Il rejoignit les patrouilleurs, en position face à la porte.
« Reculez jusqu'au bout du couloir, leur ordonna-t-il.
— Mais on nous a dit…
— Maintenant, c'est moi qui vous le demande ! Reculez ! »
Il y avait une telle détermination dans son timbre qu'ils ne purent qu'obéir.
Il toqua.
« Jack, c'est moi, Franck. Je vais entrer. »
Ce qu'il fit.

À l'intérieur, Tamas était allongé, mais réveillé. Assises près de lui, Abigèl et Aletta le serraient contre elles, en prenant garde à ses blessures, tandis qu'Agota restait debout. Dans un coin, collé à la cloison et tenant dans ses bras Elise, Jack faisait face à Leone plaqué contre le mur opposé.

« Ça va ? Tout le monde va bien ? »

Chacun fit oui de la tête ou presque dans un chuchotement. Tamas avait les yeux emplis de larmes. À la fois par le drame qui se jouait devant lui, impuissant, mais aussi par l'apparition de son fils, qu'il croyait coupable de tous les crimes qu'on lui imputait.

Franck referma la porte et se mit face à son double.

« Bonsoir Jack !

— Bonsoir Franck !

— Si on parlait ?

— De quoi ?

— Du cirque !

— Du… Comment… ?

— Histoire trop longue. Mais voilà… Je sais.

— Le cirque était ma famille.

— Et la mienne est là, tu vois !

— Oui… je vois… Je suis désolé d'avoir fait du mal à ton paternel.

— OK ! Je m'imagine bien ! Et tu as, semble-t-il, retrouvé ta fille ?

— Elle est ici. Et je l'emmène.

— Où donc ?

— En sécurité !

— Tu crois ? Lui as-tu simplement demandé ce qu'elle en pense ?

— Je suis son père.

— Quel est ton vrai prénom ?
— Appelle-moi Jack ! Mon autre "moi" n'est plus qu'une ombre. Qu'un souvenir à moitié effacé.
— Jack, un géniteur ne fait pas un père. Sais-tu, au moins, ce qu'elle a subi durant ces deux derniers mois ? Elle a été soi-disant kidnappée alors qu'elle avait été déjà enlevée, une première fois… Il y a près de dix ans. On l'a tenue recluse avant de l'enterrer vivante. Après avoir échappé à tout ça, on a tenté de la tuer par arme à feu puis de l'incinérer en la mettant dans un cercueil… et ce par la femme qui se disait être sa mère. Cette jeune dame… est le courage incarné. Regarde, elle ne tremble même pas. Regarde-la ! Et questionne-la. »
Jack baissa les yeux pour les poser sur la chevelure blonde de celle qu'il tenait si fort dans ses bras.
Il la souleva.
Leone jeta un rapide coup d'œil à Franck qui lui fit non de la tête. Il avait une petite idée de ce que l'inspecteur à la masse imposante voulait faire, mais c'était trop dangereux.
« Kalinka, je ne savais pas… Je n'étais pas là… Mais, je suis ton père et… »
Elle leva les mains pour toucher son visage, ce qui le stoppa net.
« Si tu es mon père, pourquoi ressembles-tu à Franck ?
— Je… C'est compliqué… Je ne sais pas vraiment… En fait… je ne sais plus…
— Et tu penses que je peux être en sécurité avec un homme qui n'a plus de mémoire et qui vole l'identité d'un autre ? lui chuchota à l'oreille sa princesse, sa Kalinka.
— Mais… Je n'ai pas choisi… Je… »
Franck le coupa à nouveau !

« Et savais-tu que les coupables des exactions commises sur Kalinka et ceux qui t'ont transformé en Androïde sont les mêmes ? »

Il pointa un index accusateur.

Jack fut foudroyé par cette révélation.

« Les mêmes fous ! Les mêmes lâches ! » ajouta Franck, voyant bien qu'il touchait un point sensible.

En recevant cette nouvelle, Jack lâcha Elise.

Elle courut dans les bras d'Agota.

L'homme ailé crispait tellement ses mâchoires que l'on pouvait observer toute la proéminence de son vrai squelette.

« Je vais les retrouver ! »

Il s'avança, mais Leone lui barra le chemin.

« Tu rigoles, coco ! Tu m'avais promis de me mener sur mon lieu de détention. »

Franck tourna la tête vers son collègue.

« Quoi ? Quel lieu de détention ?

— Justement, je l'ignore.

— Mais on t'a enlevé ?

— Oui, Franck, ON m'a enlevé… Je ne sais pas qui ! Mais lui le sait. Il m'a suivi pour découvrir où se trouvait Elise. »

Le cerveau de Franck allait exploser.

Autant d'informations, de routes, de voies, de trames…

C'était à la limite du supportable.

Tout à coup, Jack déploya ses ailes, se mit en position de vrille et fondit sur les deux policiers. Il fracassa au passage la porte, mais Franck demeura inflexible accroché à ses membres inférieurs, faisant appel au peu de force qui lui restait.

L'homme volant plana au-dessus du couloir, ses jambes

pendantes par le poids du détective. Il frôlait les murs de ses élytres.
Quand il vit qu'il se dirigeait droit vers les officiers le menaçant de leur arme, il s'éleva un peu et opéra un demi-tour.
Franck hurla : « Ne tirez pas ! »
Il arriva à grimper de quelques centimètres sur le corps de l'homme ailé. Ce qui lui permit de peser sur son dos et précipiter sa chute.
Franck roula sur la dalle, totalement sonné.
Fou de rage, Jack se releva.
Un policier tenta un tir, mais le manqua de peu et la balle, ne creusant au passage que le sillon d'une simple éraflure qui le mit dans une colère incontrôlable.
Il prit en poids Franck et traversa une des fenêtres du couloir.
Des débris de verre tombèrent sur le parvis de l'hôpital, dont le sol résonnait des pas de la foule en panique.
Ils s'écrasèrent un peu plus loin.
Jack le fit valdinguer contre des murs.
Puis lui assena une série de coups de poing.
« J'aurais dû te tuer quand j'en avais l'occasion. »
Il le saisit de toute sa musculature, s'éleva dans les airs puis le lâcha sous les cris d'Héléna qui ne croyait pas cela possible.
On entendit un son de corps s'écrasant sur le sol, totalement caché par une ambulance à l'arrêt.
Jack atterrit de nouveau au même endroit.
Tout d'abord, ce fut un grognement.
Puis des heurts d'une violence redoutable, telle que l'ambulance s'ébranla comme si elle était secouée de l'intérieur.

Et là, sous le regard interloqué de tout un chacun,
l'homme volant remonta, ailes déployées.
Franck était accroché à lui.
Il le fit vriller par la puissance de ses membres.
Jack n'avait plus aucun contrôle.
Franck lui prit la tête, la tourna vers lui :
« Tu pouvais tuer Franck ! Mais tu ne peux tuer Hyde ! »

Chapitre 9 : Le choc des Titans.

Ils semblaient valser dans les airs.
La vérité est qu'ils se battaient avec cette folle détermination à s'anéantir mutuellement.
Ils étaient acharnés et les coups s'enchaînaient à une vitesse surprenante, avec une telle exactitude que tout pouvait arriver.
Le drame se jouait face à un public incrédule.
Ils avaient bien entendu cette phrase : « Tu pouvais tuer Franck ! Mais tu ne peux tuer Hyde ! »
Héléna en était dévastée. Elle voyait l'amour de sa vie se transformer en quelque chose de monstrueux. Pas en apparence… mais en profondeur et en violence.
La nuit était épaisse et le clair de lune inexistant.
Plusieurs policiers éclairaient de leur lampe torche en mode projecteur le duo d'humains qui tantôt se scindait, tantôt s'unifiait en une seule et même ombre.
Alors que le frémissement des ailes créait un écho aigu dans les nues, l'Intercoptère vint s'imposer, muni de sa lumière cyclope.
Adila courut vers sa cheffe.
« Il risque de blesser Franck ! Madame, dites au pilote de se poser ! »
Althéa la regarda.
« S'il vous plaît, cheffe ! »
Cette dernière pesa le pour et le contre, mais ne pouvait se résoudre à mettre en danger le meilleur de ses éléments.
Elle appuya sur deux boutons au niveau de sa gorge.
« Capitaine, abandonnez ! Et atterrissez !
— Bien, Madame ! »
Alors que le vrombissement s'éloignait, une autre

résonance prit le relai.
« *From Hell, Jack is back!*
Killing men, children, wives,
Police running to catch him!
Jack hides ! Jack is Hyde !
From Hell !!! »
Jack chantait une ballade.
Et il conclut en disant :
« Je suis l'ange de la mort. Je suis l'élu ».
Puis ce fut le tour de Franck d'entonner son couplet alors que le combat prenait une allure presque mystique.
« *From Hell Jack is back!*
Flying heels on the roofs,
Breathing cut when he moves,
Police running to catch him!
 Jack hides on your heart !!!!
From hell !! »
Puis ce furent les deux adversaires ensemble qui, tout en se bourrant le corps de meurtrissures, se mirent à hurler ces mots sortis d'un autre monde.
« *From Hell, Jack is back,*
Face to face with himself,
Drinking broth in a skull,
Police running to catch him!
Jack Hides, on yourself !
From Hell !! »
Leurs voix étaient aiguës et une forme de dissonance accentuait l'étrangeté des propos.
À l'écoute de cette mélodie grinçante, une officière s'approcha de la cheffe. Elle tremblait de la tête au pied.
« Madame, cette chanson… il la chantait lorsqu'il

massacrait tous mes collègues près de la maison des Horvath ! »

De leur fenêtre, la famille ainsi que Leone et Elise, regardaient impuissants ce drame qui se déroulait devant leurs yeux.

Tamas plissa les siens et prononça ces mots : « A szörny felébredt ».

Les deux corps ne faisaient que chuter puis remonter. Descendre encore et reprendre rapidement une certaine altitude.

Jack le tenait d'une seule main.

Franck le fixa droit dans les yeux.

« Tu n'es pas un ange de la mort ! » Il lui assena un coup violent sur la mâchoire.

« Tu n'es pas l'élu ! »

Le cogna sur le plexus solaire.

« Tu es un père ! »

Et... armant son poing d'une force indéfinissable.

« Un frère ! »

Il le percuta d'un crochet du droit puis du gauche, s'agrippant alternativement à ses vêtements.

« Un ami ! »

Il finit par lui casser le bras.

Jack relâcha l'emprise et les deux titans tombèrent derrière le véhicule médical, accompagnés d'un cri général.

La foule se rua tel un tsunami dévorant une côte.

Althéa imposa avec une certaine vélocité : « Faites reculer tout le monde. Formez la chaîne ! »

À cet ordre, dans l'immédiateté la plus absolue, des bleus créèrent un mur infranchissable. La population tentait tout de même de voir ce qu'il résultait de cette bataille.

Mais l'ambulance était un écran opaque ! Rien ne filtrait.

Leone sortit de la chambre à toute vitesse. Il avait en lui une double inquiétude. Il espérait que Franck allait bien, mais il souhaitait aussi que Jack soit épargné. Lui seul pouvait le conduire à son lieu de réclusion.
Althéa, Héléna et Adila arrivèrent les premières suivies de près du reste d'un petit contingent de la force publique. Elles virent, dans un premier temps, le corps de Jack recouvert de ses ailes, recroquevillé et faisant des soubresauts dans une flaque de sang.
Et dans un second temps, Franck, debout, tout juste essoufflé et les regardant fixement.
La scientifique se détacha des policières sous la mise en garde de leur cheffe.
« Ne vous inquiétez pas ; je sais qu'il ne me fera rien. »
Elle s'approcha lentement.
« Franck ! Est-ce que ça va ? Comment te sens-tu ?
— Je vais bien Héléna.
— Est-ce que tu te souviens que…
— Hyde a pris le dessus ? Oui, j'étais conscient tout le long.
— Tu n'as mal nulle part ?
— Non ! Et le plus incroyable, c'est que je ne souffre plus ! Je ne ressens aucune douleur. »
Son corps était laminé d'égratignures, de plaies et de bosses en tous genres. Cela était totalement antinomique.
Adila vint près de son coéquipier.
« Tu es sûr que tout va bien ?
— Oui, Adila ! C'est gentil de t'en préoccuper, mais… comment dire… je suis en pleine forme et… même mes sens ont… comment expliquer ? Se sont développés. »
Althéa fronça les sourcils. Elle ne saisissait absolument rien de tout ce qui se jouait devant elle.

« Par contre, il lui faut une ambulance. » répliqua Franck, montrant Jack d'un petit coup de tête. « On doit le sauver. Pour plusieurs raisons. »
Leone apparut. Lorsqu'il remarqua le corps, il ne put s'empêcher de jeter un « Merde ! » à la cantonade.
Héléna prit les devants.
« Si vous permettez, allons à mon laboratoire. La médecine traditionnelle ne pourra rien pour lui. Moi… peut-être ! »
La famille accourut sur ses entrefaites, fendant la foule en poussant les gens sans prendre véritablement garde à eux. Arrivée à la chaîne humaine, elle demanda à passer.
« Je regrette ! Vous devez rester de ce côté. »
Mais Althéa intervint. « C'est bon officier, vous pouvez les laisser circuler. »
Les deux sœurs et la mère se ruèrent autour de Franck, le couvrant de baisers et de câlins.
Tamas, lui, demeurait en arrière. Il avait un air étrange. Des larmes coulaient.
Son fils le regarda et lui demanda : « Tout va bien, papa ? » Ce dernier se contenta de hocher la tête par une négative puis rebroussa chemin vers sa chambre d'hôpital.
Elise, elle, s'accroupit au niveau du corps de son père. Elle lui prit la main. « Ça va aller ! Ils vont te sauver comme ils l'ont fait pour moi. »
Elle ne chuchotait pas, chacun était témoin de cette scène.
Franck sortit du groupe et rompit le cordon.
À son approche, la foule se sépara.
On eût dit un pestiféré marchant vers un auspice que l'on tentait de ne pas toucher.
Chacun ayant en soi une façon d'assimiler sa présence :

certains le craignaient, d'autres l'admiraient. Sans compter celles et ceux qui le critiquaient ou le jugeaient ou l'applaudissaient.
Lui n'en avait cure.
Il avait besoin de savoir ce que son père lui cachait.
Il arriva dans la chambre.
« Papa !
— Fiston !
— J'ai l'impression que tu n'es pas surpris ! »
Tamas baissa la tête. Il avait véritablement l'air de quelqu'un qui détenait au tréfonds de son âme un lourd secret.
« Papa ? Qu'est-ce qu'il y a ? »
À ce moment précis, alors que l'ambulance embarquait le corps de Jack, les autres membres des Horvarth firent leur entrée.
« Je… Durant des années, je n'ai rien dit… Je suis désolé Aletta… je t'ai caché certaines choses. »
Sa femme fronça les sourcils. Elle prit dans ses bras son mari.
« Quoi que ce soit, il faut que tu le dises. »
Il approuva.
« Quand tu étais petit, j'ai voulu en savoir plus. Tes géniteurs étant morts, j'ai tenté de retrouver le médecin qui t'avait mis au monde. Pour… disons mieux connaître ton passé. J'ai eu du mal à trouver son adresse… Et pour cause. Il était interné… dans un asile d'aliénés. Il…
— Quoi ?
— Il m'a raconté que… Quand ta mère a fait la dernière vidéochographie, il a été témoin d'un phénomène… qu'il n'avait jamais vu auparavant ! »
Il se mit à pleurer à chaudes larmes. Agota et Abigèl

vinrent se blottir contre lui.

« Alors qu'elle était au huitième mois, elle… enfin… durant son examen… »

Il inspira et expira. Il avait vraiment du mal à exprimer son ressenti.

« Va à ton rythme, papa.

— Tu avais un jumeau, Franck… Et… il a tenté de te tuer. De t'étrangler. »

Toutes les personnes dans la pièce restaient bouche bée.

« Tu t'es défendu. Et tu…

— Il est mort ? De mes mains ? »

Tamas ne répondit rien. Il se contenta de le regarder. Franck baissa les yeux. Pas de honte, mais plongé dans une profonde réflexion.

« La lutte a duré de longues minutes alors que ta maman hurlait. Et plus on lui donnait de quoi la calmer, plus vos deux êtres se renforçaient et devenaient plus violents. Mais…

— Mais ? demanda Agota.

— Ce n'est pas le plus étonnant. Le médecin a accouché ta mère en urgence. Elle aurait pu y passer. Ils t'ont sorti en faisant une césarienne à l'ancienne. Ils retirèrent d'abord l'enfant mort. Il était étrangement tout recouvert de poils. Mais toi, tu étais en vie et en très bonne santé. Ils t'ont donné le nom de Franck et ton frère devait s'appeler…

— Albert ! »

Après avoir terminé la phrase de son père, Franck regarda sa famille, ouvrit la porte de la chambre et en passa le pas en silence.

Chapitre 10 : Localisation

Morphée lui tendait les bras, mais il s'en détournait. Beaucoup trop d'éléments s'entrechoquaient, s'entrelaçaient, s'emmêlaient. Il garda les yeux ouverts à revivre en boucle cette nuit cauchemardesque.
Héléna pénétra dans la chambre au moment précis où il se voyait en train de tuer son propre frère.
« Pardon, mon chéri, tu ne dors pas ?
— Je n'y arrive pas.
— Je comprends. C'est… une situation vraiment unique.
— Tu as fini avec Jack ?
— Non. Je l'ai mis sous respirateur et l'ai placé en apesanteur. Cela permet de procéder à une radiographie totale de son corps et, en même temps, d'accélérer le processus de guérison de certaines blessures. Et toi ?
— Moi ? Je ne ressens plus rien… comme s'il ne s'était rien passé depuis longtemps. Les contusions, à la suite de "l'accident" de voiture, l'attaque des rats, mes chutes… Bref… Plus rien. Tu as une idée ?
— J'en ai plusieurs, mon amour. Mais je préfèrerais que l'on dorme un peu. On ne tiendra jamais à ce rythme. »
Elle s'était déshabillée et mise au lit.
Elle se blottit contre lui.
« Tu restes avec moi, même après… tout ça ?
— Franck, rien n'a changé.
— Mais j'aurais pu… le tuer.
— Voilà la différence. Tu ne l'as pas fait. »
Et sur ces mots, elle l'embrassa tendrement.
Franck ne put s'empêcher de faire émerger de son esprit, ce rêve insensé qu'il avait fait dans les bas-fonds du manoir.

« Comment est-il possible que je puisse avoir eu cette vision de ce Hyde poilu, de ce frère jumeau défunt, avant même que je connaisse son existence ? » Et soudainement, il repensa au roman « Les frères corses. » Il avait dû l'apercevoir dès son arrivée dans l'alcôve sans vraiment y prendre garde et son subconscient l'a mené vers ce dédoublement, cette hégémonie, cette dualité tout en conservant, dans le tréfonds de sa pensée, la description physique que Stevenson avait faite de son hideux personnage.

« Tu sais ma chérie, ce n'est pas la première fois…

— Que quoi ?

— Qu'il se montre.

— Qui ?

— Hyde. Quand je suis allé voir mon père chez lui… Tamas… je me suis senti mal… mais en profondeur. Lui-même m'a dit que j'avais une voix bizarre. Hyde pointait son nez, mais… Je ne sais pas pourquoi… et surtout j'ignore la raison pour laquelle il ne nous a pas défendu ce jour-là contre Jack.

— Tu lui en veux ? À ton père de t'avoir caché l'histoire de ton jumeau ?

— Comment lui en vouloir ? À sa place, je n'aurais même pas trouvé les mots qu'il faut. »

Un silence s'ensuivit. Mais il réitéra sa question sur ce Hyde. Celui qui sommeille en lui depuis qu'il est né.

— Ton traitement prodigué à l'hôpital l'a à la fois ranimé et endormi. Je pense, Franck, que ce qui coule dans tes veines est un révélateur de ce que tu es. Tu arrives à le maîtriser parce que tu es un vrai gentil. Complexe, certes, mais le meilleur homme que j'ai jamais rencontré. Si cela n'avait pas été le cas, tu aurais tué Jack lors de votre première confrontation…

— Mais si mon double ne se dévoile que durant les moments intenses et dangereux, pourquoi ne s'est-il pas réveillé lorsqu'on a subi l'attaque du H.C.F.I ?

Elle s'allongea sur le dos, les yeux grands ouverts, regardant le plafond.

« Je me posais la même question... Mais... je n'ai pas de réponses. »

Héléna observait une petite araignée qui courait le long des poutres apparentes.

« Franck ?

— Oui ?

— Quand vous chantiez dans le ciel, vous avez utilisé tous les deux les mots *"From Hell, Jack is back !"*. D'où ça sort d'après toi ?

— Cela vient de la lettre que George Lusk, le président du comité de vigilance de Whitechapel, reçut de Jack l'Éventreur en 1888. Voilà le texte exact :

"From Hell, Mr. Lusk, Sor I send you half the kidne I took from one women prasarved it for tother pirce I fried and ate it was very nise I may send you the bloody khif that took it out if only wata whil longer. Signed Catch me when you can Mishter Lusk".

— Tu peux me la traduire, s'il te plait. Mon cockney est un peu rouillé.

— *De l'enfer M. Lusk Monsieur, je vous ai envoyé la moitié du rein que j'ai pris d'une femme, conservé pour vous l'autre partie, je l'ai frite puis mangée ; c'était très bon. Je pourrai vous envoyer le couteau ensanglanté qui l'a pris, si seulement vous attendez un peu plus longtemps. Signé Attrapez-moi quand vous pourrez Monsieur Lusk.*

— Charmant ! Ton ancêtre était un vrai poète.

— Sans vouloir le défendre, je pencherai plutôt pour

Corey Herrington. Il a légué ce don à Farius de mettre la pagaille dans l'esprit des gens.

— Et tu connais cet écrit par cœur !

— Par cœur !

— Mais cette chanson ?

— Je pense qu'au fil des temps, nos "premiers" quatre cavaliers de l'Apocalypse et leurs descendances ont dû faire un adroit mélange de plusieurs mythes : Jack O'Lantern, Jack Talons à ressorts, et de leur création : Jack l'Éventreur.. Et qu'ils en ont composé une sorte de ballade.

— Et l'homme volant… Comment la connaissait-il ?

— Par Farius, Zinger et Fergusson. Tout aussi tordus que leurs ancêtres.

— Mais toi, enfin… Hyde… Qui la lui a apprise ? Ce ne sont pas des choses que l'on se transmet de génération en génération par le biais de l'ADN ou du sang.

— Peut-être par mon géniteur… Peut-être la chantait-il quand j'étais enfant… Peut-être n'en avait-il pas terminé avec sa vie d'avant son mariage. »

Héléna approuva de la tête, ferma les yeux.

« C'est terrifiant… ajouta-t-elle, les pupilles cachées sous ses paupières.

— Quoi donc mon amour ?

— Ces faux visages… N'importe qui peut être un Androïde sans qu'il le sache lui-même. Ça peut être toi… moi… N'importe qui… »

Puis ce fut le silence. Franck voulut lui dire bonne nuit, mais elle se trouvait sous une pluie de sable dont le marchand ne fut pas avare. Il resta quelques minutes à cogiter sur ces dernières paroles, mais lui-même ne tarda pas à s'évader dans le pays des songes.

Un souffle.
Une respiration.
Franck écarquilla les yeux.
Il se leva.
Son oreille fut attirée par un frottement suivi de pas.
Il bondit à la porte, l'ouvrit et alluma le couloir principal.
Rien…
Nulle présence.
Se déplaça vers les escaliers.
Seules les ténèbres les embrassaient.
Il fronça les sourcils.

Elle partit tôt après avoir avalé rapidement une tasse de café et un peu de pain avec du fromage. Elle prit sa voiture. Celle de Franck étant toujours à la scientifique, il se retrouvait à attendre que quelqu'un vienne le chercher. Il se devait de retourner au commissariat afin de se confronter au regard des autres policiers ; c'était une question à la fois d'honneur, mais aussi et surtout de respect.
Son oreille vibra. C'était Berger.
« Salut Franck. Ça va ?
— Ça va ! » Il préféra ne pas développer et elle comprit le message à demi-mot.
« Bravo Berger pour hier soir. »
En effet, la veille, elle avait réussi le tour de maître de tirer sur tous les chargeurs encore chauds des armes utilisées par les snipers du H.C.F.I. sans en blesser aucun et ses collègues, avec une haine non dissimulée, les délogèrent des arbres. La patronne de cette section d'Assaut s'était plainte auprès d'Althéa que certains de ses tueurs avaient

été roués de coups.
Cette dernière lui raccrocha au nez en remerciant ostensiblement ses officiers pour leur courage et leur dévouement.
« Merci ! On va au labo, là. On a rendez-vous avec ta chérie. Leone veut savoir où il a pu passer deux heures de sa vie qu'il a complètement oubliées.
— OK ! Vous me tiendrez au courant.
— Attends, Franck. Ce que je n'ai pas eu le temps de te dire c'est que… dans des circonstances des plus… embarrassantes, Leone s'est exprimé de manière très alambiquée. Il nous a sorti, mot pour mot : « Réponse : Date. Phrase : "Dis à Franck Alberty Djorak que 'les trois mousquetaires étaient quatre'. Phase 1 enclenchée. Rien ne pourra les arrêter sauf… les Cimetières." »
Franck était déjà assis, sinon, il aurait cherché de quoi l'être. Il prit sa tasse à café et en but une gorgée.
« Allo ? Franck ? T'es toujours là ?
— Oui, Berger. Désolé… J'adore les énigmes… mais je t'avoue que… je sature. »
Il souffla un bon coup. « OK ! Vous me raconterez… ce qui concerne Jack. »
Il se frotta le derrière du lobe sans attendre un mot de plus de sa collègue. Son oreille vrombit à nouveau.
« Berger, écoute…
— Ce n'est pas Berger, espèce d'idiot, c'est moi ! »
Adila l'appelait pour avoir de ses nouvelles, mais il lui répondit gentiment que pour le moment il avait besoin de faire le point et qu'il ne souhaitait parler à personne jusqu'à ce que quelqu'un se décide à venir le récupérer.
« Je passe te chercher dans une heure !
— Tu ne veux pas te reposer, Adila ?

— Je me reposerai quand je serai morte. On a des fous dangereux à attraper. »
Ils se quittèrent ainsi.
Il commença à débarrasser la table encore fournie du repas de la veille, mais n'avait de cesse de ressasser ce sentiment d'avoir été écouté, espionné, dans leur chambre. Pourtant, ce couloir et cet escalier vides… Personne n'aurait eu le temps de disparaître aussi rapidement. Illusion ? Phantasme ? Une forme de paranoïa insidieuse et perfide ? Ou bien… autre chose ?
On frappa à la porte d'entrée.
Franck jugea que c'était impossible que cela soit déjà Adila et demanda :
« Qui est-ce ?
— M. Djorak ? Veuillez excuser le dérangement, mais j'aimerais vous parler !
— Vous êtes qui ?
— Je m'appelle Benoît. On ne s'est jamais rencontrés, mais… J'ai bien connu votre mère. »
Franck prit le temps à la réflexion. Puis se décida à ouvrir. C'était un homme de petite taille ; il lui tournait le dos.
« Dites donc, il y a de sacrés impacts de balles un peu partout. »
Il se retourna. Franck écarquilla les yeux à en faire sortir les globes de leur orbite.
« Et aussi sur votre façade. Que s'est-il pas… »
Il ne finit pas sa phrase, interloqué par l'air de stupéfaction que Franck arborait.
« Chanvret ? »
L'homme était le portrait craché du personnage qu'il avait côtoyé lors de son deuxième voyage mental dans l'esprit de Farius. Mais en beaucoup plus vieux. Il fut surpris que

Franck ait pu connaître son nom.
« En effet ! Je m'appelle Chanvret Benoit. Et je suis votre oncle. »

Leone déboula telle une trombe dans le cabinet de travail d'Héléna. Au passage, il avait tout de même remarqué les morceaux de verre qui jonchaient le sol, dus à l'effraction commise par Franck la veille. Sa coéquipière, derrière lui, était sincèrement étonnée par cette volonté qui le caractérisait présentement. Durant tout le trajet, il n'avait pas ouvert la bouche. Ce qui ne lui ressemblait pas. Un traumatisme réel l'empêchait de réagir normalement.
« Alors, qu'est-ce que ça donne ?
— Les constantes ne sont pas bonnes. Je doute qu'il survive.
— Merde ! Merde ! Et merde ! »
Il était déçappointé et en colère. En colère de s'être fait avoir deux fois et désappointé d'être contraint à l'attente. Attente qui pourrait s'avérer infructueuse.
« Ce que je pense, rajouta Héléna, c'est qu'il n'a plus envie de vivre ! Il se laisse mourir. De plus, j'ai l'impression qu'il provoque un rejet des organes rapportés et de son appareillage mécanique dans la tête.
— On peut obtenir quoi de son corps ? demanda Berger, voyant son collègue de plus en plus dépité.
— L'ADN des membres supérieurs et inférieurs, c'est-à-dire tout ce qui lui a été greffé à la suite de son accident, parlera. Ça, c'est certain. Mais il faut aussi que l'on ait une concordance avec les cadavres mutilés. Ce qui n'est pas gagné. Cependant, tout l'aspect mécanique sera beaucoup plus simple à décortiquer. Chaque praticien a sa signature. Et je connais quelqu'un qui pourra nous aider à ce niveau-là ! »

Leone fut soudainement soulagé par ce qu'il venait d'entendre.

« De plus, et de cela, monsieur l'inspecteur, vous en serez ravi, il est doté d'une T.T.L. Traçabilité Territoriale Localisable. Une sorte de GPS, mais pour les vols. On va pouvoir suivre parfaitement son parcours.
— Mais il m'avait pourtant dit qu'il s'était enlevé une sorte de puce…
— Son traceur ? Oui ! Mais rien à voir avec sa propre T.T.L qui, elle, ne peut être suivie ni piratée. »
Et Berger retrouva son Leone, souriant et plein d'entrain.

Ils étaient assis l'un en face de l'autre.
Franck lui avait offert un café qu'il avait accepté avec un plaisir non dissimulé.
« J'avoue que je ne me souviens pas de vous.
— Tu m'as pourtant appelé par mon nom dès que tu m'as vu !
— Oui… C'est… Heu… une longue histoire. Je veux dire que je ne vous aurais pas reconnu en tant qu'oncle.
— C'est normal ! affirma Chanvret. Tu étais petit. En fait, ce sont les événements de cette nuit qui m'ont poussé à te retrouver… ici… dans ce manoir. J'ai des choses à te raconter.
— C'est-à-dire ?
— Voilà… Connais-tu les circonstances de la rencontre entre ton père …
— Mon géniteur !
— Ton géniteur, pardon… et ta mère.
— Pas vraiment.
— Je vais devoir remonter beaucoup plus loin alors. Je

suis directeur d'un Cirque…

— Un cirque ? Franck reçut la nouvelle créant un nouvel élan d'intérêt dans son regard.

— Tout à fait ! Il y a longtemps, je n'étais qu'un nain faisant un numéro avec un costume élastique.

— Vous grandissiez et rapetissiez, c'est ça ?

— Parfaitement ! »

Franck comprit ipso facto ce que son subconscient avait fabriqué lors de l'incursion cérébrale. Il s'était souvenu de son oncle. Et Farius en avait profité pour en faire une sorte de lutin sadique et fourbe.

« Il y a des années de cela, bien avant l'Ultime Guerre, ton père venait souvent avec trois de ses amis. Ils se comportaient comme des sans-gênes ; leur impolitesse et leur condescendance étaient insupportables. »

Franck en conclut que ce n'était pas lui qui avait donné vie à Chanvret lors du voyage mental, mais Origan Farius. Une méthode tout à fait digne du personnage répugnant qu'il était.

« Il s'était amouraché d'une Fleigende Frau, une femme volante. Elle se nommait Grazziella ! Elle était d'un charme incontestable. Brune et de grands yeux noirs dans lesquels on pouvait se perdre. Il eut une histoire avec elle qui dura quelques mois. Mais c'était… comment dire pour ne pas être méchant… une manipulatrice. Elle pensait qu'il se marierait avec elle et qu'elle deviendrait riche. Cependant, ses espoirs furent vains. Elle tomba enceinte et lui… lui ne voulut rien savoir. Il ne se sentait même pas concerné. Elle mit au monde une fille nommée…

— Katerina.

— Exact ! Pendant ce temps, ton… géniteur rencontra ma sœur… qui faisait un duo avec moi. Et là… Ce fut le coup de foudre. J'ignore pourquoi, mais il changea du tout au

tout. Ils se marièrent peu de temps après. Grazziella commença à délaisser l'entraînement et un jour, elle partit laissant Katerina avec nous. Elle reprit partiellement le rôle que tenait sa mère. Elle devint ainsi une Fleigende Frau. Mais par décision de justice, que j'ai du mal à comprendre encore maintenant, un juge…
— Klébert !
—   C'est cela même ! A permis l'internement de Grazziella et nous a enjoint de donner l'enfant à un homme appelé…
— Zinger !
— Tout à fait exact.
— Ma mère avait-elle connaissance de l'existence de Katerina ? Des frasques de… son mari ?
— Elle savait. Elle a bien tenté plusieurs fois de le faire changer d'avis, de le pousser à reconnaître sa fille. Mais peine perdue. »
Franck commençait à voir sa propre histoire sous un nouveau jour. Beaucoup de secrets et de non-dits polluaient depuis trop longtemps sa famille.
 « Mais… ce n'est pas fini. Ce qu'il faut savoir, c'est que nous sommes itinérants et nous voyageons dans tout Européa, voire plus loin quand on arrive à avoir les autorisations. Bref, nous venons à peine de débarquer après une tournée en Asiatica et, de fait, nous n'étions au courant de rien concernant l'affaire regroupant Farius, Fergusson et Zinger. Franck… »
Tout en disant cela, il posa sa tasse et s'avança sur son fauteuil.
 « Ta grand-mère, Elsie, était une Rackinson.
— Vous saviez ?
— C'est elle qui m'a tout raconté. Nous nous entendions

très bien.

— Mais je croyais que mes parents s'étaient rencontrés après la disparition de mon aïeule.

— Quand elle apprit la naissance de sa petite fille, de Katerina, elle décida de faire sa connaissance. Elle vint presque tous les jours, passant de longues minutes voire des heures avec le bébé pendant que sa maman se remettait un peu à l'entraînement ou allait faire ses escapades. Et puis... on nous a informés de son décès à la suite d'un malaise cardiaque. Mais au tréfonds de mon être, je savais que c'était faux ! Elle avait le palpitant solide, ta grand-mère. Elle venait juste de clore une enquête en éliminant un tueur en série.

— Oui, je suis au courant. Une affaire tout à fait incroyable. Le type assassinait de jeunes et brillants scientifiques.

— Tout à fait.

— Mais dans les dossiers de mon aïeule, aucun nom n'a été mentionné. Pourquoi une telle omerta ?

— Je ne sais pas, mais elle en était fortement contrariée. Et elle avait d'autres sujets d'inquiétude. Comme nous étions devenus de bons amis, elle s'était confiée à moi. Elle craignait son fils. De ce qu'il pourrait faire ayant dans ses veines et dans ses gênes assez de matière pour se changer en monstre. Écoute-moi bien, car... ce qu'il s'est passé cette nuit me laisse à penser fortement que tu as la même force de caractère que ton aïeule et la même propension à découvrir la vérité. Tu sais qu'elle a élevé toute seule ton père ?

— Je suis au courant... Et d'ailleurs, à ce propos... »

Il ne termina pas sa phrase, se levant d'un bond de son fauteuil. Il ouvrit un tiroir d'un secrétaire apposé au mur principal de la pièce et en tira la photo révélée quelques

semaines plus tôt et qui avait aidé à retrouver la jeune Elise. Il revint se placer au plus près de son oncle.
« Cet homme près de ma grand-mère, qui est-il ? Je te demande ça... Je peux te tutoyer ? balbutia-il.
— Et comment donc, mon cher neveu.
— Bien, alors, tonton... au moment où j'ai dévoilé cette photo - oui, une histoire un peu longue à raconter — je pensais que c'était lui mon grand-père paternel... que c'était lui le descendant des Rackinson. Regarde les portraits accrochés... Tu vois la ressemblance ? »
Chanvret leva la tête à en faire craquer ses cervicales. Ses yeux, pourtant rieurs, devinrent ronds. L'étonnement peint sur son visage renforça ce sentiment de suspicion que Franck éprouvait pour l'individu immortalisé sur la feuille de glace.
« Ben... ça alors ! s'exclama Chanvret. Je n'en ai aucune idée.
— Un frère, peut-être ?
— Elle était fille unique. » Franck voulut se donner des gifles d'avoir posé une question aussi vide de sens. Il savait qu'Elsie était la seule héritière.
« D'accord. On trouvera le moyen de découvrir son nom plus tard. J'aperçois en tout petit caractère la signature du photographe. Je dénicherai son adresse et...
— S'il est mort ? » Franck plissa ses lèvres dans une moue d'insatisfaction à l'idée d'une éventuelle impasse à ce niveau-là. Il souffla, se frotta les yeux et s'obligea à un sourire de convention.
« Je verrai. Je ferai mon boulot de flic. »
En prononçant ces dernières paroles, il s'aperçut que le visage de son invité était tout crispé. Il suivit la trajectoire de l'attention portée sur le cliché et comprit que la présence de mon père et de ses condisciples embrumait celle plutôt joyeuse de son oncle. Il fallait dissiper ce

brouillard épais.

« Revenons à Elsie, tu veux bien ? Et à son fils. » Tout en pliant en quatre la photographie.

Chanvret opina de la tête. Il se déplaça en nez de fauteuil et plongea son regard dans celui de son neveu.

« Elle voulait le protéger… Et ce faisant, elle lui a menti sur un point. Ce n'est pas Keith Albert Joe Rackinson qui a caché les feuillets de son journal…

— Les quatre pages du carnet de Hyde ?

— Oui ! C'est ta grand-mère qui me les a donnés afin de les mettre à l'abri.

— Tu sais où ils sont actuellement ?

— Je sais où les localiser. »

Héléna pivota sur son siège. Elle était sur les charbons ardents ; son corps et son cerveau étaient sur place, dans le labo, à tenter de démêler un écheveau dont sa propre science n'arrivait pas à venir à bout, mais son cœur était auprès de son bien-aimé. Elle aurait voulu rester à ses côtés, le rassurer et l'aider à digérer tout ce fiel amer qu'il portait dorénavant en lui. Rien ne serait plus pareil. L'apparition du Hyde était un élément qu'elle n'avait jamais considéré. Malheureusement, tel est et sera le cas à partir de maintenant. Alors que ses doigts tapaient sur un clavier translucide, son esprit, lui, vagabondait sur les routes de l'analyse. Qu'est-ce qui, à un moment donné, avait pu permettre à l'étrange créature de se révéler ? Certains stéroïdes se trouvant dans le traitement qu'ils avaient eu après l'attentat en voiture, combinés à l'adrénaline, avaient pu stimuler le lobe temporal supérieur ainsi que l'amygdale, sources de la colère, et dévoiler le Hyde. Les anabolisants avaient dû jouer un rôle

dans la force décuplée. Mais l'activité du Cortex préfrontal dorsotéral avait certainement réprimé le sentiment de vengeance qu'il éprouvait et donc annihilé cette colère qu'il aurait pu ressentir.
Berger sentait bien que la scientifique n'était pas vraiment avec eux.
« Héléna, ça va ?
— Moi… pas vraiment… Tout l'historique de son vol a été effacé sauf… les dernières coordonnées. Et voilà !
— Pourquoi son historique est en partie jarté ? questionna Leone
— Peut-être pour éviter que l'on sache par où il a bien pu passer. » lui répondit calmement Berger.
Pas complètement satisfait de l'explication donnée, Leone se précipita vers le bureau.
« Tu as trouvé ?
— Oui, j'ai réussi à extraire les données du cerveau mécanique et on va les juxtaposer sur la carte que… voici. »
Sur le grand écran, un plan de la région s'imposa et des indications numériques s'affichèrent peu après.
« Bien… Alors, ton dernier souvenir est le cimetière ? Exact ?
— Exact ! »
Il pointa du doigt un nombre.
« S'il te plaît, ne touche pas l'écran, c'est très fragile ! »
Il recula en s'excusant d'un petit coup de tête sous le regard moqueur de sa coéquipière.
« D'accord… Bon… Donc, si on suit l'itinéraire… Il est resté longtemps autour de ce point-là… C'est quoi ? »
Les deux inspecteurs avancèrent en plissant les yeux.
« C'est un ancien bassin minier. On allait s'amuser dedans

quand j'étais gosse ! Depuis… Je ne sais pas ce qu'ils en ont fait. » expliqua Leone.
— Eh bien, mes amis… C'est à vous de jouer ! »

Franck avait sorti les feuillets représentant les formes géométriques. Autant il pensait avoir résolu le mystère des triangles, autant les ronds le laissaient toujours perplexe ainsi que les points cardinaux.
« Est-ce que cela à avoir avec ça ?
— Ces deux anneaux ?
— Oui !
— Peut-être. Connais-tu la particularité de notre cirque ? Il est à double tente.
— Double tente ?
— Le public peut passer d'un endroit à un autre. Deux spectacles sont joués simultanément.
— Et ces symboles ? La croix, la rose, l'étoile et le cercle ?
— C'était notre pièce la plus aimée. Nous utilisions alors les deux lieux pour raconter une magnifique histoire. Nous avions fait une adaptation d'un vieux roman que tu dois connaître. »
Franck sursauta soudainement. Son cerveau travaillait à une vitesse vertigineuse.
« "Les trois mousquetaires" ? »
— Oui ! C'est ça ! Mais comment… ? s'étonna l'oncle.
— La croix, c'est Aramis, la rose est Porthos, le cercle est Athos et naturellement l'étoile est D'Artagnan. »
Chanvret n'en revint pas. Cette faculté d'analyse et de

déduction était inimaginable.

« La Croix, je comprends, pour Aramis, du fait de son attirance pour l'ancienne religion catholique, la Rose correspond si bien à cet engouement qu'a Porthos pour… le clinquant, l'Étoile est l'image parfaite de D'Artagnan qui brille et qui peut être filant ! Mais le Cercle pour Athos… ?

— Il ne va pas de l'avant ! Il boit sans cesse, car sans cesse il repense à cette femme…

— Milady de Winter…

— Oui, qu'il a épousée…

— Et qu'il a tenté de pendre…

— Car elle était dangereuse ! Une voleuse et une meurtrière…

— Et il ne cesse de l'aimer ! Même après tout cela.

— C'est ça ! Il tourne en rond. »

Franck réfléchissait à ce nouvel élément et songeait à cette phrase prononcée par Leone : Réponse : Date. Phrase : « Dis à Franck Alberty Djorak que "les trois mousquetaires étaient quatre". Phase 1 enclenchée. Rien ne pourra les arrêter sauf… Les Cimetières. »

L'oncle observait le neveu avec une certaine admiration… mais aussi une forme d'inquiétude.

« À quoi penses-tu ?

— Comment as-tu su ?

— Quoi ?

— Ce qu'il s'est passé cette nuit ! Comment l'as-tu appris ? »

Chanvret lui sourit.

« J'étais là !

— Tu étais… parmi la foule ?

— Oui !

— En visiteur ?

— Non… pour moi. Franck, c'est pour cela que je n'ai pas voulu retarder notre rencontre. Je suis malade. Très malade. J'ai une forme de tumeur qui me ronge de l'intérieur. Ce n'est pas guérissable. Alors, avant de passer l'arme à gauche, comme on dit… il fallait que je te dise tout ce que je sais. Et quand je t'ai vu vaincre l'homme volant qui avait ton propre visage, sans haine ni passion… J'ai compris que c'était le bon moment.

— Je suis désolé…

— Non… ne le sois pas ! Tu n'y es pour rien. »

Un silence empreint de tendresse s'installa dans le salon. Même la lumière passant à travers les vitraux enveloppait ce moment d'une douce harmonie.

« Où as-tu eu ça ? demanda Chanvret en tenant le papier avec les ronds et scrutant celui avec les triangles.

— Longue histoire… Pourquoi ?

— Parce que c'est étrange.

— Quoi ?

— Je vais te montrer quelque chose. »

Il sortit de sa veste un portefeuille. Et de celui-ci, il en tira une photo.

« Regarde ! ça, c'est nous, il y a presque une dizaine d'années. Je suis là… Tu vois… Toujours aussi petit ! »

Il se mit à rire.

« Et voici la troupe qui jouait justement "les trois anges guerriers", l'adaptation du roman de Dumas. Mais… façon hommes volants. Les noms furent changés : Daskreuz, Dierose, Derstern et Derkreis. À un moment donné de la représentation, des Anges de la mort…

— Les Anges de la mort ?!

— Oui, les ennemis de nos cadets, les soldats du Cardinal si tu veux, se déplaçaient avec des flambeaux. Ils avançaient au rythme d'un seul instrument de musique, le triangle comme…

— … Comme le décompte avant l'Apocalypse !

— Tout à fait ! Une lutte devait avoir lieu sous l'œil ébahi du public. Mais… un soir… Farius, Zinger, Fergusson et une femme que je ne connaissais pas arrivèrent en plein milieu du spectacle et… »

Il s'arrêta net. Des larmes roulaient sur ses joues. Franck se remémorait les ombres sur la toile au gré du frétillement des flammes dans son voyage mental.

« Ils mirent le feu ?

— Oui, Franck ! Cela faisait plus de dix ans que je ne les avais pas vus, mais… Ils n'avaient pas changé.

— Vous n'aviez pas fait une déclaration à la police ?

— Si… mais… Je n'avais pas de preuve. Et… j'étais totalement sous le choc ! Et… j'ose le dire… J'avais peur d'eux ! »

Franck se demanda s'il devait lui avouer que la femme qu'il n'avait pas reconnue était Katerina… Et que c'était elle le cerveau de l'affaire.

« Dimitri a bien tenté de planer vers eux pour les arrêter… C'était déjà trop tard. Ses ailes s'enflammèrent. Il tomba et dans sa chute, il emporta d'autres Fleigende Manner, des amis. Le feu ravagea les deux toiles. Le public hurlait… »

Il fit une pause, à nouveau. Franck se leva et alla verser un peu d'eau dans un verre. Tout en le remplissant, il sut ce qu'il avait raté quand, lors de son voyage dans le cerveau mécanique de « l'ange de la mort », il regardait dans la direction du doigt pointé de l'homme volant.

L'enlèvement d'Élise, mais aussi la présence de Chanvret.

En costume de scène, certes, mais c'était bien lui.
« Merci mon cher neveu. »
Le détective prit un moment d'attente puis s'accroupit à côté de son oncle.
« Si vous voulez vous arrêter…
— Non… Tu vois… sur la photo… C'était lui, Dimitri, notre directeur de l'époque… il jouait Derkreis… Athos quoi. »
Franck le regarda. Sur cette photo transpirait un tel bonheur ! Il comprit alors que l'homme qu'il avait en face de lui, figé sur ce papier glacé, était devenu l'Androïde dont le visage était le sien. Il ne voulut rien dire. Inutile de rajouter du drame à la tragédie. Cependant, quelque chose l'interloquait… mais il ne sut dire quoi !
« Le lendemain, on se rendit compte qu'il ne restait plus rien de lui ni des autres collègues touchés par le crash. Et… le plus terrible… C'est la mort de Kalinka… La fille de notre Dimitri. »
Il fondit en larmes. Même après tout ce temps, la souffrance était vive.
« Oncle, je vais te dire… une nouvelle qui va te donner de la joie. Mais promets-moi de ne pas t'évanouir.
— Je ne peux rien te promettre.
— Kalinka est toujours en vie.
— Quoi ? QUOI ? »
Ses yeux s'illuminèrent. Les gouttes de douleur se changèrent en perles de félicité.
« Es-tu sûr, Franck ?
— J'en suis certain. Son histoire… je ne vais pas te la raconter. Mais ce que je peux te dire, c'est que sous le prénom d'Elise, elle réside chez mes parents adoptifs.
— Formidable ! FORMIDABLE !!! »

Il se leva et entonna une danse endiablée. Il retrouva une joie de vivre qui avait disparu avec les flammes. En y repensant, Franck comprit cette fascination qu'avaient les trois cinglés pour les cavaliers de l'Apocalypse ; ils avaient déjà commencé leur horde brutalement et inhumainement.

« Cependant… Tu as l'intention de la reprendre ?
— Tu plaisantes Franck ! Si elle est avec ta famille, qu'est-ce que je vais faire ? La renvoyer sur les routes à se geler l'hiver et crever de chaud l'été ? Non ! Elle est vivante, c'est le principal.
— Et sa mère ?
— Morte en couche…
— OK ! Et… Les trois autres mousquetaires, enfin, Anges guerriers, qui étaient-ils ?
— Les frères de Dimitri. Vadim, Pavel et Mikhaïl.
— Et que sont-ils devenus ?
— Ils ont disparu sans laisser de traces juste après l'incendie. »
Franck fit un mouvement de bas en haut, apposant cette réponse dans un coin de sa tête.
« Mais pourquoi ces emplacements sur les deux cercles ? J'ai cru que c'étaient des points cardinaux.
— Leur position le jour du spectacle. On avait fait tout un décor représentant un château dans les étoiles. Et les gardes étaient aux différentes entrées. La lutte devait être grandiose.
— D'accord. »
Franck remettait de l'ordre dans ses questionnements quand Chanvret le sortit de ses réflexions.
« Maintenant, les quatre feuillets de ton aïeul…
— Ça attendra !

— Comment ?
— Pour le moment, cher oncle, je dois faire un rapport. Et je ne suis pas certain que ma cheffe appréciera. »

Chapitre 11 : Un cri dans le noir.

Leone et Berger arrivèrent en même temps que le groupe de service d'intervention.
Alors que les véhicules s'arrêtaient dans un essaim de grains de poussière, le soleil marquait des dix heures du matin.
Quelques petits cumulus blancs conféraient du relief aux nues.
Ils sortirent tous et commencèrent à s'éparpiller en fonction des ordres donnés par Berger.
Le lieu était sinistre. Des débris d'une civilisation tombée en ruines, les restes d'une époque abîmée et infectée par une pollution ravageuse.
Ce bassin minier avait vu le jour au XIVe siècle, charbonnage exploité par des centaines de bras dont beaucoup perdirent la vie et modernisé lors de la révolution industrielle du XIXe siècle. Il avait été remis aux normes au milieu du XXe siècle, mais avec l'évolution des pensées et le désir de rendre la planète plus propre, plus respirable et plus en adéquation avec le grand mouvement écologique du début du XXIe siècle, le site ferma ses portes, laissant derrière elles les vestiges de plusieurs générations de « gueules sales » et de terres laminées.
Il y avait une tour centrale et un immense bâtiment. Des sortes de toboggans plongeaient littéralement dans des trous recouverts de détritus et de gravats en tous genres. Une partie du groupe d'intervention fit le tour du building principal. Certains montèrent en haut de la tour et installèrent leur position de tir.
Les deux coéquipiers se mirent de chaque côté du hayon clos, le pistolet automatique dans leur main. Un homme,

muni d'un bélier, attendit l'ordre de le défoncer.
Ce que fit immédiatement Leone.
Alors qu'un premier coup allait être donné, le malheureux fut propulsé en arrière et s'écrasa sur le sol.
Berger se précipita et lui tâta le pouls au niveau du cou.
« Ça va ! Il n'est que sonné ! Faites gaffe, tous, c'est électrifié ! » ajouta-t-elle
Leone prit les devants. « Viens avec moi ! »
Ils filèrent à la voiture ; Leone démarra et fonça sur la porte. Un bruit assourdissant d'un fracas s'en suivit.
À l'abri du courant dans le réceptacle du véhicule, ils voyaient danser autour d'eux les rayons bleutés. Une chorégraphie de foudres s'embrassant, s'écartant, se séparant, renouant leurs amours.
Berger prit un petit objet dans la boîte à gants et appuya sur un bouton. Le pare-brise de devant mit deux secondes avant d'imploser en minuscules morceaux carrés.
Leone balança sa couverture de survie sur le capot et roula dessus, atterrissant sur ses pieds avec une agilité déconcertante. Suivi par Berger dont la souplesse n'était pas son fort. Elle eut un peu de mal.
Leone la regarda de ses yeux rieurs.
« Quoi ? lui lança-t-elle !
— Rien !
— Je préfère ! »
Elle mit sa main sur sa gorge !
« Restez en position. Nous allons essayer de trouver un disjoncteur. »
Quelques hommes, cinq pour être plus précis, cassèrent tout de même le pare-brise arrière, purent traverser la voiture sans s'électrocuter et rejoignirent le duo d'inspecteurs.

Ils actionnèrent leur lampe torche, car, même si de la clarté passait par la porte affaissée et quelques fenêtres rendues opaques par la poussière du temps, le lieu était sombre. Ils balayèrent ainsi leur faisceau afin de trouver un boîtier.

Un des cadets mit la main sur lui. « Par ici ! » Il l'ouvrit et enclencha ce qui semblait être le commutateur général.

Les arcs électriques cessèrent.

Une lumière blanche se fit… mais un bruit, comme un sifflet, résonna.

Tout le monde se retourna.

Au milieu d'un trou central, une sorte de puits monta d'environ quatre-vingts centimètres.

Dans le même temps, de lourds portails de fonte s'abattirent comme de larges guillotines devant chaque fenêtre et scindant littéralement la voiture en deux.

Les sept policiers coincés en ce cloaque tournoyaient sur eux-mêmes au vacarme sourd et massif des coupe-issues.

« Merde ! On est piégés ! » cria Leone.

Quant à elle, Berger était plus encline à découvrir ce que pouvait receler le puits.

Elle s'approcha alors que certains tentaient de soulever le haillon principal.

« Laissez tomber les gars. Je pense que vous n'arriverez qu'à vous fracasser le dos ! » dit-elle alors qu'elle venait de rejoindre le centre de ses intérêts.

La forme ronde du tube, apparemment fait de ce rare métal nommé Kupfergold, était bouchée par une vitre sans teint.

Berger pouvait se mirer, mais il lui était impossible de voir à travers.

« J'vois rien ! »

Leone prit son pistolet et, le tenant par le canon, arma son bras pour taper sur le faux miroir. Sa coéquipière l'arrêta net !

« Tu es malade ! Tu ne sais pas ce qu'il peut se produire. Essayons de trouver une autre manière. »

Elle fit le tour et remarqua un boîtier clos.

Elle tenta de le mettre à jour, mais en vain.

Sur le boîtier, une inscription : « LTM CH 38 NF NP. »

« Leone, viens voir ! »

Il s'approcha et la lut.

« Qu'est-ce que ça veut dire ?

— Aucune idée ! »

Elle passa le doigt sur chaque lettre et elle s'aperçut que le T, le H et le P étaient légèrement différents. Elle les pressa de son index tremblant et le boîtier s'ouvrit.

Cependant, un compte à rebours se mit en marche au-dessus d'un clavier aux allures d'une vieille machine à écrire.

« Chiotte ! » À ce mot le groupe se réunit autour d'elle. Il vit, stupéfait, dans un rouge vif, « 15 minutes ». Un petit papier sortit d'une fente toujours avec la même inscription amphigourique.

« LTM CH 38 NF NP. »

« Tu avais besoin de toucher ?

— Merci Leone ! Merci beaucoup ! Ça aide. »

Elle refit le tour du puits, mais ne vit rien d'autre d'apparent.

Tout le monde la regardait comme si elle avait la solution à ce problème. Mais pour le commun des mortels, ce message était singulier, énigmatique, abscons !

Elle frotta son oreille !

« Franck ! » Elle attendit que l'interlocuteur veuille répondre. Ce qu'il fit assez rapidement.

14

« *Oui ! Qui est-ce ?*
— Berger !
— *Salut, qu'est-ce que je peux faire pour toi ?*
— T'es où là ?
— *Dans la voiture avec Adila. On file au commissariat. Pourquoi ?*
— J'ai besoin de ton cerveau !
— *C'est-à-dire ?*
— On est tombés dans un piège. Je dois déchiffrer un code que je ne comprends pas. Tu peux m'aider ?
— *Un piège ? Quel piège ?*
— Une bombe.
— *Oh ! Merde ! Explique-moi vite ! Où êtes-vous ? On arrive ! Appelez les démineurs !*
— Non, Franck, il ne reste plus que 14 minutes et personne ne peut entrer.
— *D'accord ! Alors, dis-moi ce qui est écrit !*
— LTM CH 38 NF NP.
— *C'est tout ?*
— Oui !
— *Donne-moi cinq minutes, s'il te plaît !* »

13

Elle raccrocha. Les hommes enlevèrent leur cagoule. Ils

transpiraient à grosses gouttes ! On entendait leur chef, à l'extérieur, donner des consignes. Le temps paraissait s'étirer et s'écourter. Certains arpentaient les lieux comme des sentinelles gardant une forteresse, créant un va-et-vient stoppé quelquefois par l'inquiétude. Un se mit à vomir dans un coin. Un autre s'affaissa contre un mur fermant les yeux.

Leone s'approcha de Berger.

« Désolé !

— De quoi ?

— De t'avoir entraînée dans cette affaire.

— Tu n'as pas à t'excuser. On fait notre boulot. Tu as été enlevé, c'est normal de découvrir qui t'a fait passer un message et poussé au suicide. Et surtout, pourquoi.

— Je ne contrôlais rien !

— Je sais ! »

12

« Putain, Franck ! C'est long ! Rappelle !

— Je me souviens de quelque chose. Ça vient de me revenir. Les gens qui étaient autour de moi... oui, j'étais attaché à une chaise... portaient des masques !

— Des masques ?

— Oui !

— Et ils ressemblaient à quoi ?

— Aucune idée.

— Super ! Ça nous fait avancer ! »

Il s'éloigna en haussant les épaules et alla parler avec la troupe. Ils échangèrent quelques paroles. Il n'arrêtait pas de s'excuser et chacun allait de « Mais non... normal... C'est notre job... » Sauf un qui, totalement sous l'emprise de la peur, commença à l'insulter.

11

Un autre intervint.
Une querelle débuta et finit presque en pugilat. Berger en eut assez de ces cris, de ce brouhaha, de cette dissension ! « Oh ! Les gamins ! Quand vous aurez terminé ! De nous disputer et de nous reprocher des choses, ça ne nous fera pas avancer ! »
Ils se séparèrent et Leone de leur donner une petite tape dans le dos.
L'oreille de Berger vibra.
« Oui Franck !
— *Non, c'est Amber ! Il faut que je te parle, que je vous parle à tous !*
— C'est pas le moment ! Je dois raccrocher !
— *Non ! Écoute, j'ai découvert quelque chose d'énorme !*
— Va au commissariat et dis ce que tu sais à notre cheffe.
— *Je lui ai parlé du Gouverneur et de sa fille. Et elle devait aller le voir ce matin.*
— OK ! C'est bien ! Maintenant je raccroche !
— *Mais...* »
Communication terminée !

10

« Putain, putain, putain ! Berger ! T'es pas bête comme femme ! » marmonna-t-elle en se faisant craquer les doigts. « Réfléchis par toi-même ! LTM... LTM... Ça peut être tout et n'importe quoi ! Tu ne te rappelles vraiment

pas à quoi ressemblaient les masques ?
— Non !
— Des... des animaux ! Lion Tigre Mangouste ?
— Quoi ? Heu... Non... je ne crois pas !
— Des politiques ?
— Je ne sais pas ! Berger ! Bon sang, dans quelle langue faut-il que je te le dise ? Je ne me souviens de rien d'autre !
— Moi, au moins, je cherche !
— Moi aussi !
— En regardant tes chaussures ? »
Leone s'aperçut que tout en parlant, il avait baissé les yeux !
« Non, si je regarde le sol, c'est que...
— La ferme !
— Hé ! Berger !
— Non, je dis la ferme, on m'appelle. Oui ? »

9

Tout le monde avait à nouveau rejoint les duettistes !
« Oui ?
— *C'est Franck !*
— J'écoute, Franck ! Tu as la solution ?
— *Je pense... Et je te dirai tout à l'heure comment j'ai fait. Il y a quelque chose pour donner la réponse ?*
— Oui, un clavier.
— *Bien ! Tape LES TROIS MOUSQUETAIRES !*
— Les trois mousquetaires ?
— *Oui, tape ça !*
— Je ne connais pas cette langue.

— Moi, oui ! *LES TROIS MOUSQUETAIRES!* »
Elle débuta.
Elle tremblait de tous ses doigts. Parfois, l'un d'eux dérapait. Elle se reprenait et corrigeait. Leone demanda si Mousquetaires s'écrivait avec un E. Elle le regarda d'un air qui aurait fait reculer n'importe qui.
« C'est bon ! Après ?
— *Écris "chapitre 38" !*
— Chiotte !
— *Quoi ?*
— Il n'y a pas de chiffres.
— *Écris tout en lettre. Mais à la française !*
CHAPITRE TRENTE HUIT !
— C'est fait !
— *Bon ! Maintenant Nicolas Flamel !* »

8

« Nicolas Fla... mel !
— *Et enfin, Noël Picard. Avec un D à la fin.*
— No... el ...
— *Attention, avec un tréma sur le E !*
— OK ! Noël Pi... card ! C'est bon !
— *Alors ?*
— Je ne sais pas... Il n'y a que les minutes. Pas les secondes. Faut attendre ! Comment as-tu fait ?
— *Rapidement, je viens justement d'avoir une conversation au sujet du roman de Dumas. Ça s'est imposé à moi comme si c'était d'une logique absolue ! Dans le chapitre trente-huit, nous apprenons comment Athos, mousquetaire du roi sans le sou, arrive à obtenir d'un prêteur cinq cents ducats, qui était une monnaie de*

l'époque. CH 38. L'argent égalait la force pour les soldats, mais aussi le pouvoir pour les politiques. Le Cardinal de Richelieu, Premier ministre du Roi Louis XIII, accordait du crédit en la pierre philosophale, roche qui permettait de transformer n'importe quels métaux des plus vils en or. Le grand Maître, capable de ce miracle, avait pour nom Nicolas Flamel. NF. Or, Nicolas Flamel était mort déjà depuis plus de deux cents ans, quand le Cardinal fit la connaissance d'un homme appelé Dubois, celui-ci invoquant sa descendance directe du grand Maître. Par un habile stratagème pour l'illusionniste qu'il était, il dupa Louis XIII en assurant qu'il avait réussi à changer un plomb de mousquet en or. Le Roi l'anoblit et lui donna un poste qui pouvait satisfaire sa vanité. Il devint Président des Trésoreries. Cependant, Richelieu dévoila le subterfuge et démasqua l'imposteur. Il se nommait en réalité : Noël Picard. NP.

— Mais comment… ?

— *Quand je lis un roman qui me plaît… je ne mets aucune limite à mes recherches.* »

7

« Franck ! Le décompte continue ! Tu t'es planté !

— *Calme-toi, Berger. Je sais que je ne me suis pas planté ! Réécris tout, mais en majuscules, cette fois-ci !* » Elle effaça une bonne partie de ses réponses et se mit à tout reprendre avec le procédé proposé par le détective inspecteur. Des larmes commençaient à couler. Elle s'essuya rapidement et tourna prestement la tête afin de vérifier que personne ne la voyait pleurer.

« C'est fait ! »

Le puits, alors, se referma et pénétra le sol accompagné

d'un son rocailleux.
Simultanément, toutes les portes et fenêtres s'ouvrirent ainsi qu'une voie cachée dans le mur.
« Franck ! C'est bon ! Je te rappelle ! Merci infiniment !
— *Attends Berger…* »
Elle avait déjà mis fin à la conversation.
Tout le monde prit le temps de souffler.
Leone et Berger s'approchèrent de la nouvelle issue.
Elle semblait décliner vers une destination inconnue, propice à un danger dont l'obscurité nappait l'antre.
Ils se lancèrent alors dans les ténèbres. Ils allumèrent leur torche en mode projecteur.
Ils descendirent les marches les unes après les autres, les révélant de leur lumière blanche.
Et soudain… un cri !
Un cri aigu d'une étonnante intensité.
Un cri d'horreur.
Un cri dans le noir !

Chapitre 12 : Le nerf de la guerre.

Une demi-heure plus tôt, Adila était passée chercher Franck au manoir. Il avait en main une vieille édition du roman de Dumas, suite à la conversation qu'il avait eue avec son oncle. Il s'était dit qu'il allait s'y pencher et que, peut-être, une des solutions en ressortirait. Rien n'arrivait par hasard ; ce gamin insolent qui bâtissait des croisées des chemins, cette fatalité ironique, ce destin joueur… Franck n'y songeait sûrement pas. Persuadé que tout était dessin et non dessein ! Que tout était façonné par une puissance humaine et non par le pouvoir de la providence !
Adila fit rapidement connaissance de Chanvret. Ce dernier donna rendez-vous à Franck le soir même afin de mettre en place un plan consistant à retrouver les quatre feuillets.

Dans la voiture, à peine Adila avait-elle démarré, qu'une succession de questions fit un peu sourire son coéquipier.
« Il sait où sont les pages manquantes ?
— Oui, Adila ! Enfin, il pense savoir.
— Mais… Il est au courant pour toi ?
— Tout à fait !
— Et… comment te sens-tu ? Ce que je veux dire c'est que, si j'apprenais du jour au lendemain que j'ai un diable dans la boîte qui risque à tout moment de sortir et qu'en plus j'ai trucidé mon jumeau dans le ventre de ma mère, comment dire ? Je n'irais pas au bal danser !
— Moi, non plus, je te rassure. Mais… Que veux-tu que je fasse ? Que je me lamente sur mon sort, et me laisser aller ? Ce n'est ni dans mes gênes ni dans mon tempérament. Tu le sais.
— Oui, ça, je sais. »

Une minute s'installa, le temps que tout le monde reprenne ses esprits.

« On fait un point ?

— OK pour ça ! répondit-il, rassuré de changer de conversation. Et j'ai du nouveau !

— Encore ?

— Depuis le début, on pense que les exécutions de Farius, Fergusson et la tentative d'assassinat sur Zinger par le "faiseur de rêves" en prison étaient motivées par des plumes blanches. Celles-ci nous mettant sur la voie d'une vengeance commune à trois soldats, c'est à dire Afanen Lynfa, Matteo Gallo, Jorgen Pedersen. La vengeance étant une digression, une suite logique de leur désignation première qui était de les présenter comme des lâches.

— C'est ça ! Et comme apparemment dans l'histoire d'origine il y a QUATRE plumes blanches, on s'est posé la question à savoir s'il n'y avait pas une autre potentielle victime impliquée et conséquemment un quatrième pourri.

— Très bien... Mais, je viens d'apprendre que notre Jack se nommait en réalité Dimitri. C'est lui que j'ai découvert dans le reste de mémoire de l'ange de la mort. Ce Dimitri avait trois frères Vadim, Pavel et Mikhaïl. Considérant l'âge des anciens soldats, des hommes aguerris, certes, mais trop vieux pour passer à l'action, je me demande alors...

— Si ce ne sont pas les frères de Dimitri qui les ont liquidés ? Enfin, tout au moins, Farius et Fergusson...

— Exact !

— Mais pourquoi ?

— Parce qu'ils sont persuadés que Dimitri et sa fille, Kalinka, ont péri dans un incendie que nos trois lascars ont provoqué.

— Quoi ?

— Le soir d'une représentation d'un spectacle, des personnages créés nommés "les Anges de la mort"…
— Comme sur la carte qu'ils avaient sur eux lorsqu'ils ont tenté de me tuer ?
— Tout à fait… Donc, ces personnages portaient des flambeaux. Nos trois tarés, accompagnés de Katerina, en ont profité pour foutre le feu. Il faudra investiguer dans ce sens, mais je suis certain qu'à l'époque la police et le centre de recherches des pompiers ont dû mettre ça sur le compte d'un accident. »

Franck fit un rapide topo concernant la résolution de l'énigme des cercles et de la position de nos artistes, sous le chapiteau, ce soir-là.

« C'est horrible !
— Oui, mais ce qui me titille toujours… c'est cette absolue conviction que mon père est derrière tout ça ! Les plumes blanches… Même si cela évoque les anges de certaines anciennes croyances, la connexion avec la vendetta est liée indubitablement à la connaissance du roman éponyme… Il y a comme une odeur d'alliance en comité vengeur.
— D'accord. Et en face, on sait que les trois tarés sont encore vivants ! Que le triangle isocèle représente les lieux de décès de trois génies de fictions fantastiques. Trois auteurs qui ont donné naissance à un spécialiste du corps, un autre de la peau et enfin, le dernier, de la mécanique. Des personnages qui ont indubitablement influencé des chercheurs fous ! Mais qui sont-ils ? Penses-tu qu'il y ait un rapport entre nos trois psychopathes et ces scientifiques-là ? Je veux dire… Sont-ils eux ? Ou travaillent-ils ensemble ? »

Il ne répondit pas. À ce moment précis, l'oreille de Franck se mit à vibrer.

« Oui ! Qui est-ce ?
— *Berger !*
— Salut, qu'est-ce que je peux faire pour toi ?
— *T'es où là ?*
— Dans la voiture avec Adila. On file au commissariat. Pourquoi ?
— *J'ai besoin de ton cerveau !*
— C'est-à-dire ?
— *On est tombés dans un piège. Je dois déchiffrer un code que je ne comprends pas. Tu peux m'aider ?*
— Un piège ? Quel piège ?
— *Une bombe.*
— Oh ! Merde ! Dis-moi vite ! Où êtes-vous ? On arrive ! Appelez les démineurs.
— *Non, Franck, il ne reste plus que 14 minutes et personne ne peut entrer.*
— D'accord ! Alors, dis-moi ce qui est écrit !
— *LTM CH 38 NF NP.*
— C'est tout ?
— *Oui !*
— Donne-moi cinq minutes, s'il te plaît ! »
Franck regarda Adila !
« Tu ne vas pas me croire !
— Qu'est-ce qu'il y a ? Raconte.
— Berger vient de m'expliquer qu'ils sont piégés et qu'ils doivent résoudre une énigme ! LTM CH 38 NF NP. J'ai du mal à imaginer que ça soit ça !
— Mais qu'est-ce que tu dis, Franck ? S'il te plaît...
— Pardon Adila ! Le spectacle dont je te parlais était une adaptation des "trois mousquetaires" ! Ce livre-là ! »
Il le désigna en le faisant tournoyer dans sa main.

« LTM ! Les...
— Trois mousquetaires... OK ! J'ai compris, petit génie. Et...
— CH 38.
— Chronik ?
— Non, en ancien français Adila !
— Chapitre ?
— Voilà... »
Il fit défiler à toute vitesse l'ouvrage pour tomber sur le bon passage.
« Il est question d'argent là-dedans, d'accord ! NF... NP ! »
Il remit de l'ordre dans ses idées et soudain un sourire triomphant illumina son visage.
« Tu sais quoi ? J'avais besoin de ça ! »
Il frotta son oreille !
« *Oui ?*
— C'est Franck !
— *Oui, Franck ! Tu as la solution ?*
— Je pense... Et je te dirai tout à l'heure comment j'ai fait. Il y a quelque chose pour donner la réponse !
— *Affirmatif ! Un clavier.*
— Bien ! Tape LES TROIS MOUSQUETAIRES !
— *Les trois mousquetaires ?*
— Oui, tape ça !
— *Je ne connais pas cette langue.*
— Moi, oui ! L E S T R O I S M O U S Q U E T A I R E S !
— *C'est bon ! Après ?*
— Écris « Chapitre 38 » !
— *Chiotte !*
— Quoi ?

— *Il n'y a pas de chiffres.*
— Écris tout en lettre. Mais à la française !
CHAPITRE TRENTE HUIT !
— *C'est fait !*
— Bon ! Maintenant, Nicolas Flamel !
— *Nicolas Fla…mel !*
— Et enfin, Noël Picard. Avec un D à la fin.
— *No…el…*
— Attention, avec un tréma sur le E !
— *OK ! Noël Pi…card ! C'est bon !*
— Alors ?
— *Je ne sais pas… Il n'y a que les minutes. Pas les secondes. Faut attendre ! Comment as-tu fait ?*
Franck lui narra promptement l'histoire de Nicolas Flamel et de son prétendu descendant qui se disait alchimiste et possesseur de la pierre philosophale.
« Cependant, Richelieu dévoila le stratagème et démasqua l'imposteur. Il se nommait en réalité : Noël Picard. NP.
— *Mais comment… ?*
— Quand je lis un roman qui me plaît… je ne mets aucune limite à mes recherches.
— *Franck ! Le décompte continue ! Tu t'es planté !*
— Calme-toi, Berger. Je sais que je ne me suis pas planté ! Réécris tout, mais tout en majuscules, cette fois-ci ! »
Adila regardait par intermittence son collègue. Mille et une pensées lui traversaient la tête ;
« *C'est fait ! Franck ! C'est bon ! Je te rappelle ! Merci infiniment !*
— Attends Berger… Elle a raccroché ! Mais ils sont sains et saufs. » Tout à coup, son visage s'assombrit.
« Tu as un souci, Franck ?

— Oh ! J'ai un choix complet, mais parmi eux, il y en a un qui m'empoisonne l'existence ! C'est la phrase que les kidnappeurs ont formulée à Leone : Date : "Dis à Franck Alberty Djorak que 'les trois mousquetaires étaient quatre'. Phase 1 enclenchée. Rien ne pourra les arrêter sauf les Cimetières."

— Encore "les trois mousquetaires" ?

— Oui… mais… cette phrase m'est destinée. Donc, c'est quelqu'un qui connaît mon amour pour cette histoire. D'après mon oncle, c'est ma mère qui m'a inculqué cette passion pour les mousquetaires. Et outre le fait que ma grand-mère était elle-même policière, je suppose que l'esprit de cette corporation a fait de moi, en partie, ce que je suis.

— OK ! Mais alors, cela voulait dire que ces kidnappeurs espéraient t'impliquer !

— Sans nul doute !

— Et la phase 1… Les cimetières ? Tu comprends quelque chose ? »

Il avait le regard dans le vide. Il ne remarquait même pas le paysage qui défilait devant lui. Sa concentration était son arme préférée. L'oreille le chatouilla à nouveau.

« Franck Alberty Djorak !

— *Bonjour Détective inspecteur, c'est Amber. La journaliste.*

— … Je suis occupé en ce moment.

— *Ah ! Non, vous n'allez pas me raccrocher au nez, vous aussi. Tout à l'heure, c'était Berger et maintenant…*

— Berger et Leone étaient face à une bombe. Ils n'avaient pas le temps.

— *Oh ! Une bombe… Et ils vont bien ?*

— Oui, ils ont réussi à la désamorcer. »

L'humilité de Franck l'empêcha d'expliquer que c'était grâce à lui.
« *Eh ben… Ce Leone, il a une chance de folie !*
— Pourquoi « une chance de folie » ?
— *Quand il a tenté de se suicider et que l'homme volant l'a rattrapé ! Et maintenant, il a failli partir en fumée.*
— « Tenté de se suicider »… que me chantez-vous là ?
— *Il nous a presque chuchoté, à moi et à l'inspectrice Berger qui était présente, une phrase des plus laconiques… et il s'est jeté dans le vide.*
— « Dis à Franck Alberty Djorak que "les trois mousquetaires étaient quatre. Phase 1 enclenchée. Rien ne pourra les arrêter sauf les Cimetières" ?
— *Oui, c'est ça !* »
Un grand silence s'ensuivit ; les « *Allo, allo, vous êtes là ?* » ne réussirent pas à extirper Franck de son introspection. Seul un obstacle évité de justesse par Adila le sortit de son questionnement.
« Allo… Inspecteur !!!
— Oui, je suis toujours là… Je vais devoir raccrocher.
— *Attendez ! Je dois absolument vous révéler quelque chose de très important.*
— Désolé, faut que je coupe. C'est urgent ! »
Il frôla son oreille, une première fois, puis une seconde sous l'œil dubitatif d'Adila. Ils cherchaient à ravoir Berger ou Leone. Visiblement troublé, il se tourna vers la conductrice. « Avec tout ça, je n'ai même pas songé à demander où étaient nos collègues. Ils ne répondent plus.
— Le commissariat doit le savoir.
— Non ! J'ai mieux ! »
Il fit glisser son index derrière l'organe auditif.
« Héléna Henderson. »

Il attendit quelques secondes.

« Héléna, est-ce que tu sais où se trouvent Berger et Leone ?

— *Oui, grâce à la géolocalisation de Jack, on a repéré le lieu de captivité de Leone.*

— Dis-moi où ils sont, s'il te plaît !

— *Dans l'ancienne mine. Je t'envoie les coordonnées. Tu es au commissariat ?*

— Parfait ! Merci ! Non, pas encore, d'ailleurs transmets les coordonnées dans la voiture d'Adila ! Et toi, tout va bien ?

— *Bien ! Moi, de mon côté, je vais rendre visite à mon mentor, Haldor Haard. C'est lui qui a mis au point le voyage cérébral et je pense qu'il doit savoir qui a la capacité de créer un être recomposé. Un Androïde, ce n'est pas commun.*

— Très bien, fais attention à toi. »

Il mit fin à la conversation.

Des coordonnées apparurent sur la partie droite du pare-brise.

Adila questionna du menton.

« C'est quoi ?

— Faut qu'on aille là-bas. Ils sont en danger ! »

Il tenta d'appeler Berger.

Rien. Puis le chef de brigade affiliée aux inspecteurs sur place. Rien non plus.

« Franck, tu peux me dire ?

— Des cartes sur "les anges de la mort" ?

— Quoi ?

— Pourquoi des cartes ? Pour titiller notre intérêt et nous amener sur un fil rouge bien tendu ?

— De quoi parles-tu, Franck ? T'es vraiment agaçant !

— Adila… Des cartes de visite sur des Androïdes assassins ? Tu ne trouves pas ça un peu étrange ?
— Si ! Depuis le début ! Mais en quoi c'est pertinent, là, à cette heure ?
— Des marionnettes…
— Bon sang, coéquipier ! Tu peux me dire ?
— C'est le nerf de la guerre ! Adila… je commence à voir le lien. ! »

Chapitre 13 : La tempête approche.

« Qu'est-ce que tu foutais ? »
Berger et les cinq hommes d'interventions rapides attendaient Leone dans l'escalier, faisant danser les rayons de leur lampe torche contre les parois.
« Désolé, une envie pressante. Tu sais, les hommes de mon âge commencent à avoir une vessie...
— OK ! OK ! Je ne veux rien savoir sur ta vessie. »
Les autres pouffèrent de rire et se mirent à descendre lentement des marches. Ils entendaient toujours ce cri aigu mettant fin à leur petit moment récréatif. Ce hurlement qui l'on pouvait apparenter à une sirène d'alarme, faisait dresser les poils des plus courageux. Même Berger n'était pas vraiment rassurée, car ce son était bien humain. Cette inspectrice qui venait de fêter ses 29 ans n'avait pas froid aux yeux. Elle était plutôt du genre casse-cou ayant eu une enfance et une adolescence cabossées.
Née durant l'ultime guerre et élevée parmi ses frères par des parents très présents et toujours joviaux, elle n'en en garda pas moins les séquelles d'une privation quotidienne de tout.
Il fallut attendre la fin du conflit pour trouver un peu d'air grâce à la reconstruction et au développement urbain maîtrisé, comme le disait souvent le premier Gouverneur en place. Cependant, tout ne fut pas rose pour elle. Son père travaillait sur les chantiers d'Afanen Lynfa et sa mère en tant que correspondante pour un petit quotidien. C'était sans doute pour cette raison qu'elle eut rapidement une accroche sincère avec Amber. De son côté, à 15 ans elle trouva du travail comme coursière puis comme chasseuse de gibier et s'engagea dans la police à 18.
Elle faisait partie de la promotion qui suivait celle de Franck, mais n'en était pas au même point question

avancement. Elle trouva vite sa place grâce à son esprit vif et surtout son œil aguerri comme sniper. Avec Franck, il n'y eut jamais de malentendus. Ils travaillaient ensemble, étaient de bons copains, mais cela s'arrêtait là.

Leurs pieds glissaient sur les marches humides. Ils s'approchaient, pistolet et lampe entre les mains, pointant la même direction.

Arrivés au plus bas, ils avancèrent, guidés toujours par ce hurlement. De la lumière artificielle courait le long d'un long couloir où l'on pouvait voir les anciens brûleurs des mineurs.

Des enclaves enchâssées aux parois de ce centre de la Terre créaient des sortes d'alcôves creusées par l'homme et dont les stigmates témoignaient d'une forte concentration de coups de pics et de marteaux sur des amas de pierre et de roches qui sentaient fort la mouillure. Leone et Berger se rendirent compte que l'on avait tenté plusieurs fois et non sans mal de tailler le roc.

Mais ces marques n'étaient pas anciennes et les éboulements non plus.

Ils se rapprochaient du cri qui s'était changé en gémissement. Incontestablement, quelqu'un se faisait torturer.

Leur ombre glissait le long du mur terreux.

Elles s'arrêtèrent devant une ouverture.

Leone et Berger se firent un « oui » de la tête et entrèrent tous de concert.

« Bonjour, on vous attendait ! »

« Je ne comprends pas ! Franck ! Le nerf de la guerre ? »
Franck avait fini son appel avec les forces d'intervention. Il avait demandé une unité entière de la Police et un Intercoptère

« Voilà comment je vois la chose : Il y a plusieurs années, Afanen Lynfa, Matteo Gallo, Jorgen Pedersen et avec l'aide de mon père ressuscité, tombèrent sur la trace de Farius, Fergusson et Zinger. À ce moment précis, ils ont dû se rendre compte que ces trois pourris avaient mis en place, grâce à trois autres génies dont on ne connaît pas encore les noms, mais qui se présentent comme les descendants spirituels de Frankenstein, Rapperschwyll et Cornelius, un plan destiné à créer une armée de monstres mi-humains, mi-robots. Des androïdes. Et pour cela, ils avaient besoin de cobayes vivants et morts. Ils les trouvèrent dans les cimetières. Tu sais, les cartes de "l'ange de la mort commence par le vivant". Le triangle équilatéral avec les abréviations... Kirkegård en ancien danois, Graveyard en anglais et Koimêtêrion en latin. Je suis maintenant certain qu'ils désignent des cimetières militaires ou paramilitaires. Pourquoi des militaires ? Pour leur aptitude à obéir et surtout leur force musculaire due à un entraînement intensif. Des hommes et des femmes morts, mais pas encore en état de décomposition.
— OK pour les macchabées, mais pour les vivants ?
— Des soldats de son ancienne compagnie, des plus jeunes et, je pense aussi... aux villes-prisons ! Un supermarché de tueurs notoires, de psychopathes et d'assassins en tous genres. Et puis, des disparus... des innocents comme Dimitri. Seulement, un grain de poussière s'est immiscé dans leur rouage infernal ! La capacité de l'Amour ou plutôt... la mémoire de ce sentiment. Ces androïdes tueurs avaient leur limite. Alors, pour les désinhiber totalement, Farius songea tout de suite au carnet de mon aïeul, au livre de Hyde.
— Mais... le nerf de la guerre ?
— J'y viens Adila. Quand Lynfa, Gallo et Pedersen commencèrent à travailler un plan en vue de se venger, ils

se rendirent compte qu'il leur manquait quelque chose d'important…
— L'argent !
— Oui, le nerf de la guerre ! Car pour lever une armée, il faut de l'argent… d'où le chapitre 38.
— Mais quel argent ?
— L'argent que le "Faiseur de rêves" dérobaient aux banques ! Souviens-toi, on n'a jamais retrouvé la totalité de l'or volé. Et on s'est toujours demandé comment il arrivait à entrer avec le masque d'Effarane sans donner l'alerte… Les établissements bancaires étaient construits par ?
— Afanen Lynfa !
— Exact.
— Mais pourquoi la mine ? »

Les policiers étaient entourés de plusieurs hommes et femmes tenant devant eux des armes lourdes.
Berger les gardait en joue et intima ses partenaires à faire de même.
« On est de la police ! Posez vos armes.
— On ne le fera pas ! » répondit le plus ancien d'entre eux.
C'était un homme de haute taille, cheveux longs et hirsutes, dont la voix feutrée était d'une douceur presque inquiétante. Mais un sourire franc le désignait comme quelqu'un de plutôt calme et modérateur.
« Je vous reconnais… Vous êtes Afanen Lynfa !
— Tout à fait vrai, jeune fille.
— Mais vous êtes un architecte renommé, riche comme Crésus ! Pourquoi ?
— Pourquoi ? Mais ma chère, pour la justice !
— Dites plutôt pour la vengeance ! Et vous vous amusez à

torturer les gens !
— Torturer ? Ah ! Vous voulez parler de ce cri ? »
Il fit un simple geste et une femme se mit à hurler comme si un feu incandescent la rongeait de l'intérieur. Tous les policiers restèrent cois !
« Je n'ai jamais torturé quiconque et ne le ferai jamais.
— Pourtant vous enlevez des personnes !
— Non plus !
— Vous m'avez kidnappé ! dit Leone en s'imposant.
— Je ne vous ai jamais vu, Monsieur ! répondit sur le même ton l'architecte. Mais comme vous aviez réussi à résoudre l'énigme, je ne pouvais que vous mener là où j'avais envie de vous faire venir ! »
Quelque chose échappait à Berger, mais elle n'arrivait pas à dire quoi.
« Vous n'êtes pas seul dans cette histoire ! Où est le Gouverneur ?
— Pedersen ? Mais dans son bureau à cette heure ! Je pense ».

Althéa, en tant que cheffe de la police, se rendit sur place afin d'interroger elle-même Jorgen Pedersen, à la suite des accusations émises par Amber.
Dans le hall central, elle contemplait le sol en damier, les colonnes en marbre et les étages avec des garde-fous en fer forgé. Elle avait l'impression d'entrer dans une sorte de palais moderne où se mariaient toutes les époques.
Le bruit de ses talons résonnant, elle cheminait vers un bureau ovale surplombé d'un escalier en forme d'escargot.
Elle donna son badge et son arme et monta par un ascenseur extérieur en verre par lequel elle pouvait voir toute la ville.

On la fit entrer dans un immense bureau au-dessus duquel trônait un tableau représentant une bataille décisive lors de l'ultime Guerre.
« Monsieur le Gouverneur, merci de me recevoir.
— Je vous en prie madame la cheffe de la police. C'est avec plaisir. Je vous en prie, asseyez-vous ! »
Elle s'installa dans un canapé qui était d'une taille à recevoir une dizaine de personnes raisonnablement constituées.
« Alors, que me vaut le plaisir de votre visite ?
— Je viens pour vous parler d'allégations vous concernant que je me dois d'investiguer. On vous accuse d'avoir fomenté un complot en vue d'assassiner Origan Farius et cela afin d'assouvir une vengeance.
— C'est-à-dire ? Quelle vengeance ?
— Farius a, dit-on, violé et assassiné votre fille.
— Et j'aurais attendu si longtemps pour le faire disparaître. Alors qu'il est resté enfermé…
— Non ! Pardon de vous interrompre… mais ce n'est pas pour cette raison que vous l'auriez fait égorger… Selon toute probabilité, votre but était de nous dévoiler sa vraie face ! Le véritable visage d'un Androïde ! »

Héléna sonna à une porte d'un petit pavillon de banlieue. Le quartier était encore en réhabilitation.
Voilà plus de vingt ans que l'Ultime Guerre avait pris fin, cependant, certains secteurs étaient encore dans un état de dégradation dangereux pour les occupants.
Un homme vint lui ouvrir ; il avait près de soixante-dix ans, une barbe bien taillée et totalement chauve. Ses vêtements étaient semblables à l'apparence qu'il donnait, c'est-à-dire, d'un autre temps.
Veste à velours côtelé, gilet à petits carreaux écossais,

lunettes rondes glissant sur son nez long et fin et finissant sur ses narines. Son pantalon était en harmonie avec le reste.

« Professeur, vous me reconnaissez ?

— Héléna Henderson ! Comment ne pas vous reconnaître ? Vous n'avez pas changé !

— Vous êtes trop gentil ! Mais ce n'est pas vrai.

— Si ! Je vous assure ! »

Un moment un peu gênant vint troubler ces retrouvailles.

« Professeur Haard, puis-je entrer ?

— Bien entendu ! Je vous en prie. »

Ce qu'elle fit. Elle reconnut tout de suite les lieux. Lorsqu'elle faisait ses études, elle venait souvent travailler en fin de journée. Elle était toujours très bien accueillie par Haldor Haard et son épouse Amy.

« Comment va votre femme ?

— Hélas, Héléna, elle m'a quitté… Elle a lutté longtemps contre une sale maladie, mais l'air vicié que nous respirons n'a fait qu'altérer sa santé. Cela fait trois ans.

— Je suis désolée professeur. »

Un silence s'ensuivit. Le vieil homme fit une petite grimace qui se voulait être « Que voulez-vous, c'est la vie ! » Tout en haussant les épaules.

Héléna ne put s'empêcher de laisser voleter son regard vers les photos accrochées aux murs.

« Vous voulez du thé ?

— Très volontiers, merci »

Il passa dans la cuisine et mit une bouilloire sur la plaque.

« Pardon professeur… mais vous avez oublié de mettre l'eau !

— Oh ! Mince ! Pardon ! Oui… Excusez-moi ! »

Tout en la remplissant, il baissa la tête.

 « Héléna… Je suis désolé pour ce qu'il s'est passé la dernière fois. Mon fils… n'avait aucune excuse.

— Je vous en prie, cela fait partie du passé ! On n'en parle plus.
— Il n'est pas méchant… Mais son esprit est des plus troublés.
— N'en parlons plus… »
Elle lui mit la main sur son épaule, ce qui le rassura un peu.
« Vous êtes un amour, Héléna ! Depuis toujours ! J'aurais voulu avoir une fille comme vous ! »
Elle sourit et replaça la bouilloire sur la plaque de cuisson.
« Vous êtes venue me rendre une petite visite de courtoisie ou c'est pour le travail ?
— Disons… un peu des deux ! Connaissez-vous un savant assez fou pour fabriquer des cerveaux à la fois numériques et mécaniques ? Un autre travaillant sur la matière élastoplastique et, un dernier capable de fabriquer des individus à partir de corps morts ? »

Ambert arriva en trombe au commissariat.
Elle se mit au centre et commença à hurler :
« Est-ce que quelqu'un aurait l'amabilité de m'écouter ? »
Tous les officiers présents se retournèrent. Certains amusés, d'autres fronçant le sourcil.
Loco se précipita sur elle.
« Madame Seidel, mais qu'est-ce qui vous arrive ?
— Ce qui m'arrive ? Je vais vous dire ce qui m'arrive ! Depuis ce matin, je tente désespérément de parler à quelqu'un, de raconter une histoire, à vous la police ! Mais personne ne veut m'écouter alors que je suis en train de trahir tout ce en quoi je crois… c'est-à-dire la liberté de la presse… Mais là… Je ne suis pas de taille. Il faut que je…
— C'est bon ! C'est bon ! Vous êtes encore plus folle que moi ! dit-il en levant les mains comme pour marquer la

reddition d'un conflit latent. Suivez-moi. »
Il la conduisit dans une salle d'interrogatoire. Un inspecteur lui demanda s'il avait besoin d'aide, mais il déclina l'offre arborant son sourire vainqueur.
Dans la salle blanche et froide, Amber s'assit d'un côté et Lisandro de l'autre. Il l'observa, ses yeux trahissant l'envie de rire.
« Alors… Je vous écoute !
— Pour donner suite à ce que vous savez, j'ai mené ma propre enquête sur le Gouverneur.
— Quoi ?
— Ne m'interrompez pas !
— OK ! Pardon.
— C'est pas grave… »
Mais cette fois-ci c'est elle qui ne poursuivit pas.
« Pourquoi vous me regardez comme ça ?
— Hein… Heu… Non… je… Après… Quand tout se sera arrangé… On pourra manger ensemble… un p'tit bout ?
— Non ! »
Elle avait tranché ! Il resta déconfit.
« Donc… Le Gouverneur… Je connais son secret ! »

Adila et Franck roulaient toujours à tombeau ouvert. La poussière des routes était un obstacle majeur, mais elle n'en avait cure !
« Je ne comprends toujours pas, dit-elle en donnant un coup de volant. Pourquoi cette fichue mine ?
— Je pense qu'ils ont dû cacher leur butin dans une des galeries. Mais d'un autre côté, les savants tarés, qui se prennent pour les Maîtres de la nature, avaient besoin aussi de ce pognon, car toute invention, toute découverte demande un investissement considérable. Ils ont certainement tenté par d'autres moyens d'en avoir, mais

jamais ils ne réussirent à s'enrichir comme nos quatre mousquetaires. C'est alors qu'ils découvrirent la mine, le lieu de la cachette et se retrouvèrent face à une énigme qui les dépassait totalement. Je suis maintenant sûr d'une chose...

— Quoi donc ?

— C'est que... Rappelle-toi ! On a découvert une bonne partie du butin lorsqu'on a fouillé sa maison... Matteo Gallo n'a pas eu le temps de tout rapporter et renforcer leur organisation financière... Alors... NF !

— NF ? Nicolas Flamel ? L'homme qui transformait le simple métal en or ? Quel rapport ?

— Je crois qu'ils y sont arrivés... Adila... Je suis sûr qu'ils ont trouvé leur Nicolas Flamel, leur pierre philosophale et mis au point un moyen de fabriquer de l'or et ce, en grosse quantité.

— Ok pour NF... Mais NP... Nicolas Picard as-tu dit ?

— Oui, j'ai la certitude que toute cette devinette n'a pour but que de m'avertir, moi !

— Ton père ?

— Oui, mon père. Nicolas Picard était un charlatan... Il me prévient que, dans leur organisation, il y a un arnaqueur.

— Mais qui ? »

Les hommes restaient vigilants et gardaient toujours en joue les policiers ; Afanen Lynfa marchait de long en large. On sentait qu'il était anxieux. Berger rompit le silence qui devenait pesant.

« Sans Matteo Gallo, vous ne vous retrouvez qu'à deux. Le gouverneur et vous ! Mais pourquoi avoir enlevé mon coéquipier ?

— Encore une fois, je ne connais pas ce monsieur !

— Des masques ! »
Cette phrase fut jetée par Leone comme s'il reprenait ses esprits.
« Pardon ?
— Vous portiez des masques d'hommes… vous savez… comme avant. Avec une longue chevelure et un chapeau avec des plumes.
— Comme des mousquetaires ? demanda Berger.
— Oui ! C'est ça !
— Nous n'avons jamais porté des masques ridicules… Sauf Matteo Gallo ! Avec son costume folklorique suisse.
— On vous nomme bien "Les trois mousquetaires" ? questionna Berger.
— Oui ! Bien sûr !
— Mais les trois mousquetaires étaient quatre.
— Bien vu !
— Comme les quatre plumes blanches !
— Parfaitement, inspectrice.
— Vous, Matteo Gallo, Jorgen Pedersen et quel est le quatrième larron ? »
Afanen s'approcha d'elle si près que son haleine submergeait les fonctions respiratoires de Berger.
« Le quatrième ? » Il sourit presque de satisfaction.

Les inspecteurs Adamcki et Pereira étaient derrière la glace sans tain.
Ils n'allaient tout de même pas laisser un bleu interroger une journaliste sans qu'ils interviennent à un moment donné ou à un autre.
Elle regardait fixement Loco… Ce qui le troublait beaucoup.
« Écoutez-moi au lieu de roucouler comme un pigeon. J'ai un ami qui travaille au ministère des armées. Selon lui,

Pedersen faisait partie d'un commando de soldats nommé les Renards. Lui et sa garnison restèrent sous les feux de l'ennemi durant un temps interminable. Ce fut un massacre. La R.A.E fut appelée en renfort, mais… Origan Farius, qui en était devenu le commandant, les laissa tomber. Juste trois hommes en réchappèrent : Lynfa, Gallo et Pedersen. Seulement voilà… Pedersen fut gravement blessé.
— Oui ! Et ?
— Et… Sa blessure était placée de telle manière qu'il n'aurait jamais pu avoir d'enfant. Alors j'ai cherché… Sa femme n'a jamais été enceinte !
— Mais sa fille ?
— Il n'a jamais eu de fille. Mais il ne ment pas que sur ça. Pedersen n'est pas celui que l'on croit ! »

Elle tripotait un stylo sur le bureau de Pedersen. Cela l'agaçait profondément. Il lui récupéra adroitement en lui posant une simple question.
« Comment vont vos enfants ?
— Ils vont très bien ! Vous détournez l'attention sur de l'affect ! Mais vous évitez de répondre à une simple question. Vouliez-vous, oui ou non, nous mettre sur la voie de ces monstres de foire ?
— Alors, ce n'est plus une vengeance… Comment aurais-je fait ? Je serais passé par des souterrains en plein centre de détention ? Dans le couloir de la mort ? Restons sérieux, Madame la Cheffe de la police… Enfin… Si vous tenez à le rester. »
Althéa resta un moment sans parler. Elle accusait le coup.
« Vous me menacez, Monsieur le Gouverneur ?
— Non… pas du tout… Vous vous faites des illusions. »
Elle le fixait intensément.

« Je vais faire comme si vous n'aviez rien dit.
— Faites donc ! »
Pedersen la jaugeait ! Elle était sacrément courageuse de faire front comme cela.
« Avez-vous, oui ou non, fait assassiner Origan Farius et Fergusson ?
— Je n'ai rien fait de tel ! Maintenant, je vous prierai de quitter mon bureau… j'ai des affaires d'État qui m'attendent ! »
Elle baissa la tête, la leva, le regarda, se mit toute droite sur ses pieds et tourna les talons.

 Héléna observait son mentor qui s'était mis en demeure de retrouver des archives concernant des études faites sur l'élaboration d'un cerveau numérique et mécanique ainsi que les avancées en élastoplatie.
Elle lâcha du regard le vieil homme et s'avança dans le couloir central dont les murs étaient ornés de photos, d'articles de journaux, de brevets. Cet homme, au demeurant si simple en apparence, était un vrai ténor de la science. Son mémoire sur le voyage mental était une véritable symphonie de rigueur et de poésie, de science et d'art.
Alors qu'elle s'approchait d'une porte, celle-ci, soudainement, s'ouvrit.
Un homme d'une trentaine d'années en sortit. Il était dégarni et avait l'air hagard.
Elle fit un bond en arrière en le voyant.
Il passa devant elle sans lui jeter un œil.
Elle se colla contre le mur et tremblait de tous ses membres.
La mémoire… Ce filtre que l'on tente de contrôler… lui joua un tour… un mauvais tour.

Un soir, elle se rendit chez son professeur.
Elle avait dix-huit ans à l'époque.
D'une beauté, d'un sourire et d'une intelligence hors du commun.
Un jeune homme lui ouvrit.
C'était le fils de la famille.
Il lui sourit, elle le lui rendit.
Il la fit entrer !
Elle ôta sa veste !
Il la poussa violemment contre la table.
Il y monta dessus et la tira par les cheveux.
Il riait fort et lui crachait dessus en la tractant et la faisant glisser sur toute la longueur du meuble.
Son père arriva sur ses entrefaites.
Lui fit une piqure, le calma et supplia Héléna de ne pas porter plainte.
Ce qu'elle fit.
« Gustav ! Retourne dans ta chambre ! »
Il le prit par le bras et le ramena d'où il venait. Dans le même temps, elle se souvint de son rêve dans les bas-fonds d'Ecee-Abha, qu'elle avait mis sur le compte du gaz...
Mais il était son révélateur. Ses angoisses et ses craintes entremêlées.
Tout en réfléchissant, ses yeux se figèrent sur une photo. Elle s'avança.
À ce moment précis, une fascination singulière la contrôlait.
« Professeur !
— Je suis désolé Héléna, j'aurais dû vous dire qu'il était là... Mais il ne peut plus faire de mal à per...
— Pardon professeur... mais qui est cet homme ?
— C'était un de mes meilleurs éléments... Il y a longtemps... Bien avant vous... Il venait de l'ancienne

Amérique. Mais je crois… oui… J'en suis sûr… Oui… Il voulait se spécialiser !
— Dans quoi ?
— La mécanisation du cerveau et ses ajustements. Pourquoi ?
— Je connais cet homme ! Il vit ici, dans cette ville ! »

« Qui est l'arnaqueur ? En cela, j'ai encore des incertitudes. »
Franck regardait défiler la route et se demandait vraiment pourquoi le Gouvernement n'avait jamais rien fait pour les rendre plus accessibles, moins accidentées.
« Il y a plein de choses qui me chiffonnent, dit Adila, les mains cramponnées au volant. Tout d'abord, quand on t'a drogué et placé devant ces six juges justiciers, tu dis que celui qui se nommait Rap, c'était le… disons le "copieur" du docteur Rapperschwyll. Les cinq autres étaient donc…
— Cornelius, Frankenstein… Enfin, leurs représentants… et nos trois timbrés. Six… Six… Le double de trois… Depuis le début, c'est ça ! Des doubles. Double visage, double cerveau… Ils ne sont ni cinq ni sept. Il fallait un double. Et le double de trois, c'est 6… Attends un peu. »
Il se frotta l'oreille et dit « Agota ». Il patienta quelques secondes et quelqu'un finit par décrocher.
« Agota ? C'est Franck ! »
Il y eut un silence et des pleurs à l'autre bout.
« Agota, s'il te plaît… Ne pleure pas… N'aie pas peur. C'est toujours moi.
— *Je n'ai pas peur Franck. Enfin, si, hier j'étais tétanisée. Et ce qu'a raconté papa… C'était… Comment il a pu te cacher ça si longtemps ?*
— Ne lui en veux pas, sœurette. Il l'a fait avec de bonnes intentions. Il a voulu nous protéger.

— *Et toi ? Comment te sens-tu ?*
— Je t'assure, petite sœur, que je vais très bien. Mes blessures physiques ont miraculeusement presque toutes disparu et… moralement, je ne sais pas pourquoi… mais je me sens mieux ! Comme si un puzzle à qui manquaient des pièces venait soudainement de se remplir. Comment va tout le monde ?
— *Tout le monde essaie… d'aller !* »
Il y eut un nouveau silence.
« Agota ?
— *Je suis là, frérot ! Tu sais… Je t'aime !*
— Moi aussi, mon artiste préférée. »
Il essuya une larme discrètement et l'imagina faire de même, à l'autre bout.
« Agota, j'ai une question à te poser ! Que t'inspire le chiffre 6 ?
— *En art ? En philosophie ? En études des anciennes croyances et traditions ?*
— Tout ce que tu peux me dire. »
Il sentait bien qu'elle était en train de remettre de l'ordre dans sa tête.
« *Alors, le 6 a plusieurs interprétations données au fil des temps. Mais je vais te parler de ce qui nous rapproche le plus de notre dernière conversation à l'école. En Art, il existe beaucoup de miniatures et de tableaux de l'ancienne religion chrétienne dont la symbolique du 6 fait référence à la marque, le nombre ou le nom de la bête. 666. Dans l'Apocalypse, chapitre 13,* on dit que *ce sont deux bêtes surgissant l'une de la mer, ayant dix cornes et sept têtes, avec un diadème sur chacune des dix cornes et, sur les têtes, des noms blasphématoires, l'autre de la terre, elle avait deux cornes comme un agneau et elle parlait comme un dragon. Elle exerce tout le pouvoir de la première Bête en sa présence, amenant la terre et tous*

ceux qui l'habitent à se prosterner devant la première Bête, dont la plaie mortelle a été guérie. Elle produit de grands signes, jusqu'à faire descendre le feu du ciel sur la terre aux yeux des hommes : elle égare les habitants de la terre par les signes qu'il lui a été donné de produire en présence de la Bête ; elle dit aux habitants de la terre de dresser une image en l'honneur de la première Bête qui porte une plaie faite par l'épée, mais qui a repris vie. Il lui a été donné d'animer l'image de la Bête, au point que cette image se mette à parler et fasse tuer tous ceux qui ne se prosternent pas devant elle. À tous, petits et grands, riches et pauvres, hommes libres et esclaves, elle fait mettre une marque sur la main droite ou sur le front, afin que personne ne puisse acheter ou vendre, s'il ne porte cette marque-là : le nom de la Bête ou le chiffre de son nom. C'est ici qu'on reconnaît la sagesse. Celui qui a l'intelligence, qu'il se mette à calculer le chiffre de la Bête, car c'est un chiffre d'homme et ce chiffre est six cent soixante-six.

— Oui… Foutre la pagaille et dresser les humains les uns contre les autres, je reconnais bien là l'œuvre de Farius. Mais je ne le vois pas suivre des doctrines aussi ancestrales. Je pense juste qu'il s'en inspire.

— *Dans quel but ?*

— Eh bien, petite sœur, dans le but de rallier des personnes influençables à des causes irrationnelles. Tout comme les quatre cavaliers ou les cinq éléments. Tu as autre chose ?

— *Le 666 est le double de 333 qui est la trinité, puissance céleste déployée. Mais… si tu renverses 666, tu obtiens 999, qui évoque les anges et leur puissance.*

— D'accord… Dis-moi, le chiffre contraire au 6, ce ne serait pas le 7 par hasard ?

— *Tout à fait, car le 7 est la définition de la perfection, du*

divin. D'où l'affrontement entre les envoyés de celui que l'on appelle Lucifer et ceux que l'on pense être les messagers du Dieu chrétien. Sache aussi une chose au sujet du 6 ; il symbolise de même ce que l'on appelle la gémellité. C'est-à-dire... »
Elle s'arrêta soudainement. Elle faillit parler des jumeaux et se souvint de la confession de leur père la veille.
« Merci Agota. Je sais ce que c'est. »
Elle leva les yeux au ciel, ses boucles rousses frolant ses sourcils. Étant jumelle elle-même, elle considéra que sa phrase était à la fois maladroite et sotte. « Parfois, j'ai envie de me frapper. » se dit-elle en son for intérieur. Puis rebondit rapidement.
« *Attends, peut-être, quelque chose qui t'intéressera encore. Ce chiffre fait aussi référence au Sceau de Salomon : deux triangles équilatéraux mis tête-bêche qui représentent la reconnaissance de la spiritualité de la matière et la matérialité de l'esprit.* »
Le cerveau de Franck marchait aussi vite que le véhicule qui les transportait. « Mis tête-bêche » comme dans l'alcôve dédiée à Mary Shelley et son Frankenstein.
« Merci Sœurette. Je te fais de grosses bises.
— *Moi aussi, Franck, je t'embrasse très fort !* »
Elle raccrocha. Il se dit que c'était la première fois qu'elle ne rajoutait pas « Embrasse Héléna de ma part, c'est ma préférée ! ». Il en sourit !
« Je ne cesse de tourner en boucle mes échanges avec Farius d'abord et Anthony Zinger ensuite sous le manoir :
Je l'ai créé pour nous ! JE est : UN
L'aigle à deux têtes ! Par définition : DEUX
Triumvirat,
trinité : tout indiqué : TROIS
Les cavaliers de l'Apocalypse : QUATRE
Les éléments : CINQ

Le nom de la bête : SIX. La bête se réveille.
— Mais… avec Katerina et Anthony Zinger, ils étaient 8 !
— Exact ! » Il lança vers elle un petit regard en coin. Elle saisit ce qu'elle venait de préciser sans le vouloir.
— Le sigle de l'infini ! » Elle hocha la tête tout en prononçant ses propres mots. « Cependant, imaginons que Katerina ait survécu… ou Anthony… À la tête, ils auraient…
— Jamais ! Ils n'auraient jamais été 7 ou 9 ! 6 ou 8, sans problème.
— Mais alors, pourquoi as-tu demandé pour le chiffre 7 ?
— Parce que… Adila… je pense que nous avons affaire à deux entités qui s'affrontent sur des terrains qu'ils connaissent bien. C'est normal, puisque l'un est dirigé par mon père et l'autre par Farius. Si comme l'on pense Farius, Zinger, Fergusson, c'est-à-dire les trois soldats et… Rap, Cornelius et Frankenstein, à l'évidence les savants, représentent le chiffre de la bête, Lynfa, Gallo, Pedersen et mon père, les têtes pensantes et les trois frères vengeurs, les bras armés, sont les représentants…
— Il y a tout de même un grain de sable dans ton rouage… Excuse-moi d'employer ce mot. ironisa-t-elle. Mais si Farius est un adepte des chiffres, il faut que de l'autre côté aussi, on accepte ce délire.
— On parle de mon père… donc, cela peut être délirant.
— Et si ton père est mort ?
— Alors, c'est que nous avons affaire à un extrémiste opposé. »
Elle fronça les sourcils. Elle tentait de mettre de l'ordre dans cet
imbroglio.
« Mais, Franck, s'il s'agissait comme tu dis, à l'origine, des quatre cavaliers de l'apocalypse, et qui correspondrait bien à l'histoire originale des plumes blanches, qui est le

quatrième ? Et chose importante, si on les rajoute aux trois savants, cela fait sept et non six.
— Je pense toujours qu'ils ne sont que six à être derrière tout ça, Adila.
— OK, mais pour que cela fonctionne, tu penses que l'un des savants est aussi l'un des cavaliers ? »
Il approuva d'un hochement de tête.
— Mais attends... La genèse, le commencement de tout... ce sont vos ancêtres. Les quatre décideurs étaient Farius, Zinger, Fergusson et Katerina, la descendante directe des Rackinson. Attends... Ce qui veut dire...
— Que si on part de l'idée que le quatrième larron est le dernier cavalier, il ou elle fait partie de ma famille !
— À moins que Katerina soit toujours vivante.
— Non, c'est bien elle qui est morte et non une copie. Le légiste nous l'a confirmé et... la personne que j'ai abattue était bel et bien un être humain. Les larmes ne se commandent pas. Les cris étaient sincères.
— N'est-ce pas pour empêcher que les automates retrouvent de l'empathie qu'ils tentent de découvrir où se situent les quatre feuillets manquants ?
— Katerina ne ressentait rien ! Absolument rien. Sauf pour son fils, Anthony.
— Tu penses donc qu'un autre Rackinson fait partie de la conjuration ? Un autre descendant de ton père.
— Je dirais plutôt mon aïeul qui a beaucoup voyagé... partout dans le monde... avant de s'établir ici, dans l'ancienne Allemagne. Katerina m'a parlé de première vague avant que je ne l'abatte. Elle ne m'a pas menti. Nous subissons la seconde. »
Il parlait, les yeux perdus vers l'horizon, se rendant compte tout à coup du recoupement de tous les éléments qu'ils avaient entre les mains.
« Et si les autres l'ont suivi ou ont remonté sa trace, ils ont

dû aussi y laisser des rejetons.
— On avait donc raison pour les trois "cimetières", America, Europea et Asiatica. Ils préparent donc…
— Une guerre mondiale. »

Chapitre 14 : La Tempête !

« Vous en êtes sûre, Amber ? Vous êtes sûre de ce que vous dites ? Au sujet du gouverneur ?
— Je ne me trompe pas. Je suis certaine que tout est conjugué. Je n'arrête pas de me ressasser cette phrase de Leone après son enlèvement alors qu'il suivait Pedersen.
— C'était quoi ?
— « Réponse : Date…
— Qu'est-ce que ça veut dire ?
— Je ne sais pas. Peut-être en référence à la date de décès de sa prétendue fille.
— Mais comment a-t-on pu croire en son existence ?
— On a affaire à un faussaire des plus habiles.
— Je vois ça. Et… vous n'aviez pas terminé.
— C'est vrai. Phrase : "Dis à Franck Alberty Djorak que 'Les trois mousquetaires étaient quatre'. Phase 1 enclenchée. …"
Elle ne put achever. À peine avait-elle prononcé la phrase "Phase 1 enclenchée" qu'Adamcki et Pereira, toujours à l'écoute derrière la glace sans tain, sortirent leur arme de service et firent feu à travers le miroir. Aux premières balles, Loco se précipita sur Amber pour la protéger, mais l'une d'elles vint la toucher au thorax de plein fouet. "Putain ! C'est la merde !" dit-il en extirpant son automatique. Avec ses pieds il fit basculer la table en fer. Il balança une salve et la souleva de toutes ses forces en poussant un cri. Il s'en servit un temps comme bouclier puis la lança dans le local où se trouvaient les tireurs et y sauta à pieds joints. Il fit un roulé-boulé au sol et s'arrêta en position de tir. Les deux autres s'étaient enfuis. Il

repartit tel un fou dans la salle d'interrogatoire et se plaça au-dessus de la journaliste blessée.
"Restez avec moi Amber !"
Il retira son polo noir et le plaça sous le tee-shirt ensanglanté afin d'appuyer sur la blessure qui avait l'air grave. Il frotta son oreille : "Envoyez tout de suite une ambulance…" Mais il ne put continuer son ordre. Des cris, des hurlements sortirent des salles environnantes du commissariat.
Il chuchota à la jeune femme dont le sang coulait abondamment.
"Je ne vous abandonne pas ! Je reviens ! Tenez le coup !"
Puis il reprit son arme.
Il la pointa vers le bas, les bras dont les muscles saillaient étaient maculés d'un rouge vif. On pouvait voir distinctement les veines de son cou battre le rythme d'un pouls trop rapide.
Il remit en marche son moyen de communication et dans un souffle dit :
"Police Fédérale."
Il attendit. Enfin, quelqu'un daigna répondre.
"Envoyez du renfort au Commissariat central ! Vite ! Et des ambulances !"
Il marcha ainsi en faisant le moins de bruit possible. Puis il se retrouva derrière une porte entrouverte.
Les deux policiers n'arrêtaient pas de lancer à la cantonade :
"Phase 1 enclenchée ! Phase 1 enclenchée…"
Les corps gisaient épars. Debout, leurs chaussures glissant partiellement sur les tâches d'hémoglobine, les deux bourreaux psalmodiaient cette sentence comme une litanie

mortuaire, ralliant à leur cause, entre deux exécutions, un nombre toujours croissant de cadets. Certains ouvrirent la porte principale et, entre deux détonations, invoquaient ce qui semblait être un envoutement.
"Ça commence ! Franck avait raison !"
Il frotta l'arrière de son oreille et marmotta :
"Adila M'Koumbé"
Mais personne ne répondit !

Quelques minutes plus tôt, Adila et Franck étaient arrivés en trombe à la mine. Ils furent accueillis par les hommes d'intervention placés à l'extérieur. On leur indiqua le chemin. Adila fut étonnée.
"Ils ne sont toujours pas remontés ?
— Non, pas encore, mais nos ordres sont de rester en position.
— Bien ! Nous, on y va !" trancha Franck. Des renforts seront là dans quelques minutes.
— L'Intercoptère est déjà là, en stationnaire. »
Franck leva les yeux au ciel. Il observa la machine volante. Elle semblait être tenue par un fil invisible. Et ce, dans un silence total.
Ils descendirent les escaliers, et, alors qu'ils étaient à mi-chemin, des voix parvinrent à leurs oreilles.
Des sons indistincts, mais qui ne semblaient pas vraiment amicaux.
Ils sortirent leur pistolet automatique.
Arrivés au dernier palier, ils se mirent en position de tir et avancèrent prudemment.
Ils longeaient des raccordements électriques qui couraient au-dessus des remblais de terre jusqu'à une salle dont la

luminosité était impressionnante.
Au signal de Franck, ils entrèrent simultanément en criant : « Que personne ne bouge ! »
Ils se retrouvèrent derrière des hommes armés tenant en respect Berger, Leone et les cinq autres policiers.
Berger tourna la tête. « Franck, Adila ! »
Une voix alors se fit un peu plus présente.
« Franck, baisse ton arme ! Vous aussi, Adila ! Nous ne sommes pas ennemis. »
Ces derniers se retournèrent vivement, pointant toujours le canon de leur automatique. Adila vers les hommes armés et Franck vers la voix qui se rapprochait.
« Afanen Lynfa ! C'est à vous de poser votre arsenal. » somma-t-il avec une certaine audace au vu de la situation.
« Allons, Franck ! Ne sois pas stupide ! Tu es un être remarquablement intelligent et je sais maintenant qu'il ne faut pas te mettre en colère. Ton... double risque de ne pas se maîtriser comme tu sembles le faire.
— Il se contrôle très bien... Et ce n'est pas mon double... Il n'a aucune emprise sur moi. Peu importe... vous vous rendez compte que vous tenez en otage des policiers ?
— Ils ne sont pas mes otages. En vérité, c'est toi que j'attendais.
— Oui... Je le pense bien ! Où est mon père ?
— Ton père ? ... Plus tard, si tu le veux bien.
— Non, je ne le veux pas. Dites-lui de venir.
— Je t'ai dit plus tard ! ... C'est promis. Maintenant, on va tous baisser les armes et parler en hommes civilisés. Croyez-moi, je suis un ancien soldat. Je sais les dégâts qu'elles peuvent occasionner. »
Franck le regarda comme s'il tentait de le sonder. Mais il

obtempéra, suivi de près par Adila. Ils rangèrent leur pistolet dans leur holster.

« Je vois que vous avez engagé une petite troupe ?
— Il le fallait bien.
— Question : Vadim, Pavel et Mikhaïl combattent à vos côtés, n'est-ce pas ?
— En effet. Ils ont fait partie de la première vague de recrues. »

Franck sourit à Adila qui le fixait, circonspecte.

« Le chiffre sept ! en lui faisant un clin d'œil. Et est-ce que les trois circassiens sont là ?
— Non… Dis-moi ce que tu sais, Franck ! Ça m'intéresse. s'informa Lynfa en croisant les bras.
— Ce que je sais ? Que Gallo, Pedersen et vous-même avez été trahis par Zinger, Farius et Fergusson au cours de l'ultime guerre. Que vous les avez cherchés durant des années afin d'assouvir votre vengeance ! Que vous les avez retrouvés alors qu'ils s'acoquinaient à des savants fous qui, seuls, n'avaient ni l'audace ni la témérité de se lancer dans leur entreprise grotesque. Que, profitant de la détresse de trois frères, vous avez réfléchi à des représailles dignes d'un roman ! C'est normal puisque c'est mon propre père qui vous a placés sur la voie des "quatre plumes blanches", comme il l'a fait avec moi ces dernières semaines. Que, sachant que ce n'étaient pas les vrais tarés en prison, vous vous êtes mis en tête de nous ouvrir les yeux, en leur tranchant la gorge dans l'enceinte même de leur pénitencier ! Comment avez-vous fait ? Facile ! Vous êtes l'architecte des bâtiments… Vous avez au préalable imaginé tout un réseau de souterrains et de passages secrets à l'instar de ceux que vous aviez édifiés sous Ecee-Abha. Continuité historique de ce qui avait été fait durant près de trois siècles. Que vous aviez une

nécessité malgré votre fortune personnelle : l'or... afin d'engager des mercenaires, des militaires qui devaient se battre contre la petite armée de décérébrés aux corps reconstitués. Que Gallo vous en a apporté une bonne partie en dévalisant les banques, mais qu'il s'est fait prématurément mettre sous les verrous par Adila et votre serviteur. Pourquoi ne pas l'avoir fait évader ? Il est resté dix ans derrière les barreaux !
— C'est lui qui refusait d'en sortir. Il disait qu'il avait mérité sa sanction. Des gens s'étaient suicidés à cause de lui. Et il ne pouvait consentir à recouvrer la liberté.
— Et puis, Farius voulant dominer le monde, dans sa folie dévastatrice, imagine avec Katerina ce mémorable plan à tiroirs... Les quatre cavaliers de l'Apocalypse... Les cinq éléments... etc. ... Quelques semaines plus tôt, Zinger était arrêté et se retrouvait dans la même prison que Gallo. Quelle ne fut pas sa surprise en le voyant ? Je pense que, de son côté, le père Zinger ne l'a pas reconnu tout de suite. Et pour cause ! Il n'était pas le vrai Zinger ! Il ne pouvait pas l'identifier ! Cela a mis la puce à l'oreille de mon ancien chef. Il était un policier redoutable, vous savez ? Et c'est là que débute votre propre dessein presque machiavélique en suivant la trame du roman et de ces fameuses plumes qui semblent tomber des ailes d'un ange vengeur. Par malheur, Gallo veut égorger lui-même Zinger afin d'éclairer le monde sur sa véritable nature, à savoir : un humanoïde. Mais il n'est pas de taille à se battre contre un homme dont on a décuplé la force, même si en apparence ils ont le même âge... et il se fait assassiner. Alors, vous envoyez par un souterrain un des trois frères circassiens. Cependant, le fils Zinger se pointe sur ses entrefaites à la prison avec le disque du "faiseur de rêves". L'acrobate arrive malheureusement trop tard. Le père et son rejeton s'étaient enfuis tous deux, laissant derrière des

endormis et des morts. Mais, voulant éviter de renouveler cette erreur, vous avez attendu que nous soyons témoins, Adila et moi, des futures exécutions. Le gaz était bien entendu pour tous, mais le message, les fameuses plumes blanches, n'étaient que pour nous... ou plus précisément... pour moi.
— Mais, si c'était le faux Zinger, avec la force qu'il avait... Pourquoi s'est-il laissé prendre ?
— C'est une partie d'échecs, ne l'oublions pas Berger. Il fallait qu'il s'évade de prison pour attirer la Gouverneuse et moi-même dans ce guet-apens. Et ce, de manière théâtrale. »
Lynfa était totalement subjugué. Il avait tout compris... enfin... presque tout.
« Revenons au nerf de la guerre. Gallo emprisonné, les banques ayant renforcé leur sécurité et surtout, j'espère, par un bienveillant esprit d'empathie pour celles et ceux qui avaient perdu leur argent, vous avez décidé de faire autrement. Pedersen !...
— Quoi, "Pedersen !" ?
— Ce n'est pas le vrai, n'est-ce pas ?
— Pourquoi pensez-vous ça ?
— C'est mon géniteur qui me l'a dit... enfin... à travers le mot de passe de la bombe qui se voulait dissuasive... au-dessus. »
Il montre du doigt la partie supérieure de la mine.

Héléna était toujours dans la maison de son ancien professeur. Elle n'arrêtait pas de téléphoner à Franck, mais ce dernier n'avait pas l'air de pouvoir répondre. Elle commençait à s'inquiéter et son angoisse la domina presque lorsqu'elle se rendit compte que ni Adila ni le commissariat ne décrochait.

« Il se passe quelque chose. Vous avez Téléeuropéa ?

— Bien sûr. »

Tout en rétorquant, il mit en marche l'appareil. Un communiqué envahissait toutes les chaînes.

Une journaliste parlait :

« *Outre les attaques sanglantes à la Banque Centrale, à l'Usine atomique de traitement électrique, au complexe militaire Européarmée affilié au Ministère de la Guerre...*

— Il avait raison. L'ouverture des quatre cavaliers.

— Qui avait raison ? demanda candidement Harold.

— Franck, mon fiancé. Le détective inspecteur Franck Alberty Djorak.

— *...selon Infopol, tout aurait démarré au Commissariat où une fusillade a éclaté faisant plusieurs dizaines de morts. Des hommes et des femmes, à la suite d'une étrange phrase prononcée, se changent en assassins impitoyables.*

— Ils avaient déjà investi les lieux, ajouta Héléna. Ils étaient programmés pour réagir à une clef verbale. Donc, les flashs que Franck avait aperçus n'avaient rien à voir avec des Lichtkontrolle et une quelconque influence sur les flux cognitifs de l'androïde. Ils avaient une autre fonction.

— C'est terrifiant ! Penses-tu qu'ils soient nombreux ?

— Qui ? Les androïdes ? Je ne crois pas... mais suffisamment pour cerner les points névralgiques d'une partie d'Européa.

— *Cette phrase serait : « Phase 1 enclenchée... »*

Aussi soudainement que violemment, la caméra se releva et devint l'instrument meurtrier. Le journaliste reçut plusieurs coups au visage. On pouvait voir l'image passer d'un bout de trottoir à une rue hystérique, de magasins fermant prématurément à des morceaux de chairs en lambeaux sur la chaussée.

Pris par des hauts de cœur, Harold arrêta la télé et vint s'asseoir près de la scientifique. Elle posa sur lui un regard doux et compatissant.

« Le monde est devenu fou ! »

Elle approuva et voulut lui dire que ce n'était qu'un début. Qu'il fallait se préparer à bien pire. Mais elle devait lui ôter ces images de la tête.

« Professeur, pensez-vous que votre ancien élève… Comment s'appelait-il ?

— Alzéard. Alzéard Mendes. Il venait de ce que l'on nommait naguère, le Québec. »

Héléna fronça les sourcils. Franck avait bien parlé d'un accent qu'il avait du mal à localiser. Mais surtout… Elle le connaissait sous un autre patronyme.

« Pensez-vous qu'Alzéard avait les compétences nécessaires pour …

— Je vous arrête tout de suite, Héléna. Je sais ce que vous allez me demander et la réponse est un oui ferme ! Il était d'une incroyable imagination et d'une témérité formidable en ce qui concerne la mécanisation de l'esprit. Son seul bémol était…

— Les sentiments. Il n'avait pas réussi à contrôler les aires corticales préfrontales et donc la régulation des sentiments. Et il n'y est toujours pas arrivé. Et voilà pourquoi Farius avait besoin du carnet de Hyde… pour désinhiber et altérer le jugement de tous les androïdes. Cela fait près de vingt ans qu'Alzéard y travaille. Vingt ans qu'il a commencé à mettre au point, avec deux autres… génies, une nouvelle espèce d'humanoïdes qui ont vécu comme cela, en sous-marins et n'attendaient que la clef pour les réveiller.

— Mais… qui est-il en vérité ? Vous avez dit que vous le connaissiez sous un nom différent ! »

Héléna tourna la tête vers lui.

« C'est… »

Loco avait pu se soustraire à la vigilance des faux policiers et trouver une porte de sortie donnant sur un boulevard très fréquenté. Il se mit à courir, espérant dénicher une aide quelconque, mais les gens se précipitaient dans tous les sens afin de rentrer rapidement chez eux.

La cité était, comme les semaines précédentes, le cœur d'une attaque.

Un carambolage eut lieu au moment où, au loin, il vit des véhicules de l'armée tirer sur les passants. « Merde ! » cria-t-il.

Il sortit son automatique et fit feu, mais, contre leur blindage, il ne pouvait rien.

Des hommes et des femmes, faisant confiance à leurs propres troupes, s'approchaient alors que la mitraille les fauchait sans nulle hésitation.

D'autres soldats et policiers, du bon côté sans aucun doute, déboulèrent et nourrirent d'un feu intense les androïdes aux commandes des véhicules

Lisandro rebroussa chemin en vitesse et remonta au commissariat. Il entendait les gens hurler à l'extérieur et aperçut de nombreux impacts d'armes lourdes dont le son faisait écho. Il rentra dans la salle d'interrogatoire. Il s'approcha d'Amber toujours couchée au sol, se vidant de son sang.

« Je suis désolé… je n'ai pas pu trouver de secours… la ville est devenue complètement folle… »

Il se mit à sa hauteur.
Elle était pâle comme un linge.
Il tâta son pouls…
Il n'en trouva plus.
Il lui ferma les yeux.
Althéa arriva sur ses entrefaites. Son commissariat était en ruine. Des corps gisaient partout et du sang tapissait les murs sous lesquels certains agonisaient.
François était déjà sur place tentant de prodiguer les premiers soins.
« Chéri ! Qu'est-ce que tu fais là ?
— J'ai quitté l'hôpital dès que j'ai pu… j'étais effrayé à l'idée de te retrouver parmi ces victimes.
— Non… j'étais… peu importe… Dans les rues, c'est l'anarchie complète.
— J'ai vu ça. »
Il la prit dans ses bras. Il l'embrassa tendrement. Puis il s'écarta de son épouse pour aider un malheureux dont les râles devenaient terrifiants. Puis… ils cessèrent.
Althéa fronça les sourcils en regardant vers la fenêtre. Tout à coup, une abeille de fer et de feu vint la traverser de part en part, faisant éclater la vitre en mille morceaux épars.
Elle s'affaissa comme un pantin libéré de ses fils.
À ce moment précis, Loco fit son apparition, son arme de service à la main.
« Althéa !!! » hurla François. Il se jeta sur sa femme. Les yeux emplis de larmes, il pivota vers le policier dont les pupilles étaient dilatées, témoignant d'une incapacité à expliquer ce qu'il venait de se produire.
« Qu'est-ce que vous avez fait, pauvre fou ? »

Franck déambulait entre les divers protagonistes.

« Ce mot de passe, là-haut… Qui pouvait donc connaître ma passion pour "Les trois mousquetaires" ? Réponse : mon géniteur ! Et… vraisemblablement, Farius a utilisé ce savoir pour, d'une manière ou d'une autre, transmettre ce message par TOI, Leone. Car, à n'en pas douter, Farius ou un de ses condisciples a réussi à pénétrer dans le hangar principal de cette houillère. A activé le mécanisme et est tombé sur cette énigme relativement insoluble pour le commun des mortels. L'unique déduction qu'ils ont pu en tirer est le "LTM"… Les Trois Mousquetaires… Malheureusement, étant en bute à la résolution du reste, il a été facile à Farius d'estimer que moi, moi seul, j'aurai la capacité à déchiffrer et donc à entrer. Mais pour quelle raison ? … La question me taraude depuis que j'ai appris que tu avais été kidnappé, Leone, et que l'on avait procédé à un lavage de ton cerveau… Mais il me manque deux réponses… Celles qui s'accordent à ces questionnements ; le premier étant : pourquoi, Leone, aurais-tu voulu te suicider après avoir divulgué cette phrase si lapidaire ? Hypnotisme ? Autosuggestion ? Je suis dans l'expectative… Et la deuxième : comment Farius, dont le plan était de me mener jusqu'ici par n'importe quel moyen, aurait pu prévoir que l'on remonte directement à la mine grâce à la géolocalisation de Jack, étant, en tout état de cause, ignorant du fait que nous l'aurions entre nos mains à un moment donné ou à un autre ? Lequel, d'ailleurs, n'a sans doute jamais mis les pieds ici sauf quand il a été obligé de survoler l'endroit de ta détention, alors qu'il te pistait. Cela m'a troublé… Et m'a convaincu d'une chose… »

Le coupant brusquement dans sa narration, Leone brandit

son arme et tira sur tout ce qui pouvait bouger. Des policiers de l'intervention ainsi que trois des hommes de Lynfa s'écroulèrent.

« Qu'est-ce que tu f… »

Berger n'eut pas le temps de parler que déjà Leone pointait son pistolet sur elle.

Mais une balle adroitement logée dans son front mit fin à la menace et il s'affala sur le sol, vidé de toute vie.

La trajectoire de l'abeille de fer mena directement à l'arme de service d'Adila.

Elle la baissa harmonieusement avec ses larmes qui roulaient sur ses joues.

Berger se jeta sur lui… Elle était sous le choc.

« Que… qu'est-ce qu'il s'est passé ? »

Franck la releva et la serra contre lui alors qu'Adila et les survivants s'occupaient des blessés.

« Berger… Ce n'était pas Leone… C'était un androïde… Programmé comme les autres.

— Mais… Ce n'est pas possible… Il s'est souvenu de ses agresseurs portant un masque…

— Programmation. Tout n'était qu'illusion, Berger.

— Son humour… Cette façon qu'il avait de me regarder… »

Franck hocha la tête. Des réponses manquaient. Il prit Berger par les épaules. Et tout en reniflant, elle tourna son visage vers son collègue, sans réellement le voir.

« Mais… le vrai Leone ?

— Mort… Sans aucun doute. Je suis désolé… mais… les doubles n'existent que si les originaux ne sont plus de ce monde.

— Pourtant… toi…

— Moi ? Après la tentative d'assassinat en voiture, ils ne

pouvaient se permettre un nouvel échec. Alors, ils ont fait mieux ! Ils ont créé la peur autour de mon visage et autour de mon nom. »

Adila de son côté ressentait une ambivalence de sentiments. À la fois choquée d'avoir dû tirer sur ce qu'elle pensait être un collègue et soulagée d'avoir sauvé Berger. Fronçant les sourcils, elle posa une question qui brûlait les lèvres de tout le monde.

« Mais alors, quand Jack l'a enlevé… Il ignorait que Léone était lui-même un humanoïde ?

— Certainement. » répondit froidement Franck.

Les hommes blessés étaient emportés sur des civières ; Lynfa expliqua qu'ils avaient mis en place une infirmerie personnelle sous terre.

« Comment as-tu su, Franck ? demanda l'architecte alors que le dernier corps était transporté.

— Leone a été hospitalisé juste après l'agression de Jack dans le parking. Je suis persuadé que c'est là-bas, qu'ils l'ont capturé, assassiné et remplacé après avoir téléchargé sa mémoire dans le cerveau mécanique du robot. L'enlèvement au cimetière était un simulacre. Il fallait que son propre service de localisation nous amène directement à la mine, à la suite de son suicide. Car on aurait découvert forcément le pot aux roses. Quelle que soit sa mort, son cerveau devait indubitablement nous pousser à venir ici, c'est-à-dire… ce que l'on croyait être la tanière de l'ennemi… Exactement comme nous l'avons fait. Mais… Les plans ne sont jamais infaillibles ; le grain de poussière qui bloque tout un mécanisme pourtant bien huilé : l'Amour ! Il fut sauvé par l'amour d'un père à la recherche de sa fille… Alors… Il a fallu improviser… et sa programmation s'est adaptée. Incroyable ! Il n'avait plus de raison de se détruire. Il a compris que ce serait PAR

Jack et non par lui, que je viendrai dans ces lieux... au moment même où il a su qu'il l'avait suivi durant tout le trajet de son prétendu kidnapping... et que, de notre côté, nous nous mettrions en route pour tomber dans cette chausse-trappe. Car c'en est une. Ils vont débarquer en force. »

Berger, les yeux embués d'eau salée, se figea.

« Il a mis du temps avant de nous rejoindre. Il m'a dit que c'était pour se soulager mais... il a dû faire en sorte de garder tout le système ouvert.

— On ne peut pas encore partir ! affirma Lynfa.

— Pour quelle raison ! Pour votre satané or ?

— Savez-vous exactement où l'on se trouve, Détective Inspectrice M'Koumbé ?

— Éclairez ma lanterne, Monsieur Lynfa.

— On est côté nord du cimetière de KopfHart. Quand ils ont fait exploser les blocs des anciens militaires... L'attentat... La jeune Elise... Ce n'était qu'une diversion...

— Ils voulaient pénétrer dans la mine par cette voie ! » Le visage de Franck s'illuminait.

« Et ils se sont amusés à figer le doigt du "Faiseur de rêves" montrant la direction d'une possible entrée...

— Exact.

— Et la mine est une cache... Celle de l'or volé par Matteo Gallo et celui que vous avez fabriqué ?

— Ce n'est pas tout à fait vrai. En fait, l'or est juste un outil.

— Mais alors, que dissimulez-vous ? Ou que cherchez-vous ? s'impatienta Adila. »

Franck claqua des doigts, mouvement impulsif pouvant remplacer un « Je sais ! »

« Le Kupfergold ! Vous cherchez toujours du Kupfergold

tout en ayant trouvé le moyen de le fabriquer.
— Encore exact.
— Je ne…
— Madame M'Koumbé, à la fin du 15e siècle, deux météorites sont tombées sur nos terres. Elles sont restées enfouies durant des décennies, oubliées de tout un chacun. Cependant, des siècles plus tard, nous avons découvert qu'elles recelaient en leur sein un précieux métal, d'une solidité hors pair, flexible, ne rouillant pas et ne créant aucune radiation. Un chercheur lui a donné le nom de Kupfergold, en hommage aux premiers métaux. Les divers Gouverneurs pensaient que nous avions épuisé le stock. Ce qui n'était pas inexact. Mais, nous en avons déniché assez pour expérimenter un procédé qui permet en même temps d'en fabriquer, mais aussi d'en conserver tous les avantages. Les faux Kupfergold s'altéraient avec le temps. Alors, que nous… enfin moi, j'ai réussi à concevoir un hybride à base de Cuivre, de quelques résidus de la comète et… de l'or.
— Comment … comment avez-vous opéré ?
— On a été aidés.
— Par qui ?
— Patience, Franck ! Mais lors de l'explosion au cimetière, une fraction de la houillère s'est effondrée. Il a fallu, de notre côté, que l'on procède au déblaiement partiel afin de récupérer le maximum de minerais. Une quantité, si minime soit-elle, est une véritable manne pour nous. Ce fut long et fastidieux.
— Il existe un deuxième cratère, alors ? s'informa Berger.
— Oui, un second à…
— Ecee-Abha ! » affirma Franck avec une volonté farouche.
Lynfa approuva de la tête. Comment pouvait-il savoir ?

Mais de quelle mécanique était-il fait pour cerner les réponses plus vite que n'importe qui ?
Un souffle vint rafraichir la mémoire de Franck.
Ce qu'avait dit Katerina, dans la forêt, juste avant de mourir, fauchée par une balle : « *Le manoir n'est pas ce que tu crois. C'est une mine, un trésor.* »
Lynfa enchaîna.
« À la même époque, une météorite s'était écrasée à proximité de l'ancienne ville d'Ensisheim. Elle fit grand bruit. Profitant de cet événement qui occultait celui qui nous intéresse, les villageois de la région préférèrent recouvrir de terre les deux cratères. L'exploitation charbonnière débuta au 19e siècle, mais fut abandonnée le siècle suivant. Nul n'avait idée à ce moment-là que quelques mètres plus loin, la terre conservait un trésor venu des cieux. Comme je l'ai dit, on ne prit la mesure de son importance que des décennies plus tard. Au fil du temps, le paysage s'adapta au gré des multiples changements climatiques et la ville de KopfHart vit le jour ainsi que son cimetière placé à l'orée de la mine. Or, l'existence de la deuxième comète était tombée dans un oubli total. Jusqu'au moment…
— Où vous avez découvert que les résidus de celle-ci gisaient sous le manoir. » interrompit Franck.
Chacun écoutait avec un intérêt divers.
« Voilà pourquoi les trois tarés voulaient absolument trouver les bas-fonds. réagit Franck. Je comprends maintenant… Pas uniquement pour les quatre feuillets manquants… Mais pour ce métal, bien plus précieux que l'or, le Kupfergold. Et la phrase : *"Date ! Phrase : 'Dis à Franck Alberty Djorak que 'Les trois mousquetaires étaient quatre'. Phase 1 enclenchée. Rien ne pourra les arrêter sauf les cimetières.'* prend tout son sens. La date… je ne sais pas encore… 'Les trois mousquetaires étaient

quatre' est résolu… 'Phase 1 enclenchée' doit être une forme de ralliement… Et 'Rien ne pourra… etc.' fait référence à des cimetières.

— Lesquels ? s'enquit Berger.

— Celui de KopfHart, bien sûr… et Ecee-Abha.

— Le terrain avec les dépouilles des victimes de Farius ? Celles que l'on a déterrées après ton premier voyage mental ?

— Non, Adila… On parle bien de recherches souterraines. Souviens-toi… Ces femmes et ces hommes affamés… Les cadavres sous Ecee-Abha… Un CIMETIÈRE à ciel fermé ! L'excavation que la comète a creusée lorsqu'elle a atteint notre planète ! C'est bien ça, Lynfa ?"

L'architecte faisait briller ses yeux en fixant le policier. Comme si des larmes naissantes se figeaient devant son iris. Et Adila de renchérir :

"OK… C'est donc vous, vous et votre petite troupe, qui êtes arrêtés par ces fameux cimetières ! Mais pourquoi les trois tarés et les savants tout aussi tarés s'intéressent-ils à la mine ?

— Pas la mine ! répondit d'un ton ferme, presque offusqué, le vieil ingénieur. MAIS NOTRE KUPFERGOLD !

— Adila, c'est avec ça qu'ils construisent leurs androïdes et plus principalement les cerveaux mécaniques. Ils en ont besoin tout autant que les quatre feuillets de Hyde. Ils n'avaient pas anticipé la puissance de la déflagration du cimetière et les éboulis ont créé une impasse… Et ils ne peuvent pas pénétrer par les souterrains du manoir, car ils ignorent où ils sont. Ils devaient donc décrypter la seule voie qui mène ici. Et c'est moi qui leur ai donné la clef."

Franck fit silence abruptement.

"Refermez-la !"

Des têtes se tournèrent. Berger haussa les épaules et continua.
"Refermez la voie en remettant votre machine infernale en place.
— On ne peut plus, dit une jeune femme qui s'était avancée. On a essayé par là, mais ils ont dû bloquer le mécanisme."
Franck avait l'impression de la connaître, mais il ne sut dire quand et où il l'avait rencontrée. Peu importait ! Il était surtout attentif à l'attitude presque béate de la tireuse d'élite.
"Quoi ?
— Quand nous sommes descendus, Leone a pris un petit temps avant de nous rejoindre." Elle regarda Franck. Elle comprit alors que c'était lui qui avait fait en sorte de les piéger en entravant toute fuite.
Adila rebondit.
"Mais si vous avez participé à l'élaboration de certains tunnels sous le manoir, qu'est-ce qui vous empêche de récupérer le Kupfergold qui s'y trouve ?
— J'ai conçu des galeries, mais je n'ai pas le droit de m'y rendre.
— Qui vous l'interdit ?
— C'est mon père. répliqua Franck. Il n'a pas totalement confiance en vous, hein, Lynfa ? Il préfère garder discrètes les excavations familiales. Seul le passage secret, où l'on a découvert les malheureux morts de faim, vous est permis. Et c'est une impasse pour vous. Car c'est la naissance de la trace néanmoins vierge de tout minerai."
L'architecte baissa la tête, sourit et approuva sans dire un mot.
— Et mon géniteur refuse que l'on exploite ce filon. Car cela reviendrait à éventer tous les arcanes, plus ou moins avouables, de la famille Rackinson. Pourquoi ne le fait-il

pas lui-même ? Quel intérêt a-t-il de conserver par-devers lui ce gisement ? »

Dans un même silence, Afanen Lynfa fit une moue traduisant une totale ignorance. Franck sut déchiffrer en lui une grande frustration et ne put s'empêcher de penser : « Pourquoi mon père garde-t-il ses distances avec ce héros de guerre et comment a-t-il pu bâtir seul les nouvelles excavations ? » Mais s'abstint bien de formuler tout haut ce qu'il se disait tout bas.

Berger, sortant de sa torpeur, leva ses yeux vairons vers Lynfa.

« Mais alors… si j'ai bien compris, l'unique voie d'accès va se trouver dans quelques minutes prise d'assaut par les hommes de Farius. Qu'attendons-nous pour évacuer tout le monde ?

— Un signal. » répondit laconiquement Lynfa

Il y avait une forme de lassitude chez le vieil homme. Mais il se tenait toujours debout, droit comme un i !

« Lynfa !

— Oui Franck ?

— Est-ce que Farius a travaillé pour vous sur la construction du barrage ?

— C'est comme ça que je l'ai retrouvé. Il est venu proposer son aide… Et j'ai accepté… Il ne m'avait pas reconnu… Et pour cause. La guerre change son homme. J'ai donc pu l'espionner… Et c'est à ce moment-là que tout a commencé ! »

Franck faisait marcher ses neurones à toute vitesse. Adila s'approcha de son collègue et ami.

« OK ! Dis-nous… ce qu'on doit faire. »

Il releva la tête et la tourna vers Lynfa.

« Le gouverneur Pedersen est un illusionniste, n'est-ce pas ? C'est lui, votre NP… Nicolas Picard… Comment se nomme-t-il en réalité ?

— Pedersen est mort peu de temps après la guerre. Nous étions démunis de tout, en proie à la rage, à la colère et au désir de vengeance contre les fourbes qui nous avaient lâchement abandonnés. Dans le trou où nous gisions sous le bombardement ennemi, un homme est arrivé sans crier gare et nous a sauvés. Pedersen était grièvement touché. Cela avait été consigné dans les annales médicales. C'est donc grâce à cet homme que nous avons appris qui étaient Farius, Fergusson et Zinger. C'est grâce à lui que nous avons levé le lièvre, il y a quelques années, en ce qui concerne la fabrication des Androïdes, qui a pu mettre au point ce plan incroyable des quatre plumes blanches. C'est aussi lui, qui a imaginé notre faux Pedersen.

Il a été aidé, pendant un certain temps, par… une tierce personne. Mais… sans lui, le monde serait déjà perdu.

— OK ! Donc, cette TIERCE personne qui a épaulé votre ami est MON PÈRE, on a compris ! Mais Pedersen… Qui est-il ? »

On sentait une forme d'impatience, voire d'exaspération, chez Franck.

« C'était un sans abri sans avenir… sans famille. Durant un bon moment, on a cherché un sosie du Pedersen que l'on a connu ; on est tombé sur un bonhomme dont le physique rappelait celui de notre défunt coreligionnaire. Puis, on l'a fabriqué de toutes pièces. Pas un robot, évidemment… Mais… On lui a fait de faux papiers, un faux passé. C'est une illusion, comme tu disais. Toutefois, ce n'est pas lui, le manipulateur. C'est nous ! On avait besoin de créer un appât, une forme de dérivation. Les victimes de Farius se comptant par centaines, il a été facile d'en imaginer une. Une jeune fille violée et assassinée. Farius ne pouvait pas se souvenir de toutes… Il fallait que les vrais bourreaux sortent en plein jour. Pour cela, nous devions frapper doublement. Égorger les pantins robotisés et les obliger à te mettre sur l'enquête, dans une direction choisie, la nôtre… dont la cible était Pedersen.

— Un appât ! C'est l'agneau du loup ! Il est au courant de tout ça ? demanda en fronçant les sourcils Adila.

— Il l'est… Et il s'en amuse.

— OK ! Mais comment avez-vous réussi à le placer en tant que gouverneur provisoire ? De sans-abri à dirigeant, il y a une marge considérable.

— Ce n'a pas été sans mal, inspectrice. Mais un héros de guerre, blessé de surcroît, en impose toujours. Ceci et mes relations ont fait le reste. »

Adila ressentait sans cesse, au fond de ses tripes, une forme de duperie. Tout n'était pas aussi clair que le vieil homme tentait de faire transparaitre. Mais ce dernier poursuivit.

« Franck, quand tu as été drogué devant le laboratoire de Madame Henderson, on t'a suivi, ce qui nous a permis de découvrir une de leurs tanières. Mais lorsque les renforts sont arrivés sur les lieux, ils n'étaient naturellement plus là. Nous avons décidé de continuer à te filer, Franck. On a assisté de loin à la tentative d'assassinat en voiture. Le temps d'intervenir, ils avaient quitté le site… en vous laissant vivants près de votre véhicule en flamme, Héléna et toi.

— Pourquoi ne pas utiliser la notoriété de Pedersen pour sortir de l'ombre et dévoiler au plus grand nombre les intentions du sextuor ? s'enquit Adila. Vous auriez pu employer les forces armées…

— Tout simplement, un manque de confiance envers les diverses institutions, détective. Voilà pourquoi nous agissons ainsi. »

Adila ne sut pourquoi, mais un puissant sentiment d'incrédulité l'envahit subitement.
« Mais… Quand Jack a attaqué mon père…
— Nous n'étions pas loin, Franck… Nous avons un système pour détecter les androïdes. Par Luminoscannérisation. Des sortes de radios à haute fréquence… Ce sont les flashs que tu as vus quand tu t'es enfui. On était sur tes talons dans les égouts… Mais, on a tôt fait de laisser choir.
— Comment m'avez-vous retrouvé ?
— On piratait les communications de la police quand le conducteur t'a dénoncé. Une de nos voitures était dans les parages. Elle s'est garée au bout de la rue et malgré la pluie, on a pu utiliser notre matériel. Je suis encore moi-même étonné par sa puissance de détection.
— Alors, employez-le afin de lever le masque des Humanoïdes. renchérit Adila.
— Impossible d'en fabriquer plus… pour le moment. Il en faudrait des dizaines, voire des centaines pour passer au crible tout un chacun. Et plus de Kupfergold ! »
Elle fronça les sourcils. Mais Franck repartit à l'assaut.
« Pourquoi ne pas avoir pris la défense de mon père adoptif contre Jack ?
— Parce qu'on ne pouvait pas. On était à découvert. Le risque était trop grand. Désolé !
— Mais pourquoi vouloir me tuer, moi ? »
À cette question, chacun se retourna. Adila avait toutes les raisons de la poser.
« Ce n'est pas logique. Les faux tarés m'ont laissée en vie parce que mon père les avait sauvés. OK ! On sait maintenant qu'ils étaient programmés pour dire ça… Mais pourquoi avoir changé d'avis ? D'autant que j'étais moi aussi sur l'enquête concernant Pedersen. Ça n'a réellement

aucun sens ! »
Lynfa sourit. Il regarda Franck qui échangea rapidement une conversation muette avec lui. Il comprit tout de suite. À ce moment précis, des hommes et des femmes approchèrent sous l'égide d'un leader. Ce dernier, d'un âge avancé, dit d'un trait pourtant essoufflé.
 « Ils arrivent ! Ils vont entrer dans la mine ; vos gars sont tous morts là-haut. Suivez-moi ! »
Adila se retourna, écarquilla ses yeux.
 « Papa ? »

Fin du second volume.

Personnages :

La police :
Franck Alberty Djorak
Adila M'Koumbé
Berger
Leone
Sacht
Lisandro dit « Loco »
Althéa Deshayes   Cheffe de la police

Les scientifiques :
Héléna Henderson
François Deshayes   médecin légiste
Haldor Haard

Les fous :
Farius
Fergusson

Les politiques :
Le gouverneur Jorgen Pedersen

La famille Horvarth :
Tamas   le père
Aletta   la mère
Agota   1ère fille
Abigèl   2ème fille
Elise   Fille adoptive

Journaliste :
Amber Seidel

Autres personnages :
Jack
Chanvret
Afanen Lynfa
Gustav Haard
Le Haut-Commissaire
La Patronne du HCFI

L'équipe du HCFI
Les policiers
La population carcérale
La population de la ville de KopfHart
Le service hospitalier
Les malades

« From Hell, Jack is back.

Killing men, children, wives,
Police running to catch him!
Jack hides! Jack is Hyde
From Hell!!! »[1]

« From Hell Jack is back,
Flying heels on the roofs,
Breathing cut when he moves,
Police running to catch him.
Jack hides on your heart!!!!
From Hell !! »[2]

«From Hell, Jack is back,
Face to face with himself,
Drinking broth in a skull,
Police running to catch him!
Jack Hides, On yourself!
From Hell!"[3]

---

[1] « De l'enfer, Jack est de retour, tuant hommes, enfants, femmes, la police voulant l'attraper, Jack se cache, Jack est Hyde »

[2] « De l'enfer, Jack est de retour, des talons volant sur les toits, souffle coupé quand il bouge, la police voulant l'attraper, Jack se cache en votre cœur, De l'enfer ».

[3] « De l'Enfer, Jack est de retour, Face à face avec lui-même Boire du bouillon dans un crâne, La police court pour l'attraper ! Jack se cache, sur toi-même! De l'enfer! »

*Un grand merci à Christophe, Alexandra, Catherine, Guillaume et Laurence pour leurs corrections, leurs retours et leurs conseils, à Paola pour ses dessins illustrant les énigmes et à ma famille pour m'avoir soutenu tout le long.
Un immense merci à Robert Louis Stevenson, Arthur Conan Doyle, Mary Shelley, Herbert George Wells, Alexandre Dumas, Jules Verne, Victor Hugo, Ponson du Terrail et tant d'autres auteurs du 19ème et du début du 20ème siècle qui ont bercé mon enfance et mon adolescence.*

Ce roman est un hommage et un cri d'amour pour cette magnifique littérature.

Ecee-Abha reviendra pour un Tome 3

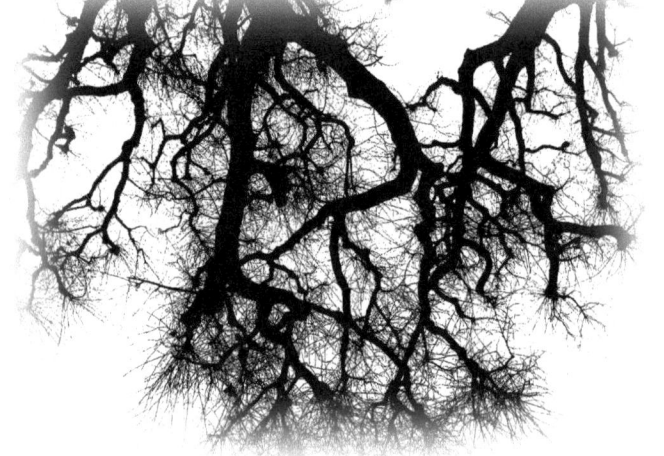